The Bridgertous :
Happily Ever After
by Julia Quinn

幸せのその後で
～ブリジャートン家後日譚～

ジュリア・クイン
村山美雪・訳

ラズベリーブックス

「それで、あのあとどうなったの？」と、尋ねつづけてくださった読者のみなさまに。
そしてまた、「すばらしいアイデアじゃないか！」と言いつづけてくれたポールにも。

読者のみなさまへ

みなさんは本の最後のページを閉じたあと、お気に入りの登場人物たちについて、その後どうなったのだろうと考えたことはありませんか？　気に入った小説をちょっぴり読み足りないと思ったことはないでしょうか？　わたしにはそのような経験がありますし、読者の方々とのやりとりを通して、同じような思いを抱いているのはわたしだけではないと感じています。そこで数えきれないご要望にお応えし、〈ブリジャートン〉シリーズに立ち返って、各作品のその後を描く後日譚集《ごじつたんしゅう》を書きあげました。

〈ブリジャートン〉シリーズをまだ読まれていない方々には、わかりづらい点があるかもしれないことをお詫《わ》びしておきます。すでに読まれたみなさんは、本書を書いていたときのわたしと同じくらい、各作品のささやかなその後の物語をどうかお楽しみいただけますように。

心を込めて
ジュリア・クイン

幸せのその後で～ブリジャートン家後日譚～

主な登場人物

ヴァイオレット・ブリジャートン……………先代ブリジャートン子爵の未亡人。
アンソニー・ブリジャートン……………ブリジャートン子爵。
ケイト・ブリジャートン……………アンソニーの妻。
ベネディクト・ブリジャートン……………ブリジャートン子爵家の次男。画家。
ソフィー・ブリジャートン……………ベネディクトの妻。
ポージー・レイリング……………ソフィーの義姉妹。
コリン・ブリジャートン……………ブリジャートン子爵家の三男。
ペネロペ・ブリジャートン……………コリンの妻。
ダフネ・バセット……………ブリジャートン子爵家の長女。
エロイーズ・クレイン……………ブリジャートン子爵家の次女。
アマンダ・クレイン……………エロイーズの義理の娘。
フランチェスカ・スターリング……………ブリジャートン子爵家の三女。
グレゴリー・ブリジャートン……………ブリジャートン子爵家の四男。
ルーシー・ブリジャートン……………グレゴリーの妻。
ヒヤシンス・セント・クレア……………ブリジャートン子爵家の四女。

『恋のたくらみは公爵と』その後の物語

『恋のたくらみは公爵と』 *The Duke and I*

本作で、サイモンは疎遠のまま亡くなった父親からの手紙の束を受けとることを拒みました。妻のダフネはいつの日か夫の気持ちが変わるかもしれないと思い、その手紙の束をひそかに保管していたのですが、物語の最後にあらためて差しだしたときにも、夫はやはり読まないことを選択しました。わたしは当初、サイモンにこのような選択をさせるつもりはありませんでした。父からの手紙には、とても重要で大切な何かが記されているのを想定して書き進めていたからです。けれども、ダフネが手紙の束を差しだした場面に至って、サイモンにはもう父の言葉を読む必要はないことに気づきました。亡き公爵の父にどう思われていたとしても、つまるところ、たいした問題ではないのだと。

読者の方々からは、その手紙に何が書かれていたのかを知りたいとのご要望をいただきましたが、じつを言えば、わたしは知りたいとは思いませんでした。興味があるのは、サイモンがその手紙を読みたいと思う日がくるとすれば、いったいどのようなきっかけなのかということだったのです……。

数学は昔からダフネ・バセットの得意科目ではなかったが、当然ながら三十まで数えることくらいはできるし、月のものはたいがい長くても三十日おきにはやってくる。というわけで、いま机の上の暦《こよみ》で四十三日めまで数えて、不安に駆られた。

「ありえないわ」ダフネは答えが返ってくるのを半ば本心から期待して、暦に向かってつぶやいた。ゆっくりと椅子に腰をおろし、この六週間の記憶をたどる。きっと数えまちがえたのに違いない。母のもとを訪れたとき、つまり三月二十五日と二十六日には月のものがきていたのだから……今度は暦の数字をひとつひとつ人差し指で触れながら数えなおした。

四十三日。

やはり、身ごもっているのだろうか。

「そんなばかな」

またしても暦は何も答えてはくれなかった。

いいえ、そんなことは考えられない。自分はいま四十一歳だ。四十二歳で出産した女性が人類史上にいなかったわけではないとはいえ、最後に身ごもってから十七年が経《た》っている。この十七年のあいだも、懐妊を避ける手立ては何も――一度も――とらずに、夫との満ち足りた触れあいを続けてきた。

自分はもう子を宿す体ではなくなったのだろうと思っていた。結婚してから四年のあいだに立てつづけに四人の子を出産した。その後は……一度も子を宿していない。

四人めの子がはじめての誕生日を迎えたときには、また身ごもっていないことに驚いていた。その男の子が二歳になり、三歳になっても、お腹は平らなままで、ダフネは四人の子供たち——アメリア、ベリンダ、キャロライン、デイヴィッド——を見て、自分はこのうえなく恵まれていると感慨を新たにした。いつか父の跡を継いでヘイスティングス公爵となる体の大きな男の子も含め、健康で元気な子供たちが四人もいる。

それに、ダフネは出産までの期間をとりたてて楽しめていたわけではなかった。足首が太くなり、顔もむくみ、あのような吐き気は二度と経験したいとは思わない。義理の妹ルーシーの場合には、身ごもっているあいだじゅう輝いて見えるのだから、現在五人めの子を宿して十四カ月めであろうと恵まれている。

いいえ、たしか九カ月めだったかしら。いずれにしても、ルーシーに数日前に会ったときには、どうみても十四カ月めには入っている姿だった。

それくらいお腹がふくらんでいた。驚かされるほど大きく。それでも輝きを放っていて、足首はふしぎと細いままだった。

「身ごもっているはずがないわ」ダフネは自分の平らなお腹に手をあてた。もしやそろそろ月のものがなくなる前兆なのだろうか。四十一ではまだ少し早い気もするけれど、気軽に話題にできるようなことではないので、このくらいの年齢で月のものが絶える女性も多いのかもしれない。

むしろ喜ぶべきことなのだろう。幸いなことだ。本心ではわずらわしいと思っていたのだから。

廊下を近づいてくる足音が聞こえ、とっさに暦の上に本をかぶせたが、ダフネは自分でも何を隠そうとしているのかわからなかった。単なる暦だ。大きな赤字の×印が書き入れられているだけのことで。

夫が部屋に入ってきた。「ああ、よかった、ここにいたのか。アメリアがきみを探している」

「わたしを？」

「神のお慈悲か、探されているのは私ではない」サイモンが答えた。

「もう、そんなこと言って」ダフネはつぶやいた。いつもならもう少し気の利いた言葉を返せたはずだけれど、いまだ頭は、もしや身ごもっているのか、それとも老いさらばえてしまったのかしらという考えにとらわれていた。

「ドレスのことらしい」

「ピンクと緑色、どちらにするかということ？」

サイモンはじっと見つめ返した。「そうなのか？」

「ええ、あなたが知るはずもなかったわね」ダフネはうわの空で言った。

サイモンがこめかみを指で押さえて、そばの椅子に腰をおろした。「あの子はいつ結婚するのだろうな？」

「まだ婚約すらしていないのよ」

「ならば、いつ婚約するんだ？」

ダフネは微笑《ほほえ》んだ。「昨年は五人の方から求婚されたわ。愛ある結婚ができる相手が見つかるまで待てと言ったのは、あなたでしょう」

「きみから反対意見を聞いた憶《おぼ》えもないが」

「反対しなかったもの」

サイモンはため息をついた。「どうしてまた娘を三人も同時に社交界に登場《デビュー》させるはめになったんだ？」

「わたしたちが結婚してすぐにお勤めに励んだ成果でしょう」ダフネはとりすまして答えて、またも机の上の暦を思い起こした。赤い×印が何を示すものなのかは自分にしかわからない。

「なるほど、お勤めに励む、か」サイモンはあけ放したままのドアのほうへちらりと目をくれた。「なかなか巧い言い方だ」

ダフネは夫の表情を見るなり頬が熱くなった。「サイモン、まだお昼なのよ！」

サイモンがにやりと笑った。「せっかくお勤めへの意欲が高まっているとすれば、思いとどまらなければならない理由はないだろう」

「もし娘たちが階上《うえ》に来たら……」

サイモンがすかさず立ちあがった。「ドアに鍵を掛けておこう」

「ねえ、だめよ、それでも気づかれてしまうわ」

サイモンはドアの鍵をしっかり掛けると、片方の眉を上げて戻ってきた。「それは誰のせいかな？」

ダフネは怯《ひる》んだ。ほんのわずかにだけれど。「娘たちをわたしみたいに、救いようのないほど無垢《むく》なまま嫁がせるのはもう無理なのでしょうね」

「いとおしいほど無垢なまま、だろう」サイモンは低い声で言い、妻に近づいて手を取った。ダフネは手を引かれて立ちあがった。「わたしがあなたを不能だと勘違いしたときには、いとおしいだなんて思わなかったでしょう」

サイモンが顔をしかめた。「人生で起こる多くのことは、あとで振り返れば、いとおしく思えてくるものなんだ」

「サイモン……」

サイモンは妻の耳に鼻をすり寄せた。「ダフネ……」

ダフネは夫に唇で首をたどられ、とろけてしまいそうに感じた。結婚して二十一年が経つというのに、いまだに……。

「せめてカーテンは閉めましょう」太陽がまぶしいほどに輝いているだけで誰に見られるわけでもないが、そうすればまだ少しは安心できる。なにしろこの家はメイフェアの真ん中にあり、窓の下の通りを知人の誰が歩いていてもふしぎはない。

サイモンは飛びつくように窓辺に歩み寄ったが、透けるように薄い綿布のほうしか閉めなかった。「きみを見ていたい」いたずらっぽい笑みを浮かべてそう言った。

それから目を見張るすばやさで、妻のすべてを見られる体勢を整え、ベッドの上で両膝のあいだに口づけて、柔らかな悶《もだ》え声をあげさせた。

「ああ、サイモン」ダフネは吐息をついた。夫が次にしようとしていることはすでにわかっている。キスをしたり舐《な》めたりしながら太腿《ふともも》をじりじりとのぼってくるはずだ。

思ったとおり、サイモンはいとも巧みにのぼってきた。

「何を考えてるんだ？」低い声で問いかけた。

「いま？」ダフネは訊《き》き返《かえ》し、頭をはっきりさせようと目をまたたいた。脚の付け根を舌でたどられながら、何を考えられるというのだろう？

「きみの夫がいま何を考えているかはわかるかい？」

「わたしのことではないとしたら、とてもがっかりしてしまうわ」

サイモンは含み笑いをして頭を起こし、妻のお臍《へそ》にそっと口づけてから、さらにのぼってきて互いの唇を軽く触れあわせた。「こんなにも深くわかりあえている相手がいるとは、なんとすばらしいことなんだろうと考えていた」

ダフネは手を伸ばし、夫に抱きついた。そうせずにはいられなかった。温かな夫の首のくぼみに顔を埋め、慣れ親しんだ匂《にお》いを吸いこんで、ささやいた。「愛してるわ」

「きみがいとおしくてたまらない」

もう、夫はまたも張りあおうとしているのだろうか。ダフネはほんのわずかに身を引いて、言葉を返した。「わたしはあなたに魅了されてるわ」

サイモンが片方の眉を吊《つ》り上《あ》げた。「魅了されている？」

「すぐに思いつけるもののなかでは最上の表現だったんだもの」ダフネは小さく肩をすくめ

た。「それに、ほんとうのことだし」

「いいだろう」サイモンの瞳の色が深みを増した。「きみを崇拝している」

ダフネは唇をわずかに開いた。鼓動が高鳴り、うっとりと体が火照《ほて》って、対抗する言葉を探す能力はたちまち失われた。「あなたの勝ちね」どうにか聞きとれる程度のかすれ声で言った。

サイモンが今度は長々と熱っぽく、切なくなるほどやさしいキスをした。「ああ、そうだとも」

ふたたび唇で腹部を下へたどられ、ダフネは頭をそらせた。「まだ崇拝してくれてるのよね」

サイモンがさらに下へおりていく。「もちろんですとも、公爵夫人、いつでもあなたのしもべとなりましょう」

それからしばらくはどちらも言葉を口にできなかった。

数日後、ダフネはまたも暦を見つめていた。前回月のものがあってから四十六日が経ち、サイモンにはまだ何も伝えていない。話さなければいけないと思いながら、なんとなくまだ気が早いようにも感じていた。月のものがこないのには、べつの理由も考えられないわけではない——おのずと、この前、母のもとを訪ねたときのことが呼び起こされた。自分にはちょうど快適に感じられるときでも、ヴァイオレット・ブリジャートンは蒸し暑いと言って、しきりに扇子であおいでいた。

さらに、かつてダフネが暖炉の火を熾《おこ》すよう頼んだときにも、母は火かき棒を持って暖炉の前に立ちはだからんばかりの激しさで、娘に指示を撤回させた。

「そんなに暑くする必要はないでしょう」ヴァイオレットは唸《うな》るように言った。

ダフネはすぐさま機転を利かせて答えた。「ショールを取ってきたほうがいいわね」それから暖炉の脇で身をふるわせていた母の家の女中を見やった。「ええと、あなたもそうしたほうがいいのではないかしら」

とはいえ、いまの自分はとりわけ暑さを感じるわけでもない。どう感じているかと言えば……。

どう感じているのかよくわからない。しいて言うなら、いたっていつもどおりだ。これまで身ごもったときには、いつもどおりとはとても言えない状態だったのだから、どちらとも判断がつかない。

「お母様！」

とっさに暦を裏返して書き物机から目を上げると、次女のベリンダが部屋の戸口に立っていた。

「入りなさい」ダフネはほかに気を向けられることができてほっとし、声をかけた。「どうぞ」

ベリンダはそばに来て、坐《すわ》り心地のよい椅子に腰をおろし、いつものように青い瞳で母の目をまっすぐ見つめた。「キャロラインをなんとかしてもらいたいの」

「わたしになんとかしろというの？」ダフネは〝わたしに〟という部分に少しばかり力を込めて問いかけた。

ベリンダは母の皮肉っぽい言いまわしにはかまわず続けた。「フレデリック・スノウ－マン－フォームズビーについて話すのをやめさせてもらわないと、頭がどうにかなりそうなのよ」

「聞き流せばいいでしょう？」

「だって、フレデリック、スノウ、マン、フォームズビーなのよ！」

ダフネは目をしばたたいた。

「雪だるま《スノウマン》なのよ、お母様！　スノウマン！」

「それはお気の毒ね」ダフネは答えた。「でも、レディ・ベリンダ・バセット、あなただって、垂れ目のバセット・ハウンド犬に喩《たと》えられかねないことを忘れてはいけないわ」

ベリンダのうんざりした目つきが、実際に誰かからバセット・ハウンド犬とあだ名された経験があることをはっきりと物語っていた。

「あら」ダフネはそれを娘がこれまでひと言も自分に漏らさなかったことにいくぶん驚きつつ言った。「言いすぎたわ」

「もう昔のことよ」ベリンダは鼻で軽く笑った。「それに、そのとき一度きりだし」

ダフネは唇を引き結んで笑みをこらえた。殴りあいをけしかけるつもりなどないにしろ、四人の男子を含む八人きょうだいのなかで揉《も》まれて育った身なので、ひと言口にせずにはいられなかった。「さすがね」

　ベリンダは気品高くうなずいてから、尋ねた。「キャロラインと話してくれる？」

「どう話せばいいのかしら？」

「わからない。なんでも、いつも言ってることでいいわ。必ず効き目があるみたいだから」

　娘が褒《ほ》めるつもりで言ったのは間違いなさそうだったが、きちんと読み解く前にふいに吐き気がこみあげ、急に胸が引き絞られるように感じて――

「ちょっとごめんなさい！」ダフネは思わず声をあげ、洗面所に駆けこんで、便器に身をかがめた。

　ああ、やっぱりそうだった。月のものが絶える前兆ではなく、身ごもっていたのだ。

「お母様？」

　ダフネは娘を追い返すように後ろに手を払った。

「お母様？　大丈夫？」

　またも吐き気をもよおした。

「お父様を呼んでくるわね」ベリンダが問いかけるふうに言った。

「だめよ！」ダフネはほとんどわめくように声を張りあげた。

「あの魚料理のせい？　あの魚はなんとなく妙な味がしたから」

　ダフネはそれを理由に娘に納得してもらえることを祈ってうなずいた。

「でも、ちょっと待って。お母様はあの魚を食べていなかったわよね。わたし、はっきり憶えてるもの」

もう、この子はどうしていつもそんな細かいことまでいちいち憶えているのだろう。

母親にあるまじき考えかもしれないけれど、ふたたび吐き気に襲われて、とうてい寛大な心持ちにはなれなかった。

「お母様は雛鳩《ひなどり》料理を食べてたわ。わたしは魚料理を食べて、デイヴィッドも同じものを食べていたけど、お母様とキャロラインは雛鳩料理しか口にしていない。お父様とアメリアお姉様は両方食べて、スープはみんな飲んでいたわ。だけど――」

「やめて！」ダフネは懇願するように言った。食べ物の話はしたくない。耳にするだけでも……。

「やっぱり、お父様を呼んでくるわ」ベリンダはあらためて言った。

「いいえ、もう大丈夫よ」ダフネはなおも追い返すように手を後ろへ払いながら、どうにか息をついた。このような姿をサイモンに見られたくない。この身に起こっていることをすぐに悟られてしまう。

より正確に言うなら、数週間の誤差はあれ、これからおよそ七カ月半後に起こることを。

「わかったわ」ベリンダは仕方なく応じた。「でも、せめて女中は呼んでもいいわよね。ベッドに横になったほうがいいから」

ダフネはまたも嘔吐《おうと》した。

「落ち着いたら」ベリンダは口をつぐみ、言いなおした。「だからつまり……それが終わって落ち着いたら、ベッドに入ったほうがいいわ」

「わたしの女中を」ダフネはようやく了承した。マリアならすぐに事態を察するだろうが、ほかの使用人や家族の誰にも他言はしない。しかも何を飲めば楽になるかもきっと知っている。苦くてきつい匂いはするが吐き気をやわらげられるものを持ってきてくれるだろう。

ベリンダが急いで部屋を出ていき、ダフネは吐きだせるものは尽きたと思えたところで、ふらつきながらベッドへ向かった。海に浮かんでいるかのようなぼんやりとした揺れを感じつつも、ともかくじっと横たわっていた。「歳をとりすぎてるわ」思いがそのまま口からこぼれでた。そうとしか思えない。これまでと同じようになるとすれば——今回の出産だけが前の四人の子供たちのときとは違うものになると、どうして思えるだろう——あと二カ月はこの吐き気に苦しめられることになる。食べられる量が減れば細身でいられるけれど、それも夏の半ばまでで、その後はいっきに体が二倍も太くなる。指輪をはめられないほど指はむくみ、どの靴も窮屈になって、階段を一段のぼるだけでも息が切れるようになる。象のようになってしまう。栗色の髪をした二本脚の象。

「奥様！」

頭を起こす気力もなく、哀《あわ》れっぽく手を上げて応えると、マリアがすぐさまベッドの傍《かたわ》らに来て、心配そうな面持ちで覗《のぞ》きこんだ。

そしてたちまち、けげんそうな表情に変わった。

「奥様」マリアはふたたび呼びかけたが、先ほどとはあきらかに声の調子が変わり、微笑んでいた。

「ええ」ダフネはみずから告げた。「そうなのよ」

「公爵様はご存じなのですか？」

「まだよ」

「ですが、そう長く隠しておけるものではありませんわ」

「主人はきょうの午後に発《た》って、クライヴェドンに二、三日滞在する予定なの」ダフネは続けた。「戻ってきたら話すわ」

「すぐにお伝えすべきですわ」マリアは勧めた。二十年も仕えている女中なので、ある程度率直に話すことも許されている。

ダフネは頭板にもたれかかりながら慎重に起きあがり、いったん吐き気の波が落ち着くのを待って答えた。「まだはっきりしたわけではないわ。わたしの年齢では、そうよくあることでもないでしょうし」

「あら、間違いありませんとも」マリアが言う。「鏡をご覧になりました？」

「真っ青ですわ」

ダフネは首を振った。

「でも、そうとはかぎら――」

「赤ちゃんは吐きだせませんよ」

「マリア！」

マリアは腕組みをして、ダフネに射貫くような視線を投げた。「奥様はもうわかってらっしゃるはずです。お認めになりたくないだけで」

ダフネは話そうと口をあけたが、言葉が見つからなかった。マリアの言うとおりだ。

「赤ちゃんを授かっていなければ」マリアはいくぶん口調をやわらげて続けた。「これほどご気分が悪くはなりません。わたしの母はわたしのあとに八人産んで、そのうち四人を早くに亡くしました。お腹に赤ちゃんがいないときには、一度も吐き気をもよおすことはなかったんです」

ダフネはため息をつき、女中の指摘を認めてうなずいた。「だけどそれでも、まだ待ちたいの。もう少しだけ」自分でも理由はよくわからないが、この事実をあと数日は秘密にしておきたかった。体に大きな変化が生じている本人なのだから、それくらいは決める権利があるはずだ。

「あら、忘れるところでした」マリアが言った。「お兄様から書付が届きました。来週、ロンドンにいらっしゃるそうです」

「コリンのこと？」ダフネは訊いた。

マリアはうなずいた。「ご家族も伴われて」

「ぜひこちらに泊まってもらいましょう」ダフネは即座に言った。三兄のコリンと妻のペネロペはロンドンに住まいを持たず、たいがいは爵位と家督を継いだ長兄のアンソニーか妹のダフネの家に滞在してすませていた。「ぜひヘイスティングス館に滞在してほしいと、わたしの代わりに手紙を書くようベリンダに伝えて」

マリアはうなずきを返し、部屋を出ていった。

ダフネは唸るようにため息を吐き、眠りに落ちた。


コリンとペネロペが最愛の子供たち四人を連れてやって来たときには、ダフネは一日に何度もつわりに苦しめられるようになっていた。サイモンは洪水に見舞われた田舎の所領での仕事が終わらず、週末まで戻れなくなったため、いまだ妻の身に起こっていることは知らない。

けれどもダフネは、吐き気がつらいからといって大好きな兄の出迎えを控えるつもりはなかった。「コリン！」いつもながら緑色の瞳をきらめかせた兄の姿を目にすると、たちまち顔がほころんで、声をあげた。「ほんとうに久しぶりだわ」

「たしかにそうだ」コリンがそう挨拶して妹を軽く抱きしめているあいだに、妻のペネロペも子供たちを追い立てるようにして屋敷に入ってきた。

「もう、鳩《はと》を追いかけてはだめでしょう！」ペネロペが子を叱った。「ごめんなさいね、ダフネ、だけど――」すばやく玄関先に戻り、七歳のトーマスの首根っこをしっかりとつかまえた。

「この家のいたずらっ子たちも、さぞ大きくなっただろうな」コリンは茶目っ気のある笑みをこぼしつつ、後ろへ足を引いた。「まったく目を離せやし――あれ、どうしたんだ、ダフ、具合でも悪いのか？」

　さすがは遠慮のない兄だ。

「ひどい顔をしてるぞ」先ほどの言葉だけでは足りないかのように付け加えた。

「少し気分が悪いのよ」ダフネはくぐもった声で答えた。「魚料理のせいかもしれないわ」

「コリン伯父《おじ》様！」

　さいわいにも兄は、しとやかさのかけらもなく階段を駆けおりてきたベリンダとキャロラインのほうに注意を奪われた。

「さあ！」コリンはにやりとして、片方の姪《めい》を抱き寄せた。「こっちもだ！」目を上げる。

「もうひとりはどうした？」

「アメリアお姉様は買い物に出かけてるわ」ベリンダはそう答えてから、小さな従姉弟《いとこ》たちのほうを向いた。アガサはちょうど九歳になったばかりで、トーマスは七歳、ジェインは六歳だ。末っ子のジョージーは来月で三歳になる。

「とても大きくなったのね！」ベリンダはジェインに言い、にっこり笑いかけた。「先月は五センチも背が伸びたの！」ジェインが大きな声で答えた。

「この一年で、でしょう」ペネロペがやんわりと正した。子供たちをあいだに挟んでダフネを軽く抱きしめられるところまでは手が届かないので、前のめりになって片手を握った。

「前回もそうだったけれど、お嬢さんがたの成長ぶりには、ほんとうに見るたび驚かされるわ」

「わたしもよ」ダフネはしみじみと答えた。いまでも時どき、朝、目が覚めると、娘たちがエプロンドレスを着ているのではないかと思ってしまうことがある。実際にはもうみなすっかり成長し、妙齢の娘たちになっているのに……。

なんともふしぎな気分だ。

「つまり、母親というのは諺《ことわざ》どおりだということね」ペネロペが言う。

「諺？」ダフネは低い声で訊き返した。

ペネロペはふっと微苦笑を浮かべて答えた。「一年は飛ぶように過ぎ、一日は終わりなく続く」

「そんなわけないじゃないか」トーマスが言葉を挟んだ。

アガサが大人ぶってため息をついた。「わかってないんだから」

ダフネは手を伸ばしてアガサの明るい褐色の髪をくしゃりと撫《な》でた。「ほんとうにまだ九歳？」以前からアガサのことはとりわけいとおしく感じていた。とても思慮深くしっかりしているこの少女にはつねづね感心させられている。

如才ないアガサはその問いかけが褒め言葉であるのを即座に読みとり、叔母にキスをしようと背伸びをした。

ダフネも姪の頬にそっとキスをして応えてから、玄関口で幼いジョージーを抱いて立っているコリンの家の乳母に顔を向けた。「そちらのおちびちゃんも、お元気？」やさしく声をかけ、乳母の腕のなかからジョージーを抱き上げた。ピンク色の頬がふっくらとした金髪の男の子で、もう乳児ではないけれど芳《かぐわ》しい赤ん坊の匂いがする。「食べちゃいたくなるわ」ダフネはジョージーの首に噛《か》みつくふりをした。母親の習性でつい軽く揺らして重さを確かめた。

「もうあやしてもらうほど赤ちゃんではなかったわね？」ささやきかけて、ふたたびキスをした。ジョージーの肌はとても柔らかく、自分の子供たちがまだ幼かった頃のことがふいによみがえった。もちろん、子守の女中も乳母も雇っていたけれど、数えきれないくらい何度も子供たちの部屋にそっと入って頬にキスをして、寝顔を眺めていたものだった。

ああ、もう、どうしてこうも感傷的になってしまうのだろう。いまに始まったことではないけれど。

「何歳になったの、ジョージー？」またこんなふうに新たなわが子をあやせるのだろうかとダフネは考えながら問いかけた。考えても仕方のないこととはいえ、こうして実際に幼子を腕に抱いていると、なんとなく勇気づけられた。

アガサが袖を引っぱり、声をひそめて言った。「この子は喋《しゃべ》らないの」

ダフネは目をしばたたいた。「どういうこと？」

答えていいものか迷っているかのように、アガサは両親のほうをちらりと見やった。ふたりともベリンダとキャロラインとお喋りをしていて、気づくそぶりはない。「この子は喋らないの」アガサは繰り返した。「ひと言も」

ダフネはわずかに上体を引いて、男の子の顔をまじまじと見なおした。するとジョージーは、コリンそっくりに目尻に皺《しわ》を寄せて笑った。

ダフネはアガサに目を戻した。「話していることはわかるの？」

アガサがうなずいた。「完璧に。間違いないわ」声を落としてささやいた。「母も父も心配してるみたい」

もうすぐ三歳になる子が、ひと言も喋らない？　心配するのも当然だとダフネは思った。ふと、コリンとペネロペが突如ロンドンにやって来た理由に思いあたった。助言を求めて訪れたのだろう。夫のサイモンもジョージーと同じだったからだ。四歳になるまでひと言も喋らなかったと聞いている。そして、その後何年も言葉をつかえてしまう症状に苦しんだ。いまですら、激しく動揺したときには同じような症状に陥りやすく、話し方に表れる。ぎこちない間があき、同じ言葉を繰り返し、つまりがちになる。出会った当時ほどではないにしろ、夫はいまでも意識して気をつけている。

それでもダフネには夫の目を見ればすぐにわかった。ふいに表れる苦しみ。あるいは怒りだろうか。自分自身、自分の弱さへの。人には誰しも完全には乗り越えられないことがあるものなのかもしれない。

ダフネは名残惜《なごりお》しげにジョージーを乳母に返し、アガサを階段のほうへせきたてた。「さあ、いってらっしゃい。育児部屋《ナースリー》が待ってるわ。娘たちの昔のおもちゃを出しておいたのよ」

ベリンダがアガサの手を引く姿を、ダフネは誇らしい思いで見つめた。「ぜひ、わたしのお気に入りのお人形で遊んで」ベリンダはいかにも重要なことであるかのように勧めた。

アガサは畏敬《いけい》の念を抱いているとしか言いようのない表情で従姉を見上げ、おとなしく階上へ導かれていった。

ダフネは子供たちがみないなくなるまで待ち、兄夫婦に向きなおった。「お茶をいかが？それとも、先に着替えをなさる？」

「お茶を」ペネロペはいかにも疲れきった母親らしく、ため息をついた。「お願い」

コリンも同意のうなずきを返し、三人は客間に移動した。全員が椅子に腰をおろすとすぐに、ダフネは率直に話すのが最善だと判断した。相手は兄で、どんなことも話しあえる間柄にある。

「ジョージーのことを心配しているのね」問いかけるのではなく、そう切りだした。

「ひと言も喋らないの」ペネロペが静かに告げた。穏やかな声だったが、喉をふるわせてぎこちなく唾《つば》を飲みこんだ。

「言われていることは理解しているんだ」と、コリン。「それは間違いない。つい先日も、おもちゃを取ってくるよう頼んだら、持ってきてくれた。すぐにだ」

「サイモンも同じだったのよ」ダフネはコリンからペネロペに視線を移し、ふたたび兄に目を向けた。「その話をしに来たのね？　サイモンと話すために？」

「何か教えてもらえることがあるのではないかと思ったの」ペネロペが言う。

ダフネはゆっくりとうなずいた。「わたしもそう思うわ。残念ながら、田舎の所領に足止めされているんだけど、週末には帰ってくるはずよ」

「急ぐ必要はない」コリンが答えた。

ダフネはペネロペが肩を落としたのを目の端にとらえた。小さなしぐさだったが、子を持つ母親なら誰でも気づいただろう。急ぐ必要がないことはペネロペにもわかっている。三年近くもジョージーが話すのを待ったのだから、あと数日延びたところでたいして変わらない。それでも、何かせずにはいたたまれない気持ちなのだろう。わが子のためにできることがあるのなら、どんなことでも。

はるばるここまでやって来て、頼りのサイモンがいないと知らされれば……落胆するのも無理はない。

「言われていることを理解しているというのは、とても希望が持てる兆候ではないかしら」ダフネは続けた。「そうでなかったとしたら、もっと心配していたわ」

「そのほかのところはどこも問題はないの」ペネロペが熱のこもった口ぶりで言う。「走ることも、飛び跳ねることも、食べることも。本も読んでいるようだし」

コリンが驚いたふうに妻を見やった。「そうなのか？」

「そうみたい」ペネロペが答えた。「先週、ウィリアムの読み方の本を見てたのよ」

「絵を眺めてただけなんじゃないかな」コリンは穏やかに言った。

「わたしもそう思ったんだけど、あの子の目を見てわかったのよ！　ちゃんと文字を追っていたんだもの」

夫妻は解答を求めるかのように、ふたり揃《そろ》ってダフネを見やった。

「読んでいたのかもしれないわね」ダフネはそう相槌《あいづち》を打って、自分の無力さを痛感した。ほんとうはどんな問いかけにも答えてあげたい。かもしれないとか、たぶんという言葉を付けずに、断言できることがあればいいのに。「まだ幼いけれど、文字を読めないとはかぎらないわ」

「とても利発な子なの」ペネロペが言う。

コリンはこのうえなくやさしいまなざしで妻を見やった。「わかってる……」

「ほんとうなのよ！　ウィリアムが本を読みはじめたのは四歳で、アガサもそうだったわ」

「正確には」コリンは思い返して続けた。「アガサは三歳で読みはじめていたな。まわりくどいものは無理だったが、簡単な文章は読んでいた。はっきり憶えている」

「ジョージーも読んでるのよ」ペネロペは力を込めて言った。「間違いないわ」

「そうだとすれば、なおさらそれほど心配しなくてもいいということよね」ダフネは明るく力強い声で続けた。「三歳になる前に字を読めるようになった子なら、きっと準備さえ整えば、問題なく話せるようになるわ」

ほんとうにそうなのかはわからない。でも、そうであってほしいとダフネは祈った。自分では理屈のとおった推論に思える。それに、もしジョージーがサイモンのように言葉をつかえてしまう問題をかかえていることがわかったとしても、彼を愛し、大切に想《おも》っている家族の支えがあれば、りっぱな大人に成長できるはずだ。

ジョージーはサイモンが子供のときに得られなかった、あらゆるものに恵まれている。

「大丈夫よ」ダフネは身を乗りだして、ペネロペの手を取った。「あなたたちが付いてるんだもの」

ペネロペが唇を引き結んだ。ダフネはその喉が引き攣《ひつ》っているのに気づき、兄嫁に気持ちを鎮める間を与えようとわざと顔をそむけた。コリンが三枚めのビスケットを食べ、お茶のカップに手を伸ばしたので、ダフネは次の質問は兄に投げかけることにした。

「ほかの子供たちはみな順調なの？」

兄はお茶を飲みこんでから答えた。「いたって順調だ。そっちはどうなんだ？」

「デイヴィッドの学校でのいたずらにちょっと手を焼いていたんだけど、落ち着いてきたみたい」

コリンはまたビスケットをつまんだ。「それなら、娘たちに手を焼かされているのか？」

ダフネは思いがけない言葉に目をしばたたいた。「いいえ、そんなことはないわ。どうして？」

「顔色が悪い」兄が言う。

「コリン！」ペネロペが言葉を差し入れた。

コリンは肩をすくめた。「ほんとうのことだ。ここに着いたときにも言ったが」

「そうだとしても」ペネロペが夫をたしなめた。「そんなふうに言うべきでは――」

「ぼくが言わなければ、誰に言えるというんだ？」コリンは平然と訊き返した。「そもそも、ほかに指摘してやれる人間がいるのか？」

ペネロペは声を落として、きつい口ぶりでささやいた。「大きな声でお喋りすることではないのよ」

コリンはしばし妻を見つめ、それからダフネに顔を振り向けた。また妻に顔を戻して言う。

「何が言いたいのかわからないんだが」

ペネロペがわずかに唇を開き、ほんのり頬を染めた。ダフネのほうを見て、目顔で問いかけた——そうなのよね？

ダフネはただため息をついた。そんなにもあきらかなの？

ペネロペがもどかしげに夫を見やった。「つまり——」ダフネのほうを向く。「そうなのね？」

ダフネはかすかなうなずきで応えた。

ペネロペがいくぶん得意げに夫に目をくれた。「身ごもっているのよ」

ほんの束の間コリンは固まり、すぐにいつもどおりの淡々とした表情に戻った。「いや、まさか」

「そうなのよ」ペネロペが代わって答えた。

ダフネは沈黙を守った。またも胸がむかついてきた。

「いちばん下の子が十七歳だぞ」コリンは念を押すように言い、ダフネに目を戻した。「そうだったよな？」

「いまさら」


「十六よ」ダフネは低い声で正した。

「十六だ」コリンは妻に向かって言葉を継いだ。「いまさら」

「いまさら？」

「いまさらさ」

ダフネはあくびをした。我慢できなかった。この数日で疲れはてていた。

「コリン」ペネロペの辛抱強く、それでいてやんわりと諭《さと》すかのような口ぶりが、ダフネの耳には心地よく響いた。「デイヴィッドの歳はなんの関係もないこと――」

「わかってる」コリンは遮《さえぎ》り、どことなくいらだたしげに見返した。「だけど、考えてみてくれ、もし……」妹が身ごもっているとはどういうわけか口に出しにくいらしく、ダフネのほうを手で示して言葉を濁《にご》した。

咳払《せきばら》いをする。「だからつまり、十六年もあいてということは、ないんじゃないかな」

ダフネはいったん目を閉じて、開き、ソファの背に頭をもたせかけた。本来なら気まずい心持ちになるのが自然なのだろう。相手は兄だ。しかも、だいぶ遠まわしな言い方とはいえ、夫婦生活のきわめて親密な部分について話している。

ため息のようで相槌にも聞こえなくはない、疲れきった小さな声が思わずこぼれ出た。あまりに眠くて、気恥ずかしさすら感じない。歳を重ねたせいもあるのだろうか。女性も四十を過ぎると、乙女らしい恥じらいを覚えずにすむようになるのだろう。

それに、兄夫婦が言いあいを始めたのには、むしろほっとした。おかげでふたりはいまジョージーのことから気をそらされている。

ダフネは兄夫婦のやりとりを内心では面白がっていた。兄たちが妻にやり込められている姿を見るのは愉快だ。

四十一になろうと、兄たちの困った顔をちょっぴり面白がってしまうところは変わらない。もう少し注意深く見ていられれば――またもあくびがでた――もっと楽しめたのだろうけれど。


「寝てしまったのか？」

コリンは信じられない思いで妹をまじまじと見つめた。

「そのようね」ペネロペが答えた。

コリンはもっとよく見ようと首を伸ばし、身を乗りだした。「いまならやれることが山ほどあるぞ」考えるふりで言う。「蛙《かえる》だろ、蝗《いなご》だろ、赤い水をかけるのもいいな」

「コリン！」

「うずうずする」

「これもその証《あか》しよ」ペネロペが満足げにかすかな笑みを浮かべた。

「証し？」

「身ごもってるのよ！　さっき言ったでしょう」ペネロペは夫がすぐに同意しようとしないのを見て、付け加えた。「これまで会話の最中に妹さんが寝込んでしまったことがある？」

「いや、なかったが――」コリンの声は途切れた。

ペネロペはいっそうはっきりと満足げな笑みを広げた。「やっぱり」

「きみのほうが正しいと腹が立つ」コリンは不満げにぼやいた。

「そうでしょうね。正しいのはわたしのほうばかりなんだから」

コリンはすやすやと寝息を立てはじめた妹に目を戻した。「しばらくここにいてやらなければな」いくぶんしぶしぶといった口ぶりだった。

「女中を呼ぶわ」ペネロペが言う。

「サイモンは知ってるのかな？」

ペネロペは呼び鈴の紐《ひも》を引いてすぐに肩越しに振り返った。「どうかしら」

コリンは首を振った。「気の毒に、きっと腰を抜かすぞ」


予定よりまる一週間遅れてようやくロンドンに帰ってきたサイモンは、疲れはてていた。もう五十になろうというのに、ほかのほとんどの貴族たちに比べ、つねに熱心に領主の務めに取り組んでいる。だからこそ所領の農地が洪水に見舞われ、その土地を唯一の収入源とする領民たちもいるとなれば、腕まくりをして、ともに汗を流しもする。

むろん腕まくりというのはあくまで喩えで、袖はたいがいきちんとおろしている。なにしろサセックスはやたらに寒い。雨が降ればなおさらだ。当然ながら雨はしじゅう降っていて、洪水も起こりやすい。

というわけで、サイモンは疲れていて、いまだに寒く——指に元の温かみが戻るのかすら不安だ——家族が恋しかった。家族を田舎へ同行させることもできたのだろうが、娘たちは社交シーズンを控えているし、家を発つ際、ダフネは体調が少し悪そうに見えた。

妻に風邪をひかせたくはない。ダフネが病に倒れたら、家じゅうが同じように具合が悪くなってしまう。

ダフネはみずからを働かずにはいられない女性だと思い込んでいる。ほんとうにそうなら、屋敷のなかを動きまわって椅子にへたり込んでは「いいえ、なんでもないの、わたしは大丈夫」と言いはしないだろうと、一度諭そうとしたこともあった。

いや正確には、二度だ。一度めは、返答がなかった。当初は聞こえなかったのだろうと思っていたのだが、二度めに、ほんとうに働かずにはいられないたちの人々について説明しようとしたときの反応からすると、わざと聞こえないふりをされた可能性が高い。

とはいうものの、こと妻に風邪をひかないよう注意しようとすると、「それにしてもほんとうに、大丈夫なのか」と「お茶を用意させようか？」と言う程度がせいぜいだった。

結婚して二十年以上にもなれば、夫なりの知恵も働くようになるというわけだ。

サイモンが玄関広間に入ると、執事がいつもの佇《たたず》まいで——すなわち、まったくの無表情で出迎えた。

「ありがとう、ジェフリーズ」サイモンは低い声で言い、帽子をあずけた。

「奥様のごきょうだいがお見えです」ジェフリーズが伝えた。

サイモンは一瞬口をつぐんだ。「どちらの？」なにしろ七人もいる。

「ミスター・コリン・ブリジャートンです、旦那様。ご家族も伴われて」

サイモンは首をかしげた。「そうなのか？」騒がしい物音は聞こえてこない。

「お出かけになられました、旦那様」

「公爵夫人は？」

「お休みになられています」

サイモンは思わず唸り声を漏らした。「具合が悪いのか？」

ジェフリーズらしからず、なんと顔を赤らめた。「私からは申しあげられません、旦那様」

サイモンは興味深く執事を見つめた。「病気ではないのだな？」

ジェフリーズが唾を飲みこみ、空咳をしてから答えた。「お疲れになられたのではないかと」

「疲れているのか」これ以上問いつめては、なぜか動揺しているジェフリーズを息絶えさせかねないので、サイモンはほとんど独り言のようにつぶやいた。首を振り、階段をのぼりだしながら言葉を継いだ。「疲れるのも当然だろう。コリンにはまだ十歳にもならない幼子が四人もいて、わが妻はおそらく、かいがいしくもてなすつもりなのだろうからな」

それならば添い寝するのもいいだろう。自分も疲れているし、妻がそばにいるといつもよく眠れる。

夫婦の寝室のドアは閉まっていたので、ノックしようとしたが――自分の部屋に入るときでもドアが閉まっていればそうする習慣が身についている――手をとめて取っ手を握り、ドアをそっと押し開いた。妻は眠っているかもしれない。それほど疲れているのなら、休ませておいてやりたい。

足音を立てないよう部屋に入った。カーテンは閉めきられておらず、ダフネがベッドでみじろぎもせず横たわっているのが見えた。忍び足で近づいていく。顔色が悪いようだが、ほの暗いなかでは判然としない。

サイモンはあくびをしてベッドの反対側の端に腰をおろし、前かがみになってブーツを脱いだ。首巻き《クラヴァット》をゆるめて首から取り去り、妻のほうに静かに近づいた。起こすつもりはなく、すり寄って少しばかりぬくもりを感じたいだけだった。

ダフネが恋しかった。

やっと身を落ち着けてほっと息をつき、妻に腕をまわして胸の下に手をおき――

「うっぷ!」

ダフネがいきなり跳ね起きて、飛びおりるようにしてベッドを離れた。

「ダフネ?」サイモンも起きあがり、便器へ突進していく妻を見つめた。

便器だと?

「どうしたんだ」妻が戻しはじめたので、たじろいだ。「魚にあたったのか?」

「その言葉はやめて」ダフネがいったん息をついて言った。

魚にあたったのに違いない。ロンドンで魚を手に入れられる店を新たに探したほうがよさそうだ。

サイモンも這《は》うようにベッドからおりて、タオルを取りにいった。「何かいるものは？」

言葉は返ってこなかった。返ってくるとは思っていなかったが。そこで、四度も吐いた妻に顔をしかめないようにしてタオルを差しだした。

「それにしてもほんとうに、大丈夫なのか」つぶやいた。「さぞつらいだろう。こんなに戻したことはこれまで――」

いや、あった。

まさか、そんなことがありうるのか。

「ダフネ？」声がふるえた。それどころか全身がふるえだした。

ダフネがうなずいた。

「しかし……大丈夫なのか……？」

「たぶん、いつもと同じ症状ね」ダフネはほっとしたようにタオルを受けとった。

「しかしずっと――ずっと――」サイモンは考えようとしたが、だめだった。思考がぴたりと停止していた。

「落ち着いたみたい」ダフネの声には疲れが滲《にじ》んでいた。「少しお水をくれる？」

「大丈夫なのか？」記憶が確かならば、水を飲んでもすぐにまた便器に戻してしまうはずだ。

「そこよ」ダフネはテーブルの上の水差しを力なく身ぶりで示した。「飲むわけではないわ」

サイモンはグラスに水を注いで渡し、妻が口をすすぎ終わるのを待った。

「それで」何度か咳払いを繰り返した。「その……つまり……」もう一度空咳をする。どうにもこうにも言葉が出てこない。しかも今回はつかえてしまう癖のせいではなかった。

「みんな知ってるわ」ダフネは夫の腕につかまってベッドに戻った。

「みんな？」サイモンはおうむ返しに訊き返した。

「あなたが帰るまで誰にも言うつもりはなかったんだけど、気づかれてしまったのよ」

サイモンはゆっくりとうなずいて、状況を理解しようと努めた。赤ん坊。この歳で。妻も同じように歳を重ねている。

つまり……。

これは……。

驚くべきことだ。

こんなことが起こるとは思いもしなかった。だがいまは、知った瞬間の衝撃はやわらぎ、純粋な喜びだけが湧《わ》いていた。

「すばらしいことじゃないか！」感嘆の声をあげた。抱きしめようと手を伸ばし、妻の青白い顔を見て思いとどまった。「きみはいつだって喜びを与えてくれる」そう言うと、ぎくしゃくとしたしぐさで肩を軽く叩いた。

ダフネが顔をしかめて目を閉じた。「ベッドを揺らさないで」暗い声で言う。「船酔いした気分になるわ」

「きみは船酔いしないじゃないか」サイモンは思わずそう答えて、よけいなことを言ってしまったと悔やんだ。

「身ごもると酔うのよ」

「きみは変わったアヒルちゃんだな、ダフネ・バセット」サイモンはぼそりとつぶやき、ひとつはベッドを揺らさないようにするためと、さらにはアヒルに喩えたことへの反撃を免れるためにあとずさった（これにはちょっとしたいきさつがあった。ダフネがアメリアを身ごもってふっくらとしていたときに、自分は輝いて見えるか、それともよたよた歩くただのアヒルに見えるかと訊くので、サイモンは輝いているアヒルに見えると答えたのだ。あれはまずい返答だった）。

サイモンは咳払いをして言った。「それにしてもほんとうに、大丈夫なのか」

そしてほどなく、逃げ去った。

数時間後、サイモンは重厚なオーク材の書き物机の椅子に坐り、なめらかな木の上面に両肘をついて、すでに二度満たしたブランデーグラスの縁を右手の人差し指でなぞっていた。

記憶に残る一日となった。

ダフネを休ませて寝室を出てから一時間ほどして、コリンとペネロペが子供たちとともに帰ってきたので、みなで一緒に朝食用の食堂でお茶とビスケットを味わった。サイモンは当初客間に案内しようとしたのだが、ペネロペが〝高価な織物や装飾品〟のない部屋を希望したのだ。

そのとき末っ子のジョージーは、チョコレートだと信じたい何かで汚れた顔で、あどけなく笑っていた。

サイモンはテーブルから床にまで散らばった菓子くずと、アガサがカップをひっくり返してこぼしたお茶を拭《ふ》きとった布巾をまじまじと眺め、自分とダフネも子供たちが小さかった頃はいつもこの部屋でお茶を飲んでいたのだと思い起こした。

ふしぎなもので、そういったささいなことはいつしか忘れ去られてしまう。

やがてお茶会はお開きとなったが、コリンからふたりで話したいことがあると声をかけられた。そうしてふたりで書斎に移ると、コリンがジョージーについて打ち明けた。

ジョージーが喋らない。

目の動きは鋭敏で、本も読めるようだ。

だが喋らない、という。

サイモンはコリンに助言を求められたが、その要望に応えられる言葉は見つからなかった。むろん、ずっと考えてきたことではある。ダフネが身ごもるたび、その子が生まれ、言葉を発するようになるまで、そのことばかり考えていた。

今回も悩まされることになるのだろう。もうひとり新たな子が、どうしようもなくいとおしく……心配な存在が生まれてくるのだから。

コリンに言ってやれるのは、ジョージーを愛せということだけだった。話しかけて、褒めてやり、乗馬や釣りや、父親が息子に教えてやれることをなんでも一緒にしてやってほしい。

サイモンはそのどれひとつとして父にしてもらえなかった。

この頃ではもうほとんど、父を思い返すことはない。それについてはダフネに感謝している。妻に出会うまでは、父への憎しみにとらわれていた。父をどうにかして傷つけ、少年時代に自分が拒絶され、認めてもらえずに苦しみもがいていたときと同じくらいのつらさを味わわせてやりたいと思いつめていた。

父が死んでも何も変わらなかった。同じように復讐心をつのらせていたが、その気持ちがまずはダフネへの、それから子供たちへの愛に取って代わられ、父の亡霊は消え去った。ダフネから父の手紙の束を差しだされたとき、サイモンはようやく自由になれたことを悟った。その手紙を燃やしたいとも引きちぎりたいとも思わなかった。

同時に、とりたてて読みたいという気も起きなかった。

赤と金色の飾り紐できちんとまとめられた手紙の束を眺め、自分がなんの感情も抱いていないことに気がついた。怒りも、哀しみも、後悔さえも。そんな日がくるとは想像すらしていなかった。

その手紙の束がダフネの机にどれくらいのあいだしまわれていただろう。いちばん下の抽《ひき》斗《だし》に入っているのは知っていたので、サイモンはほんのたまに、まだそこにあるのだろうかと覗くこともあった。

だがそうしたこともいつしか減っていった。時おり、ひょんなことをきっかけに思いだしたし、忘れたわけではなかったのだが、呼び起こすまでの期間がだんだんと長くなった。そしておそらくはもう何カ月も忘れていて、たまたま自分の机のいちばん下の抽斗を引いたとき、ダフネがそこに手紙を移していたことを知った。

あれからもう二十年になる。

そのときも燃やしたいとも引きちぎりたいとも思わず、読みたい気持ちもまるで湧かなかった。

これまでは。

いや、いまも読みたいわけではない。

ほんとうに？

いまふたたびその抽斗を引いてみると、手紙はまだ同じ飾り紐で束ねられていた。読みたいのか？　父の手紙に、コリンとペネロペがジョージーにつらい子供時代を送らせないために役立つ何かが書かれているのだろうか？

いや、そんなことはまず望めない。父は情のない、無慈悲で頭の固い男だった。家督と爵位に固執するあまり、たったひとりのわが子に背を向けた。ジョージーの助けになるようなことが――ひとつでも――書かれているはずがない。

サイモンは手紙の束を手に取った。紙が乾ききっている。かび臭《くさ》い。

にわかに暖炉の炎を感じた。温かく、明るく、心なぐさめられる。父が遺《のこ》した手紙をつかんで何分もただじっと炎を見つめるうち、目の焦点がぼやけてきた。五年以上も話すことがないまま、父はこの世を去った。先代の公爵が自分に言い遺したかったことがあるとすれば、ここに書かれているのだろう。

「サイモン？」

まだほとんどぼんやりとした状態で、ゆっくりと目を上げた。ダフネが戸枠に軽く手をかけて立っていた。お気に入りの淡い青色の化粧着を身につけている。もう何年もそれを着ていて、サイモンが新しいものを買ったほうがいいのではないかと勧めても聞き入れなかった。柔らかくて身になじんだものがいちばんよいということもあるのだろう。

「もう寝る？」ダフネが問いかけた。

サイモンはうなずき、立ちあがった。「そろそろ。ただちょっと――」と言いかけたが、自分が何をしていたのかよくわからず、咳払いをした。何を考えていたのかすら思いだせない。「気分はどうだ？」結局そう尋ねた。

「よくなったわ。いつも晩にはよくなるのよ」ダフネが数歩踏みだした。「トーストを、それもジャムを付けて少し食べられたわ。それに――」言葉が途切れ、目だけがすばやくまたたいた。ダフネは手紙の束を見ていた。そういえばまだ持っていたのだと、サイモンは気づかされた。

「読むの？」ダフネが静かに尋ねた。

「そう……思ったのかな」サイモンは唾を飲みこんだ。「わからない」

「でも、いまになってどうして？」

「コリンからジョージーのことを聞いた。ここに何か書かれているかもしれないと思ったんだ」手紙の束をわずかに持ち上げた。「役に立つことが」

ダフネは唇を開いたが、言葉を発するまでに少しばかり間があった。「あなたはわたしが知る誰より、やさしくて寛容な人だと思うわ」

サイモンは困惑して妻を見つめた。

「ほんとうは読みたくないのよね」ダフネが言う。

「べつにどうでも――」

「いいえ、それは違うわ」ダフネは穏やかに遮った。「破り捨てたいほどではないにしろ、あなたにとってはいまだ大きな意味を持つものであるのは変わらない」

「もうほとんど忘れかけていた」サイモンは答えた。事実だ。

「知ってるわ」ダフネは手を伸ばして夫の手を取り、指関節を親指で撫でた。「でも、お父様から解き放たれたからといって、重要な存在でなくなったわけではない」

サイモンは口を開けなかった。どう答えればいいのかわからない。

「あなたがほかの人の役に立つかもしれないからと、それをようやく読む決心をしたとしても驚かないわ」

サイモンは唾を飲みこみ、命綱につかまるかのように妻の手を握った。

「わたしが開きましょうか？」

サイモンはうなずき、黙って手紙の束を渡した。

ダフネはそばの椅子に腰をおろし、飾り紐の結び目をほどいた。「日付順になっているのかしら？」

「わからない」サイモンは答えて、机の後ろの椅子に腰を戻した。そこからでは手紙の文字までは読めない。

ダフネはうなずきを返すと、慎重に一通めの手紙の封を開いた。文面に目を走らせた——ように、サイモンには見えた。薄暗いので表情がはっきりとわかるわけではないが、手紙を読む妻の姿は見慣れているので、だいたいの変化は読みとれる。

「悪筆の方だったのね」ダフネがつぶやいた。

「そうなのか？」考えてみれば、父の筆跡を目にした憶えがない。きっと見たことはあったのだろうが、思いだせなかった。

息をとめないよう気をつけながらしばし待っていると、ダフネが紙を裏返した。

「裏には書いてないのね」いくぶん驚いたふうに言う。

「そうだろうな」サイモンは答えた。「倹約していると他人《ひと》から思われるようなことは、けっしてしない人だった」

ダフネは目を上げ、眉を吊り上げた。

「ヘイスティングス公爵に倹約は必要ない」サイモンは淡々と言い添えた。

「そうなの？」ダフネは二枚めに目を移しつつ、つぶやいた。「今度仕立て屋に行ったときにそれを思いだすことにするわ」

サイモンは微笑んだ。このようなときでも自分を微笑ませてくれる妻がいとおしい。

さらに少しして、ダフネが手紙を折りたたんで目を上げた。おそらくは夫の問いかけを待っていったん間をおき、沈黙を受けて口を開いた。「はっきり言って、ちょっと退屈だわ」

「退屈？」自分が何を期待していたのかはわからないが、そのような言葉でなかったのは間違いない。

ダフネは小さく肩をすくめた。「収穫高、屋敷の東棟の修繕のこと、それに、領民の何人かが収穫高をごまかしていると憶測してるわ」非難がましく唇を引き結んだ。「もちろん、誤解よ。疑われていたのは、ミスター・ミラーとミスター・ベッサム。どちらも人を騙《だま》すような人たちではないわ」

サイモンは目をしばたたいた。父の手紙にはひょっとして謝罪の言葉が含まれているかもしれないと思っていた。あるいは反対に、至らない点をさらに責める言葉でも綴《つづ》られているのだろうと。単に所領の財務報告を自分に遺していたとは考えもしなかった。

「あなたのお父様はとても疑り深い人だったのね」ダフネは低い声で言った。

「ああ、そうなんだ」

「次の手紙も読む？」

「頼む」

二通めも、修理が必要な橋と、自分の指示どおりに作られていなかった窓について付け加えられている以外は、ほとんど同じ内容だった。

ほかの手紙にも似たような文言が続いた。地代のこと、財務報告、修繕について、不満……。たまに提案も書かれていたが、〝来月、銃猟の会を催す予定なので、興味があれば連絡してくれ〟といった程度のことで、気持ちを伝える言葉は含まれていなかった。サイモンは啞然《あぜん》とした。父は息子をどもりがちな愚か者と見なして、その存在を否定したばかりか、明瞭に話せるまともな大人に成長したと知るや、今度は自分がかつて息子を拒んだことを否定しようとしていたわけだ。何事もなかったかのように、息子の死を望んだ憶えなどなかったかのように、振るまっていた。

「やれやれだな」何か言わずにはいられず、そうつぶやいた。

ダフネが目を上げた。「何か言った?」

「なんでもない」ぼそりと答えた。

「これで最後ね」ダフネが手紙を持ち上げて見せた。

サイモンはため息をついた。

「これも、わたしが読んでいいの?」

「もちろんだ」サイモンは皮肉っぽく応じた。「地代のことだろうからな。もしくは財務報告か」

「もしくは不作のことね」ダフネはあきらかに笑みをこらえてさらりと返した。

「そんなところだろう」サイモンも調子を合わせた。

「地代のこと」ダフネは読み終えて言った。「それに、財務報告」

「収穫高は?」

ダフネがちらりと笑みを浮かべた。「豊作の年だったそうよ」

サイモンは妙な緊張が体から抜け、束の間目を閉じた。

「ふしぎね」ダフネが言う。「お父様はどうしてこの手紙をあなたに出さなかったのかしら」

「どういうことだ？」

「だってそうでしょう。憶えてないの？　お父様はどの手紙も出さずに持っていて、亡くなる前にミドルソープ公爵にあずけたんだもの」

「息子が国を出ていたからではないかな。どこに送ればいいのかわからなかったんだろう」

「ええ、たしかにそうね」ダフネは眉をひそめた。「だけど、届かないとわかっているものをわざわざ書いていたなんて、やっぱり興味深いことだわ。もしわたしが届かないとわかっている相手に手紙を書くとしたら、話したかったことや、自分がこの世を去ったあとでも伝えておきたい重要なことがあるからだと思うのよ」

「きみが父とは違っている多くの点のひとつさ」サイモンは言った。

ダフネが慮《おもんぱか》るふうな笑みを浮かべた。「ええ、そうね。そうなのかもしれない」立ちあがり、手紙の束を小さなテーブルに置く。「もう寝ましょうか？」

サイモンはうなずき、妻の傍らへ歩いていった。けれども腕を取る前に、さっと手紙の束をつかみ、暖炉に放り込んだ。ダフネが小さな驚きの声を漏らして顔を振り向けたときには、手紙はすでに黒く焦げて萎《しぼ》んでいた。

「取っておく価値はない」サイモンは妻のほうに身をかがめ、まず鼻に、それから唇にキスをした。「ベッドに入ろう」

「コリンとペネロペにはなんて言うつもり？」腕を絡ませて階段へ歩きながら、ダフネが問いかけた。

「ジョージーのことかい？　きょうの昼間に話したのと同じことだ」今度は額に口づけた。「ただ愛してやればいい。ふたりにできるのはそれだけだ。あの子は喋ることができるのなら喋るだろうし、そうでなければ喋らない。いずれにしろ、両親から愛されてさえいれば、なんの心配もいらない」

「サイモン・アーサー・フィッツラヌルフ・バセット、あなたはすばらしい父親だわ」

サイモンは得意げな笑みをこらえて言った。「ヘンリーを忘れている」

「どういうこと？」

「サイモン・アーサー・ヘンリー・フィッツラヌルフ・バセットだ」

ダフネがぷっと吹いた。「ずいぶん名が多いのね」

「だが、子供は多すぎることはない」サイモンは足をとめ、妻を引き寄せて向きあった。妻のお腹に軽く手を触れる。「今度もまた、うまくやれるだろうか？」

ダフネがうなずいた。「あなたさえいてくれたら」

「いや」サイモンはやさしい声で言った。「きみさえいればだ」

『不機嫌な子爵のみる夢は』その後の物語

『不機嫌な子爵のみる夢は』*The Viscount Who Loved Me*

本作のなかで（ひょっとしたら、わたしの著書すべてのなかでも）読者のみなさんにお気に入りの場面を選んでいただくとするなら、ブリジャートン家のきょうだいたちが、クロッケーの十九世紀版であるペル・メルで競いあったくだりが挙がるのは間違いないでしょう。なんであれ自分が勝つことより、ほかのきょうだいたちをいかにだし抜くかにしのぎを削りあってきた面々ですから、ルールはおかまいなしの容赦《ようしゃ》なき戦いです。

本作の登場人物たちを再登場させるなら、ぜひペル・メルの再試合をさせたいと思いました。

二日前……。

　ケイトは夫が追ってきていないか肩越しに振り返って確かめつつ、芝地を踏みつけるように進んだ。結婚して十五年も経《た》てば少しは知恵もつくもので、夫が自分の行動に抜かりなく目を光らせているのは承知していた。

　けれども、ケイトは賢いし、意志が強い。それに、夫アンソニーの近侍に一ポンド渡せば、すばらしく巧みに主人の服に問題を生じさせてもらえるのもわかっていた。アイロンにジャムを塗るなり、衣装部屋に何か——蜘蛛《くも》でも鼠《ねずみ》でも、たいして変わらない——侵入させるなりして、自分が家を抜けだすまで上手に夫の気をそらしてさえくれれば、やり方は近侍の裁量で決めてもらってかまわない。

「わたしのものよ、すべてわたしのもの」ケイトは先月、ブリジャートン家で『マクベス』を家族劇で演じたときと同じ調子で声高らかに歌った。長男が配役を決め、ケイトは魔女Ⅰを割りあてられた。

　アンソニーが新しい馬で長男を買収したことにはそしらぬふりをしていた。

　夫はいまその報いを受けている。夫のシャツにラズベリージャムのピンク色の染みが付いているあいだに、こちらは――

ケイトは微笑《ほほえ》むだけでは事足りず、笑いだした。

「わたしのものよ、わたしのもの、わたしのもの、わーたーしーのものー」歌いながら、最後の音節に合わせて小屋の扉をぐいと開き、ベートーベンの交響曲第五番のように低く重々しく声をふるわせた。

「わたしのもの、わたしのもの、わたしのもの、わーたーしーのものー」

もうすぐ手に入る。自分のものになる。味わうことだってできる。ともかく傍《かたわ》らに置いてさえおけば、味わえる。もちろん木を舐《な》めても美味《おい》しいわけではないけれど、あれは単なる戦いの道具ではない。あれは……。

〝死の木槌《マレット》〟だ。

「わたしのもの、わたしのもの、わたしのもの、わーたーしーのものー」ケイトは繰り返しつつ、胸躍る狭い空間に足を踏み入れた。

高ぶる気持ちを抑えきれず、毛布を放り投げた。いつものようにその片隅には、ペル・メルの道具が置いてあるはず、だったのだけれど――

「探し物はこれかな?」

ケイトはさっと振り返った。アンソニーが戸口に立ち、憎々しげに笑いながら、黒のマレットを両手でくるりとまわしてみせた。

染みひとつない真白なシャツを着て。

「あなた……あなた……」

夫は片方の眉を冷ややかに吊《つ》り上《あ》げた。「相変わらず、とっさに言いつくろうのは苦手らしいな」

「どうして……どうして……」

アンソニーは前かがみになって、得意げに目を細く狭めた。「五ポンド払った」

「ミルトンに五ポンドもあげたの？」なんてこと、近侍のほぼ一年ぶんの賃金に値する。

「シャツをすべて買い替えるよりは、はるかに割安だ」アンソニーは顔をしかめて言った。

「ラズベリージャムか。まったく、もったいないとは思わなかったのか？」

ケイトはもの欲しげにマレットを見やった。

「試合は二日後だ」アンソニーは満足げに息をついて言った。「すでに勝ったも同然だな」

ケイトは反論しなかった。ブリジャートン家のほかの人々は、年に一度のペル・メルの試合を一日ですべて決着のつくものだと思っているかもしれないが、そうではないのを夫と自分は知っている。

三年連続で、夫に先んじてそのマレットを手にしていた。ところが今回はこのままでは夫が優位に立つことになる。

「あきらめるんだな、わが最愛の妻よ」アンソニーが鼻で笑った。「負けを認めて、またふたり仲良くやろうではないか」

ケイトはもう仕方がないといったふうに静かに息をついた。

いぶかしげに目をすがめるアンソニー。

ケイトはドレスの襟ぐりになにげなく手をやった。

夫が目を見開いた。

「ここは暑いわよね？」ケイトは気だるく、絶妙にかすれがかった声で穏やかに問いかけた。

「小癪《こしやく》なことを」夫がつぶやいた。

ケイトは肩からドレスの布地を滑らせた。その下には何も身につけていない。

「ボタンはないのか？」アンソニーがかすれた声で訊く。

ケイトは首を振った。愚かではない。練りあげた計画でもうまくいかないことはある。万一の場合の備えはつねに欠かせない。まだ少し肌寒さも感じる時季なので、凍《こご》える小さな蕾《つぼみ》のごとく乳首がすぼまった。

ケイトはぶるっと寒気を覚え、とっさに、無性にそそられているふりで切なげに吐息をついてごまかした。

夫の手に握られている黒のマレットばかり見ないようにするのに、これほど苦労していなかったなら、ほんとうにそそられていたかもしれない。

なにしろ寒い。

「たまらないな」アンソニーがつぶやいて手を伸ばし、妻の乳房の脇を撫《な》でた。

ケイトは甘えるような声を漏らした。この声に夫はけっして抗えない。

アンソニーは口もとをゆるませ、手を乳房の上に移して、指で乳首を転がした。

ケイトは吐息をつき、ちらりと夫の目に視線を向けた。見たところ——何か計算を働かせているわけではなさそうだが、夫はまだいたって冷静だ。それから、ケイトははたと気づいた——夫のほうもどうすればこちらが抗えなくなるかをじゅうぶん心得ていることに。

「ああ、妻よ」アンソニーはささやいて、乳房を下から持ち上げ、手のひらで包みこんだ。にっこり笑う。

ケイトは息を詰めた。

夫が頭をかがめ、乳首を口に含んだ。

「ああ！」もはや演技ではなくなっていた。

アンソニーはもう片方の乳首も同じように攻め立てた。

そうして、あとずさった。

後ろへ。

ケイトは息を切らしてその場に立ちつくした。

「ううむ、この姿を絵にできたなら」アンソニーが言う。「書斎に掛けておきたい」

ケイトはぼんやりと口をあけた。

夫が勝ち誇った顔で黒のマレットを掲げてみせた。「では失礼、わが最愛の妻よ」小屋を出てすぐに扉の向こう側から顔を覗《のぞ》かせた。「風邪をひかないようにな。試合に出られなくなってしまっては困るだろう？」

妻がすでにペル・メルの球を取りだしていなかったのは夫にとっては幸運だったと、ケイトはいまさらながら悔やんだ。とはいえ考えてみれば、夫の石頭では、それくらいでへこみはしないかもしれないけれど。

前日。


妻をだし抜くことほど愉快なことはそうありはしないだろうと、アンソニーはしみじみ考えた。むろん、どんな妻かにもよるが、自分の場合には並はずれて知性が高く、機知の働く女性を娶《めと》ったので、大半の男たちよりもなおさら愉快に感じられるに違いない。

アンソニーは書斎で茶を飲みながらこの至福を味わい、戦利品さながら机の上に置かれた黒のマレットを眺めて、満足そうに息を吐きだした。朝の陽光に照らされて輝くマレットは、なんときらびやかなことか――少なくとも何十年も熾烈《しれつ》な戦いに使われ、すり減って傷んでいるとは思えない輝きを放っている。

ささいなことは気にならない。へこみも傷もいとおしく感じられる。子供じみていて、幼稚ですらあるかもしれないが、自分にとってはそれくらい大事なものだ。

どちらかと言えば、これを持っていることのほうが大事なのだが、それでもやはり愛着を抱いていることには変わりない。今回ケイトの鼻先からまんまとかすめ取ったことはいつか忘れてしまったとしても、ある大切な記憶を必ず思い起こさせてくれるものでもあった――

恋に落ちた日のことを。

そのときにはまだ気づいていなかった。ケイトもそうだったのだろうが、あれがふたりを結びつけた運命の日だったのだとアンソニーは確信していた――ペル・メルで不名誉な試合をした日だ。

ケイトのおかげでピンク色のマレットを持つはめとなったうえ、球を池に落とされてしまった。

たいしたご婦人だ。

あれから、このうえなく幸福な十五年が過ぎた。

アンソニーは悦に入った笑みを湛《たた》え、ふたたび黒のマレットに視線を落とした。年に一度、ペル・メルの試合が行なわれる。当時試合をした面々――アンソニー、ケイト、弟のコリン、妹のダフネ、妹の夫のサイモン、ケイトの妹のエドウィーナ――が、毎年春に律儀にオーブリー屋敷に勢揃いし、毎回順路を変えて競いあう。競争心から来る者もいれば、ただの気晴らしで参加する者もいるが、全員が欠かさず集まっている。

そして今年も――

アンソニーは声を立てて笑った。このマレットを手にしているのは自分で、ケイトではない。

人生とはよいものだ。人生とはなんとすばらしいものなのだろう。

「ケーイトー!」

ケイトは読んでいた本から目を上げた。

「ケーイトー！」

ケイトは夫との距離を推し量った。十五年も同じような大声で名を呼ばれていれば、第一声からどのくらいで姿を見せるか計算できる技も身につく。

この計算は意外に単純ではない。まず自分がいる場所を考慮する必要がある――夫より上の階にいるのか下にいるのか、戸口から見えるところなのか等々。

加えて、子供たちの行動も肝心だ。家にいるのか？　いるとすれば、父親に出くわす可能性は？　出くわすところにいるとすれば、アンソニーが姿を見せるまでの時間が一分程度は長引くかもしれず――

「ここか！」

ケイトはびくりとして目をしばたたいた。夫が戸口に立ち、息を切らしつつ、驚くほどいきりたって自分を睨《にら》みつけている。

「どこだ？」アンソニーは問いただすように訊いた。

いいえやはり、これほどいきりたっていても驚くほどのことではないのだろう。

ケイトは表情を変えずに瞬《まばた》きを繰り返した。「坐ったら？」声をかけた。「少し息切れしているみたいだから」

「ケイト……」

「あなたはもうそんなに若くないのよ」ため息まじりに言う。

「ケイト……」声はさらに大きくなった。

「呼び鈴を鳴らして、お茶を頼みましょうね」やさしい声で続けた。

「鍵を掛けておいたんだ」アンソニーが唸《うな》り声で言う。「書斎には鍵が掛かっていた」

「そうなの？」ケイトは低い声で相槌《あいづち》を打った。

「ひとつしかない鍵は持っていた」

「そう？」

アンソニーが目を大きく見開いた。「何をしたんだ？」

ケイトは読んでもいない本のページをめくった。「いつ？」

「いつとは、どういう意味だ？」

「だから……」内心でほくそ笑まずにはいられず、いったん言葉を途切らせた。「いつのことなのかを訊《き》いてるのよ。今朝？　それとも先月？」

一瞬の間があいた。ほんの数秒程度のことだったが、夫の表情から、当惑が疑念へ、さらには憤りに変わったのが見てとれた。

痛快だった。ケイトはこのうえなく愉快になり、心浮き立った。笑い声をあげたいところだったけれど、そんなことをすれば、これからひと月は『マクベス』で魔女たちが毒を煮る窯《かま》のごとく夫がぐつぐつと鬱憤《うっぷん》を煮立たせて、気を腐らさせてしまいかねない。

「書斎の合鍵を作ったのか？」

「わたしはあなたの妻よ」ケイトは指の爪を眺めつつ答えた。「隠し事はよくないのではないかしら？」

「鍵を作ったのか？」

「あなたもわたしに秘密を持ってほしくはないでしょう？」

アンソニーは指関節が白くなるほど戸枠をきつくつかんだ。「楽しんでいるような態度はやめろ」言葉を吐きだした。

「あら、でも、嘘《うそ》をつくのはいやだわ。夫に嘘をつくのは罪だもの」

アンソニーが喉の奥から妙な唸り声を漏らしはじめた。

ケイトは微笑んだ。「いかなるときも誠実にと誓ったんだものね？」

「それを言うなら、従順にだろう」アンソニーは不機嫌に正した。

「従順に？　そんな言葉だったかしら？」

「どこなんだ？」

ケイトは肩をすくめた。「言わないわ」

「ケイト！」

ケイトは間延びした声で繰り返した。「言わなーい」

「いいのか……」アンソニーは身を乗りだした。凄《すご》むように。

ケイトは唾《つば》を飲みこんだ。ほんのわずかにだけれど、調子に乗りすぎてしまうところが自分にはたしかにある。

「ベッドに括《くく》りつけるぞ」夫が脅し文句を吐いた。

「そう？」ケイトは戸口までの距離を目測して夫の優位を見きわめた。「でも、そんなにいやなことではないかもしれないわ」

夫の目が燃え立った。といっても、なおもペル・メルのマレットに執着しているのだから、欲望というより……好奇心で目がぎらついているだけのことなのだろう。

「いいのか、縛りつけられるんだぞ」アンソニーは低い声で言い、歩み寄ってきた。「それでほんとうにいいんだな？」

ケイトは夫の真意を読みとり、息を呑《の》んだ。「やれるはずがないわ！」

「いいや、やるとも」

夫は奪い返そうとしている。妻を縛りつけておいて、そのあいだに黒のマレットを探しだすつもりなのだ。

妻がその在《あ》り処《か》を明かさないかぎり。

ケイトは椅子の肘掛けを伝って後ろ側に移動した。このようなときには楯《たて》となるものを確保するにかぎる。

「待て、ケイト……」アンソニーはせせら笑って妻を呼び、じりじりと近づいた。

「わたしのものだわ」ケイトはきっぱりと言った。「十五年前にわたしのものになって、いまもわたしのものなのよ」

「その前は私のものだった」

「でも、あなたはわたしと結婚したでしょう！」

「だから、きみのものになったと言うのか？」

ケイトは無言で夫と目を合わせた。たちまち追いつめられて呼吸が乱れ、速まった。とそのとき、アンソニーがすばやく動いて椅子の上から肩をつかんだが、ケイトはとっさに身をよじって逃れた。

「あなたには見つけられないわ」ほとんど叫ぶように言い放ち、ソファの後ろにまわった。

「逃げられると思うのか」アンソニーは警告し、今度は戸口への進路をふさぐ戦法に出た。

ケイトは窓を見やった。

「落ちれば死ぬぞ」

「まったく、何をしてるのやら」戸口のほうから声がした。

ケイトとアンソニーは顔を振り向けた。アンソニーの弟のコリンが、呆《あき》れた面持ちでふたりを眺めていた。

「コリン」アンソニーがいかめしい声で言った。「よく来たな」

コリンはそっけなく片方の眉を上げて応じた。「もしや、これをお探しなのでは」

ケイトは息を呑んだ。コリンが黒のマレットを持っている。「どうしてあなたが――」

コリンはマレットの丸みを帯びた柄の先を愛《め》でるかのように撫でた。「むろん、あくまでぼくの見解ですが」楽しげに息をつく。「もう、ぼくが勝ったも同然じゃないかな」


試合当日。

「納得がいかないわ」アンソニーの妹のダフネが声をあげた。「どうして、お兄様が順路を決めるのよ」

「この芝地の正真正銘の持ち主だからに決まってるだろうが」アンソニーは嚙《か》みつくように答えた。手をかざして、まぶしい陽射しを遮《さえぎ》り、みずから定めた順路をあらためて眺めた。内心では、今回の自分の見事な仕事ぶりにほくそ笑んでいた。悪知恵が冴《さ》えている。

自分はまさしく天才だ。

「ご婦人がたの前で、乱暴な言葉遣《づか》いは控えてもらえないか？」今度はダフネの夫のヘイスティングス公爵、サイモンからの指摘だった。

「ご婦人などと呼べるものか」アンソニーは不満げに返した。「妹だぞ」

「私の妻だ」

アンソニーは鼻先で笑い飛ばした。「その前から私の妹だった」

サイモンが、マレットの先で芝地を打っているケイト――緑色のマレットを持てて幸運だとうそぶいていたが、それが本心ではないのをアンソニーはむろん承知していた――に顔を振り向けた。

「ほんとうによく」サイモンは問いかけた。「辛抱できますね？」

ケイトは肩をすくめた。「貴重な才能よね」

コリンが黒のマレットを聖杯のごとく手にして進みでてきた。「始めませんか？」仰々しく呼びかけた。

サイモンが驚いた顔で唇を開いた。「〝死のマレット〟か？」

「ぼくは抜け目ありませんから」コリンが答えた。

「女中を買収したのよ」ケイトが不機嫌に口を挟んだ。

「きみも近侍を買収しただろう」アンソニーが指摘した。

「あなただって！」

「私は誰も買収していない」サイモンが誰にともなくつぶやいた。

ダフネが諫《いさ》めるかのように夫の腕を軽く叩いた。「あなたはこの一族に生まれついたわけではないでしょう」

「彼女もそうだ」サイモンはケイトのほうを身ぶりで示した。

ダフネはしばし考えた。「変わってるのよ」結局そう答えた。

「変わってる？」ケイトが強い調子で訊き返した。

「最上の褒《ほ》め言葉だわ」ダフネは兄嫁に説明し、ひと息ついて、続けた。「ちなみに」コリンのほうを向く。「いくらだったの？」

「何がだ？」

「女中にいくら払ったの？」

コリンは肩をすくめた。「十ポンド」

「十ポンドも？」ダフネは叫ぶように声を張りあげた。

「気は確かか？」アンソニーがきつい声で言う。

「あなただって近侍に五ポンド払ったじゃない」ケイトが指摘した。

「優秀な女中ではないことを祈ろう」アンソニーはぼやいた。「そんな大金が手に入れば、日暮れ前に姿を消していてもふしぎはない」

「うちの女中はみな優秀だわ」ケイトはいくぶんいらだたしげに返した。

「十ポンドもだなんて」ダフネは繰り返して、首を振った。「奥様にご報告しておかないと」

「ご勝手に」コリンは無頓着《むとんちゃく》に答えて、ペル・メルの順路へおりてくる丘の斜面を顎《あご》で示した。「妻は向こうにいる」

ダフネはさっと顔を振り向けた。「ペネロペも来てるの？」

「ペネロペも来ているのか？」アンソニーが大きな声で訊いた。「どうしてまた？」

「ぼくの妻ですから」コリンが答えた。

「いままで試合に来たことはなかっただろう」

「ぼくが勝つのを見たいそうで」コリンはさらりと言い、兄に胸の悪くなる得意げな笑みを返した。

アンソニーは弟の首を絞めてやりたい衝動に駆られたがぐっとこらえた。「しかしどうして、勝てると思うんだ？」

コリンは黒のマレットを振ってみせた。「これを手に入れましたから」

「みなさん、ご機嫌いかが」ペネロペが夫たちのところにのんびりと歩いてきた。

「応援は無用」アンソニーは忠告した。

ペネロペがとまどい顔で目をしばたたいた。「どういうことかしら？」

「それと、いかなる理由があろうと」試合中にある程度の品位を保つためには誰かが釘《くぎ》を刺しておかねばという責任感から、アンソニーは続けた。「夫から十歩以内に近づいてはならない」

ペネロペはコリンのほうを向き、自分のところまでの距離をうなずきで九歩数えて、一歩さがった。

「〝ずる〟はなしだからな」アンソニーは念を押した。

「ともかく、新たな手口の〝ずる〟はなしにしよう」サイモンが言い添えた。「すでに定着してしまっている〝ずる〟の手口は、もはや認めざるをえない」

「試合中に夫と話をするのはかまわないかしら？」ペネロペが穏やかに問いかけた。

「だめ！」三人が力強い声を揃えてきっぱりと答えた。

「念のため」サイモンがペネロペに言う。「いまのに私は加わっていなかった」

「さっきも言ったように」ダフネが夫の脇をすり抜けて、柱門《ウイケット》を確かめに向かった。「あなたはこの一族に生まれついたわけではないんだもの」

「エドウィーナはどこです？」コリンがきびきびと問いかけて、屋敷のほうへ目を凝らした。

「もうすぐ来るはずよ」ケイトが答えた。「朝食は食べ終えたはずだから」

「始まりが遅れるな」

ケイトはダフネに言った。「妹は、わたしたちほど試合に熱意がないのよ」

「わたしたちをどうかしていると思っているのかしら？」ダフネが訊いた。

「まさにそうなの」

「でも、毎年快く来てくれてるわ」ダフネが言う。

「慣例行事だからな」アンソニーは声高らかに告げた。やむなく手にすることとなったオレンジ色のマレットをかまえ、遠くの一点に狙いを定めて、素振りをした。

「この順路ですでに練習したわけではないでしょうね？」コリンが咎《とが》める口ぶりで訊いた。

「無理だろう」サイモンが言葉を挟んだ。「順路を設置したのは今朝だ。みんなで見ていた」

コリンはそれを聞き流してケイトに向きなおった。「最近、兄が晩に不審な外出をするようなことはなかったですか？」

ケイトは唖然《あぜん》となってコリンを見返した。「夫が、月明かりの下でこっそりペル・メルを練習していたかもしれないと？」

「兄ならやりかねませんから」コリンはぼそりと答えた。

「たしかにそうだけれど」ケイトは続けた。「間違いなく自分のベッドに寝ていたわ」

「重要なのは、どのベッドにいたかではなく」コリンが言いつのった。「公正な試合ができるかということです」

「ご婦人がたを前にして適切な表現ではなかろう」サイモンは諫めつつも、あきらかに面白がっていた。

アンソニーがいらだたしげにコリンを見やり、ついでにサイモンにも同じまなざしを投げかけた。会話は漫然となり、試合の開始時刻はとうに過ぎた。「エドウィーナは何をしているんだ？」語気を強めて言った。

「丘をおりてくるところよ」ケイトが答えた。

アンソニーが目を上げると、ケイトの妹、エドウィーナ・バグウェルが重い足どりで斜面をくだってくるのが見えた。あまり屋外には出たがらない女性なので、ため息をついて瞳をぐるりとまわしている表情が容易に思い浮かんだ。

「今年はピンクにするわ」ダフネが歯切れよく言い、残っているマレットのなかの一本を選びとった。「女性らしくしとやかにやれそうでしょう」兄たちをいたずらっぽく見やった。

「あくまで見た目は、だけれど」

サイモンが妻の背後に手を伸ばし、黄色のマレットを選びとった。「エドウィーナはむろん、青だからな」

「エドウィーナはいつも青なのよ」ケイトはペネロペに説明した。

「どうして？」

ケイトは言いよどんだ。「わからない」

「紫は？」ペネロペが問いかけた。

「ああ、それは誰も使わないわ」

「どうして？」

ケイトはふたたび言いよどんだ。「わからない」

「習慣だろう」アンソニーが言葉を差し入れた。

「それなら、どうしてほかのみんなは毎年色を替えるの？」ペネロペが粘り強く尋ねた。

アンソニーは弟に向きなおった。「いつもこんなに質問が多いのか？」

「いつもですよ」

ペネロペに顔を戻して言う。「そういう一族なんだ」

「お待たせ！」エドウィーナが明るく声をかけて、ほかの参加者たちのもとにやって来た。

「あら、また青なのね。お気遣い、ありがとう」道具を手に取り、アンソニーを振り返った。

「始めません？」

アンソニーはうなずいて、サイモンのほうを向いた。「ヘイスティングス、きみからだ」

「いつもどおりか」サイモンはつぶやいて、球を出発点に置いた。「さがっていてくれ」マレットがぶつかるところには誰もいなかったものの、注意を促した。マレットを後ろに引き、振りおろして勢いよく球を叩いた。球は芝地の上を狙いどおりの進路へ飛び、ひとつめのウィケットのわずか数メートル手前に落ちた。

「まあ、お上手！」ペネロペが楽しげな声をあげ、両手を打ち鳴らした。

「応援は無用だと言ったはずだ」アンソニーがぼやいた。この頃、どうして誰も彼も指示に従おうとしないんだ？

「サイモンにでも？」ペネロペが訊いた。「応援してはいけないのは、コリンにだけかと思ってたわ」

アンソニーは慎重に球を地面に据えた。「気が散る」

「どうせ誰にでも気が散るんだ」コリンが不満げに言った。「妻よ、どんどん応援してくれ」

けれどもアンソニーが狙いを定めると、ペネロペは押し黙った。アンソニーは先のサイモン以上に力強くマレットを振り、球はさらに遠くへ転がった。

「あらあら、あそこはまずいわね」ケイトが言う。

アンソニーはいぶかしげに妻を見返した。「どういう意味だ？　すばらしい一打だったではないか」

「ええ、それはそうなんだけど――」

「そこをあけてくれ」コリンが指示する口ぶりで言い、出発点に進みでてきた。

アンソニーは妻の目を見据えた。「どういう意味なんだ？」

「べつに」ケイトはそっけなく返した。「ただ、あそこはちょっぴりぬかるんでいるだけのことよ」

「ぬかるんでいる？」アンソニーは自分の球のほうを見やり、それから妻に目を戻し、ふたたび球のほうへ視線を移した。「もう何日も、雨は降っていない」

「ええ、まあ、そうね」

アンソニーはもう一度妻を見返した。いらいらと不愉快そうに、いまにも妻を地下牢に閉じ込めかねない形相で言う。「ではなぜ、ぬかるんでいるんだ？」

「でも、ぬかるんでいるのではないのかも……」

「ぬかるんでいるのではない」アンソニーは思いのほか辛抱強く繰り返した。「水溜まりと言うほうが適切かもしれないわ」

アンソニーは返す言葉を失った。

「それとも、水浸し？」ケイトはわずかに顔をしかめた。「水溜りの跡のことは、なんて呼べばいいのかしら？」

アンソニーは妻のほうへ一歩踏みだした。ケイトはそそくさとダフネの後ろにまわった。

「どうしたの？」ダフネが身をねじって訊く。

ケイトはその脇から顔だけ覗かせ、得意げに微笑んだ。「夫に殺されそうなのよ」

「これほど大勢の前で？」サイモンが尋ねた。

「いったいどうして」アンソニーが問いただすように言う。「記憶にあるかぎり最も雨の少ないこの春の盛りに、水溜りが出来るんだ？」

妻はまたもあのいらだたしい笑みを返した。「わたしがお茶をこぼしてしまったからよ」

「水溜りが出来るほど？」

ケイトが肩をすくめた。「寒かったんだもの」

「寒かった」

「それに喉が渇いていたし」

「そのうえ、どうやら不器用なわけだな」サイモンが口を挟んだ。

アンソニーは友人を睨みつけた。

「しかし妻を殺すつもりなら」サイモンが言う。「わが妻をそこから逃がしてからにしてくれないか？」ケイトに顔を向けて続けた。「水溜りをこしらえるべき場所が、どうしてわかったんだ？」

「夫はわかりやすい人なのよ」と、ケイト。

アンソニーは手の指を曲げ伸ばし、妻の首の太さを推し量った。

「毎年」ケイトは夫に笑いかけて言った。「ひとつめのウィケットは同じ場所に設置して、きっかり同じ強さで球を打つの」

コリンが折りよく戻ってきた。「きみの番だ、ケイト」

ケイトはすかさずダフネの後ろから姿を現わし、さっさと出発点に向かった。「手段は選ばずでしょう、最愛の旦那様」楽しげに声をかけた。それから前かがみに狙いを定め、緑色の球を打ち飛ばした。

まっすぐ水溜りへ。

アンソニーはほっと胸をなでおろした。やはり、この世に正義は存在する。


三十分後、ケイトは三番めのウィケットのそばにある自分の球の脇に立っていた。

「泥をかぶるとは気の毒に」コリンがぼそりとつぶやいて、のんびり通りすぎていく。

ケイトは夫の弟を睨みつけた。

そのすぐあとにダフネも通りがかった。「ちょっと……」ケイトの髪を手ぶりで示した。

「ええ、そこよ」ケイトがぞんざいに髪の生えぎわをぬぐうと、ダフネは言い添えた。「でも、まだもう少し……」咳払《せきばら》いをする。「どのみち、あちこちに付いてしまっているものね」

ケイトはじろりと見返した。

そこにサイモンも追いついてきた。どうして自分より先へ進んでいるはずの人々が誰も彼も、三番めのウィケットのそばを通っていくのだろう？

「泥がちょっと付いている」サイモンが気遣《きづか》わしげに声をかけた。

ケイトはマレットをさらにきつく握りしめた。ヘイスティングス公爵の頭はいま、すぐそこにある。

「でも、お茶も混じっているはずだからな」そう言い添えた。

「だからどうだと言いたいの？」ダフネが夫に問いかけた。

「どうというわけではないんだが」サイモンは妻と五番めのウィケットへ歩きだしつつ答えた。「何か言わなければいけないような気がしたものだから」

ケイトが頭のなかで十まで数えたとき、予想どおり今度はエドウィーナがやって来て、その三歩後ろにはペネロペも付き添っていた。ふたりはいつしかチームらしきものを結成し、エドウィーナは球を打つ際には必ずペネロペと戦略を協議してからマレットを振っていた。

「あら、ケイトお姉様」エドウィーナが気の毒がるふうにため息をついた。

「言われなくてもわかってるわ」ケイトは唸るように機先を制した。

「水溜りをこしらえたのは、お姉様自身だものね」エドウィーナが釘を刺した。

「あなたの姉なのよ」ケイトは強い調子で返した。

エドウィーナが茶目っ気のある笑みを浮かべた。「姉妹の情で、〝ずる〟を認めるわけにはいかないわ」

「これはペル・メルだわ。公正かどうかは問題ではないのよ」

「そのようね」ペネロペがさらりとつぶやいた。

「十歩でしょう」ケイトは指摘した。

「あなたからではなく、コリンからだわ」ペネロペが言い返した。「つねに誰のマレットの先も届かないところにいるようには心がけてるけど」

「そろそろ行きましょう」エドウィーナが声をかけ、姉のほうを向いて言い添えた。「四番めのウィケットを通過したところなの」

「それでどうしてわざわざ遠まわりしてるのかしら」ケイトは独りごちた。

「ほんのご挨拶に立ち寄ったまでだわ」エドウィーナはとりすまして答えた。

妹とペネロペが背を向けて歩きだし、ケイトは思わず口走った。そうせずにはいられなかった。

「アンソニーはどこ？」

エドウィーナとペネロペが振り返った。「ほんとうに知りたい？」ペネロペが訊き返した。

ケイトはしぶしぶうなずいた。

「最後のウィケットのところだと思うわ」ペネロペは答えた。

「前、それとも後ろ？」ケイトは奥歯を嚙みしめて訊いた。

「どういうこと？」

「ウィケットの手前なのか、それともぐらせたの？」ケイトはじれったそうに尋ねた。ペネロペがすぐに答えないので、付け加えた。「もうあがったのかと訊いてるの」

ペネロペはきょとんとして目をしばたたいた。「ああ、まだよ。あと二打は必要ではないかしら。三打かも」

ケイトは去っていくふたりを目を狭めて見つめた。優勝できない——もう勝てる見込みは潰《つい》えた。でも、自分が勝てないのなら、なんとしてもアンソニーにも勝たせるわけにはいかない。自分をつまずかせ、ぬかるみのなかに転ばせた夫に勝利の栄誉を手にする資格はない。

当然ながらアンソニーは事故だったと主張したが、妻が自分の球に近づいたときにたまたま夫の球がぬかるみから弾きだされたのはきわめて不自然だ。ケイトが軽く飛びあがって、ぎりぎりでその球をかわしてほっとしたとき、アンソニーがしらじらしく振り返って言った。

「おっと、大丈夫か？」

それと同時に夫のマレットも測ったかのようにちょうど足首の高さでこちらにまわり、ケイトは今度は飛びあがる機を逃し、ぬかるみへよけざるをえなかった。

うつぶせに。

するとアンソニーはぬけぬけとハンカチを差しだした。

このままではすまされない。

憶《おぼ》えてなさい。

必ず、きっと、仕返しする。

でもまずはなんとしても夫を負けさせなくては。


アンソニーはにこやかに微笑んで――口笛すら吹いて――自分の番を待った。はるか遅れているケイトのところまで誰かが戻っていって打つ番を知らせなければならないし、エドウィーナも迅速《じんそく》に打つ美徳を相変わらず理解していないので、次に自分の番がくるまでにはばからしいくらい待たなくてはならない。この十四年間もエドウィーナは毎回一日がかりのつもりではないかと思うほどのんびりまわっていたが、今回はさらにペネロペから分析と助言をいちいち聞いて球を打っている。

だがきょうばかりは、いらだちもしなかった。自分が首位に立っていて、もはや誰も追いつける見込みはない。しかも最下位はケイトなのだから、勝利の喜びは格別だった。

これまでのところ、妻が誰かひとりでも追い抜けるとは思えない。

おかげで、コリンに〝死のマレット〟をかっさらわれた悔しさすら相殺できそうだ。

アンソニーは最後のウィケットへ顔を振り向けた。次の一打で、あとはまっすぐ叩けばすむ位置まで球を転がし、もう一打でぐらせる。そして最後に終点の旗竿《はたざお》へ向かって転がし、コツンと当てれば、あがりだ。

子供の遊びも同然だ。

肩越しに顔を振り向けた。ダフネがオークの古木のそばに立っている。そこは丘のいちばん高みなので、こちらからは見えないところも眺めわたせた。

「誰の番だ？」アンソニーは大きな声で妹に問いかけた。

ダフネは首を伸ばして丘の周りにいる参加者たちを見おろした。「コリンのようだわ」そう答えて、さらに身をひねった。「だから次はケイトね」

アンソニーはその返答に微笑んだ。

今年はいつもと少し趣向を変え、循環するような順路を設定した。みな螺旋状《らせんじょう》にめぐらなければならないので、自分は誰より最後尾のケイトの近くで勝利の雄たけびをあげられるというわけだ。つまり、南へほんの十メートルも移動すれば、四番めのウィケットを通過しようとしている妻の姿を眺められるに違いない。

それともまだ三番めのウィケットのところだろうか？

いずれにしろ、見逃す手はない。

そこでアンソニーは笑みを湛え、のんびりと歩きだした。声をかけてみるか？　妻は声をかけられたらなおさらいらだつだろう。

だがさすがにそれでは残酷だろうか。とはいうものの――

カーン！

思案を遮られて目を上げると、緑色の球がこちらに飛んでくるのが見えた。

どうなってるんだ？

ケイトが得意げな笑い声をあげ、スカートを絡げて駆けてくる。

「いったい、どういうつもりだ？」アンソニーは声を張りあげた。「四番めのウィケットは向こうだろう」妻にも当然わかっているのは承知のうえで、指し示した。

「まだ三番めのウィケットをくぐらせるところだもの」ケイトは茶目っ気たっぷりに答えた。「それにどのみち、勝負はもうあきらめたわ。こんなに差がついたら見込みはないでしょう？」

アンソニーは妻を見て、それから最後のウィケットの手前に安らかにとどまっている自分の球に視線を移した。

ふたたび妻に目を戻す。

「まさか、妙なまねはやめろ」唸るように言った。

ケイトがゆっくりと微笑んだ。

したりげに。

魔女のごとく。

「見てなさい」妻は言った。

するとそこへコリンが斜面をのぼってきた。「アンソニー兄さん、打ってください！」

「どういうことだ？」アンソニーは語気を強めた。「いまケイトが打ったところなのだから、ダフネとエドウィーナとサイモンが打ってからだろう」

「みんな、さっさと打ってしまったんだ」サイモンが大きな歩幅で近づいてきた。「ここは見逃したくないからな」

「まったく、呆れたものだ」アンソニーはほかの人々も足早にこちらにやって来るのを見て、つぶやいた。つかつかと自分の球に歩み寄り、目を細めて狙いを定めた。

「木の根に気をつけて！」ペネロペが声をかけた。

アンソニーは歯軋《はぎし》りした。

「応援ではないわ」ペネロペがあっけらかんと言う。「注意を促すのは応援には入ら――」

「静かにしてくれ」アンソニーは不機嫌に言い放った。

「わたしたちはみなこの試合の参加者なのに」ペネロペが口もとをゆがめた。

アンソニーは振り返った。「コリン！」呼ばわった。「男やもめになりたくなければ、妻の口をつぐませろ」

コリンがペネロペに歩み寄った。「愛してる」そうささやいて、妻の頬にキスをした。

「わたしも――」

「やめろ！」アンソニーは怒鳴《どな》りつけた。そしてほかの全員にいっせいに凝視され、弁解がましく言い添えた。「集中したいんだ」

ケイトが小躍りしてわずかに近づいた。

「おい、そこから離れてくれ」

「よく見たいのよ」妻が言う。「きょうはずっと遅れてまわっていたから、ほとんど何も見られなかったんだもの」

アンソニーはいぶかしげに目を狭めた。「ぬかるみの一件は私のせいかもしれないが、そうかもしれないというだけで、必ずしもそうだと認めたわけではない」

ぼんやりこちらを見ているほかの面々にはわざとそしらぬふりで、いったん間をおいた。

「ただし」アンソニーは続けた。「きみが最下位にまで落ちたのが私のせいだというのは、言いがかりだ」

「泥が付いたせいで手が滑りやすくなってしまったんだもの」ケイトは嚙みつくように言い返した。「マレットをしっかり握れないのよ」

ふたりの脇でコリンが顔をしかめた。「悪いが、ケイト、その言いわけは通用しない。気の毒には思うが、兄さんの言いぶんに分があると言わざるをえない」

「わかったわ」ケイトは辛らつな視線をコリンに投げかけて言った。「誰のせいでもなく、わたしの失敗よ。だけど」

そこでケイトは口をつぐんだ。

「だけど、なんなの？」待ちきれず、エドウィーナが問いかけた。

ケイトは泥まみれになりながらも、王笏《おうしゃく》を手にした女王のように立っていた。「だけど」威厳たっぷりに言葉を継ぐ。「わたしには納得できない。これがペル・メルで、わたしたちがブリジャートン家であるかぎり、公正に戦う必要はないはずよ」

アンソニーは首を振り、前かがみに狙いを定めた。

「その言いぶんにも一理ある」癪にさわる弟、コリンが言う。「この試合においては、正々堂々と戦う精神はけっして重んじられない」

「静かにしてくれ」アンソニーは文句をこぼした。

「それどころか」コリンが続けた。「言い換えるなら――」

「静かにしろと言ってるんだ」

「――実際には逆に、いかにうまく不正に勝ったかが――」

「黙れ、コリン」

「――むしろ褒《ほ》め称《たた》えられるわけで――」

アンソニーは見切りをつけて、素振りをした。このままでは、聖ミカエル祭（九月二十九日）まで、ここに立ちつづけなければならないだろう。コリンは兄をいらだたせる見込みがあるかぎり、口を閉じまい。

アンソニーは風の音だけに耳を傾けようとした。少なくとも気持ちだけは。

狙いを定める。

マレットを引く。

カーン！

思いのほか、勢いはつかなかった。

球はころころ転がって、残念ながらじゅうぶんな距離には届かなかった。あと一打では最後のウィケットをくぐらせられないだろう。天の格別なお慈悲でも賜《たまわ》らないかぎり、球にこぶし大の石を迂回《うかい》させることなどできはしない。

「コリンお兄様の番よ」ダフネがそう言うより早く、コリンは自分の球のところへ走りだしていた。ぞんざいに球を打って、呼ばわった。「ケイト！」

ケイトは進みでて、目をまたたき、形勢を見きわめた。自分の球は夫の球のおよそ三十センチほど手前にある。けれども、向こう側には石があり、たとえ妨害工作を試みたとしても、石に阻まれ、夫の球をさほど遠くへ弾くことはできないだろう。

「興味深い選択を迫られたな」アンソニーがつぶやいた。

ケイトはふたつの球の周りをひとめぐりした。「わたしがここであなたを勝たせてあげたら」思いめぐらすふうに言う。「きっと感動的な場面になるわよ」

「おっと、きみに勝たせてもらう必要はない」アンソニーは一笑に付した。

「返答を誤ったわね」ケイトは狙いを定めた。

アンソニーは眉をひそめた。妻は何をするつもりだ？

ケイトは夫の球の正面ではなく、左側を狙って、かなり力を入れて自分の球を打った。ケイトの球は夫の球を右へ弾き飛ばした。正面からまともに当てた場合ほど遠くへは飛ばせなかったが、どうにか丘の高みには届かせることができた。

球が丘をのぼっていく。

丘のてっぺんへ。

そして、向こう側へくだりはじめた。

ケイトは戦いの場にはそぐわない歓喜のはしゃぎ声をあげた。

「憶えていろよ」アンソニーは言い捨てた。

ケイトは飛び跳ねるのに忙しく、夫にかまってはいられなかった。

「そうなると、誰が勝つのかしら？」ペネロペが問いかけた。

「誰だろうが」アンソニーが静かに言う。「かまうものか」そうして緑色の球のほうへ歩いていき、狙いをつけた。

「ちょっと待って、順番が違うわ！」エドウィーナが声を張りあげた。

「それに、球も違う」ペネロペが言い添えた。

「そうだったか？」アンソニーはぼそりと言い、マレットでケイトの球を勢いよく打ち飛ばした。こちらの球は芝地を通り越し、よりなだらかな斜面をくだって池に落ちた。

ケイトが憤懣《ふんまん》を吐きだすように言い放った。「卑怯《ひきょう》にもほどがあるわ！」

アンソニーは憎々しい笑みを浮かべた。「妻よ、手段を選ばずとはこういうことだ」

「探してきなさいよ」ケイトはそう切り返した。

「水に浸かるべきはきみのほうだろう」

ダフネがくすりと笑って、声をかけた。「わたしの番よね。続けていいかしら？」

ダフネに続いて、サイモン、エドウィーナ、ペネロペもその場をあとにした。

「コリン！」ダフネが呼ばわった。

「ああ、わかってる」コリンは不満げに返事をして、妹たちのあとを追った。

ケイトは唇をひくつかせ、夫を見やった。「これで」とりわけ泥がこびりついている耳を擦《こす》りつつ言う。「わたしたちの今年の戦いは終わりね」

「そうだな」

「見事な戦いぶりだったわ」

「きみこそ」アンソニーは妻に笑いかけて、言葉を継いだ。「水溜まりとはなかなかの名案だ」

「そう思ったのよね」ケイトが臆面もなく言う。「だけど、まさか泥に……」

「完全にわざとではなかったんだ」アンソニーはぼそりと遮った。

「わたしもあなたの立場ならきっと同じことをしていたわ」ケイトはあっさり認めた。

「ああ、そうだろうな」

「汚れてるわね」ケイトは自分の身なりを見おろした。

「ちょうどそこに池がある」

「水がとても冷たいわ」

「それなら、入浴するか?」

ケイトは思わせぶりに微笑んだ。「あなたも一緒に?」

「当然だとも」

アンソニーは腕を差しだし、ケイトと並んで屋敷へ向かってのんびり歩きだした。

「試合を放棄したことを伝えなくていいかしら?」ケイトが尋ねた。

「いいさ」

「コリンに黒のマレットをくすねられてしまうわよ」

アンソニーは妻をまじまじと見返した。「オーブリー屋敷から持ちだすというのか？」

「そう思わない？」

「そんなことはさせるものか」アンソニーは力を込めて続けた。「協力して阻止しなければ」

「ええ、当然よ」

さらに数メートル進んでから、ふたたびケイトが口を開いた。「でも、取り戻したあとは……」

アンソニーはぎょっとして妻を見つめた。「むろん、まだ誰のものでもない。まさかきみは――」

「違うわよ」ケイトはすぐさま否定した。「そんなことは考えてないわ」

「ならば話は決まりだ」アンソニーはいくぶんほっとして言った。じつのところ、ケイトをやり込められなくなったら、どこに楽しみを見いだせばいいのかわからない。

ふたりはさらにしばし歩を進め、またもケイトが言った。「来年はわたしが勝つわ」

「そう思うのは自由だ」

「いいえ、勝つわ。考えがあるのよ。戦略が」

アンソニーは笑い声を立てて、身をかがめ、泥だらけの妻の顔にキスをした。「こちらにも考えがある」ふっと笑う。「それに、戦略ならいくらでもある」

ケイトは唇を湿らせた。「ペル・メルの話はこれくらいにしない?」

アンソニーはうなずいた。

ケイトが首に腕を巻きつけてきて、両手で夫の顔を自分のほうに引き戻した。そうして、アンソニーは唇を奪う寸前に妻の吐息を耳にした――

「よかった」

『もう一度だけ円舞曲《ワルツ》を』その後の物語

『もう一度だけ円舞曲《ワルツ》を』*An Offer from a Gentleman*

本作は『シンデレラ』に敬意を表して書いた物語ですが、書きだしてすぐに義理の姉妹たちを悪人ばかりにするのは望ましくないことだと気づきました。ですから、ロザムンドは意地悪で冷たい女性ですが、もうひとりのポージーは心やさしい娘で、物語の重要な場面で身の危険も省みない活躍を見せたのです。それならば、むろんポージーもまた幸せを手にしなければ不公平ではないかというわけで……。

ポージー・レイリングは二十五歳となり、もうほとんど老嬢と見なされかけていた。すでに若い娘と呼ぶにはとうの立った、望みのない行き遅れと見ている人々もいるだろう。非情にも、おおむね二十三歳が運命の分かれ目だと言われている。とはいえ、事実上の後見人となっているレディ・ブリジャートンがしばしば言うように、ポージーの場合には少し事情が違っていた。

レディ・ブリジャートンによれば、ポージーが実際に社交界に登場したのは二十歳を過ぎてから、たしか二十一歳のときだったと言う。

このブリジャートン家で最年長の未婚の娘、エロイーズはさらにいくぶん無遠慮に、ポージーが社交界に登場してからの最初の数年は価値のないものだったのだから、年数に入れる必要はないのだと述べた。

けっして言い負けしない末娘のヒヤシンスもあっさりと、ポージーの十七歳から二十二歳までは〝紙くずも同然〟だと言い捨てた。

するとレディ・ブリジャートンはため息をつき、強めのお酒を口に含んで椅子に沈みこんだ。ヒヤシンス同様、舌鋒《ぜっぽう》鋭い（さいわいにもある程度は分別でやわらげられている）エロイーズが、母をアルコール漬けにしないためにも、ヒヤシンスは早く嫁がせたほうがいいと嘆いた。レディ・ブリジャートンも内心ではそのとおりだと思っていたのかもしれないが、娘のこの発言にはうなずきを返さなかった。

ヒヤシンスはいつもこんな具合だ。

ただし、これはポージーの物語。ヒヤシンスが絡むとなんであれ主役に取って代わりがちなので……どうかもうしばらく彼女のことは忘れていていただきたい。

ポージーが〝結婚市場〟に登場してからの最初の数年が〝紙くずも同然〟だったのは事実だ。社交界にはじめて登場したのは、理想的な年齢とされる十七歳のとき。花嫁持参金についても、義理の父である亡きペンウッド伯爵が、その数年前に早すぎる死を迎える前にきちんと用意しておいてくれた。

少しぽっちゃりとはしているかもしれないが、申しぶんのない好ましい容姿で、歯もすべて揃《そろ》っているし、格別にやさしい目をしていると褒《ほ》められたことも幾度となくある。

理屈からすれば、ポージーがどうしてこれまで一度も求婚されたことがないのか見当もつかないだろう。

だが、ポージーの母、ペンウッド伯爵未亡人、アラミンタ・ガニングワースを知っていたなら話はべつだ。

アラミンタはポージーの姉ロザムンド以上の美貌《びぼう》を誇り、かつては金色の髪に、薔薇《ばら》の蕾《つぼみ》のような唇と空色の瞳を備えていた。

相当な野心家で、紳士階級の家の娘から貴族階級の婦人にのしあがったことに並々ならぬ自負を抱いている。ウィンチェスリア嬢からレイリング夫人、さらにはレディ・ペンウッドとなったわけだが、まるでもともと銀のスプーンをくわえて生まれてきたかのような話し方をする。

けれども、ひとつだけ、アラミンタの計算どおりにはいかないことがあった。伯爵の跡継ぎを授からなかったのだ。つまり、たとえレディの称号を得ても、とりたてて大きな権力はふるえず、見込んでいたほどの幸運をつかむことはできなかった。

そこで、長女ロザムンドに望みをかけた。この娘ならすばらしい婚姻に恵まれると考えたのだ。きわだつ美貌を備え、歌えて、ピアノも弾き、たとえ裁縫は得意ではなくとも、針を使ってポージーを的確に突く方法は心得ている。そしてポージーはもう肌を刺されたくはないので、姉の刺繍《ししゅう》を優美に仕上げざるをえなかった。

そんなわけでポージーの刺繍のほうはいっこうに完成しなかったのだが。

しかも、アラミンタは周りから見られているほど裕福ではないにもかかわらず、ロザムンドの衣装や教育やあらゆることに惜しみなく金《かね》を費やした。

ポージーにはわざとみすぼらしい身なりをさせようとしていたわけではないものの、つまるところ、さして金を費やす意味を見いだせなかった。豚の耳で絹の財布は作れないのと同じで、ポージーをロザムンドにはできない。

しかし（このしかしには、太字にしてもよいくらい重要な意味がある）である。

事はアラミンタの思惑どおりには運ばなかった。語れば長い話になり、それだけで本一冊ぶんの分量になりそうなので、簡単にご説明するなら、アラミンタは亡き伯爵の庶子であるソフィア・ベケットの遺産を横どりした。庶子を気にかける者はなく、何事もなくすまされるはずだと高を括《くく》っていたのだが、そのソフィーが、前述の（それもきわめて有力な）ブリジャートン家の次男、ベネディクト・ブリジャートンに厚かましくも恋をした。

　それだけならまだアラミンタの運命を暗転させるほどのことではなかったのだが、なんとベネディクトのほうもソフィーに恋に落ちてしまった。いたく熱烈に。アラミンタが遺産をかすめとっただけならば大目に見てもらえたのかもしれないが、ソフィーを（卑劣にも濡れ衣を着せて）監獄に入れたとなれば、ベネディクトが黙っているはずもない。

　ベネディクトとその母親で、これまた先に登場したレディ・ブリジャートンが介入してきただけでも、アラミンタはみずからのソフィーへの仕打ちによって窮地に追い込まれた。けれどもさらにあのポージーが決定的な事実を明かし、母を奈落に突き落とすとは誰が想像しただろう？

　それまでほとんどずっと、ないがしろにされてきたポージー。

　母に口答えできずに何年も後ろめたさを感じていたポージー。

　いまも少しぽっちゃりとして、姉ほどは美しくないけれど、いつも変わらず、このうえなくやさしい目をしている。

　アラミンタにその場で親子の縁を切られたが、それが幸運なのか不運なのかを考える間もなく、レディ・ブリジャートンが自分のもとで好きなだけ暮らしてほしいと申し出てくれた。

二十二年間、姉につねられ、つつかれていたとはいえ、ポージーは愚かではない。喜んでレディ・ブリジャートンの申し出を受けて、以来、家に持ち物を取りに戻ることすらしなかった。

そしてアラミンタはと言えば、その後まもなくソフィア・ブリジャートンとなった女性について祝福の言葉以外はいっさい無言を貫くのがわが身のためだと、抜け目なく判断した。結局、祝福の言葉もかけなかったが、庶子だと触れまわることもしなかった。それくらいの分別は誰にでもある。

そんなわけで（まわりくどい説明となってしまったが）、レディ・ブリジャートンはポージーの事実上の後見人となり、この娘はほかの令嬢たちとは事情が違うのだと考えていた。いうなれば、ここで暮らすようになるまで、ポージーは社交界に登場していなかったのも同じことだ。ペンウッド伯爵家の花嫁持参金があろうとなかろうと、体に合わないドレスを着て、なるべく母に見咎《みとが》められないよう、つねに隅に引っ込んでいた娘に誰が目を留めるだろう？

だから、たとえ実際には二十五歳になっていても、ほかの人々からすれば二十歳の未婚の令嬢となんら変わらない。少なくともレディ・ブリジャートンはそう断言していた。

そして、この婦人に異を唱《とな》えられる者はまずいない。

ポージー本人は、監獄に駆けつけたときに、ようやく自分の人生はほんとうに始まったのだとよく口にしていた。

そう話すとたいがい説明を求められるのだが、ポージーの発言はなんであれいつもそのような調子だ。

本人は気にしていないし、ブリジャートン家の人々もむしろポージーの話し方を気に入っている。みなポージーが好きだ。

おまけに、ポージーも自分をだんだんと好きになっていた。

それがポージーにとってはなにより重要なことだった。

ソフィー・ブリジャートンは、自分の人生はほぼ完璧だと考えていた。夫を心から愛しているし、くつろげる家も気に入っていて、ふたりの息子たちは、どこでも、いつの時代でも……ほかではけっして見つけられそうにないくらい美男子で才能にあふれている。

たしかに、ブリジャートン家の相当な影響力をもってしても、生い立ちのせいで、ロンドンにはソフィーを受け入れたがらない少々気むずかし屋の貴婦人たちもいて、田舎で暮らさなければならないのは事実だ（ソフィーが気むずかし屋と呼ぶ人々に夫はまるでべつの呼び名を付けている）。

でも、そんなことはどうでもよかった。たいしたことではない。ソフィーもベネディクトも田舎の暮らしを気に入っているので、べつだん支障はない。それに、ソフィーの生まれをとやかく噂する人々がいたとしても、表向きは亡きペンウッド伯爵の遠い――しかも嫡出子の――親類ということになっている。たとえアラミンタの話をまともに信じる者はいないとしても、このペンウッド伯爵未亡人もわざわざそう明言している。

子供たちが大人になる頃には、きっと噂も古びて、ロンドンの社交界に入ることを希望したなら、扉を閉ざす者はもういなくなっているはずだと、ソフィーは信じていた。

すべて順調だ。不満ひとつない。

ほとんどのところは。あとは、ポージーに花婿《はなむこ》を見つけられさえしたら言うことはない。もちろん、お相手は誰でもいいわけではない。ポージーはすてきな花婿と結ばれて然《しか》るべき女性なのだから。

「誰にでも好まれる女性ではないのかもしれないわね」運命の日の前日、ソフィーはベネディクトにそう漏らした。「だけど、だからといって、すばらしい花嫁候補ではないというわけではないでしょう」

「そうだとも」ベネディクトは相槌《あいづち》を打った。新聞を読もうとしているところだった。三日前の日付の新聞だが、彼にとってはどの記事も新しい情報だ。

ソフィーは夫に鋭い視線を投げかけた。

「いや、だから、きみの言うとおりだ」ベネディクトはすかさず答えた。妻がすぐに話を続けようとしないので、言いあらためた。「いずれにしても、申しぶんのない妻になる女性だと言いたかったんだ」

ソフィーはため息をついた。「問題は、ほとんどの人たちが彼女の魅力に気づいていないらしいということなのよ」

ベネディクトはおとなしくうなずいた。こうした場面での自分の役割は心得ている。会話の形式をとっているが、これは会話ではない。ソフィーは考えを口に出しているだけなので、自分はたまに言葉やしぐさで先へ進められるよう相槌を打てばいいだけのことだ。

「少なくとも、あなたのお母様から伺っている話からすれば」ソフィーが付け加えた。

「ううむ、そうか」

「それほどダンスも申し込まれていないそうなの」

「男というのはまったく、どうしようもないな」ベネディクトは答えて、新聞のページをめくった。

「ほんとうにそうよね」ソフィーはいくぶん感情のこもった声で続けた。「もちろん、いまここにいる男性はべつだけれど」

「ああ、もちろんだ」

「たいがいはだけど」ソフィーはややむっとして言い添えた。

ベネディクトは片手を払った。「そんなことないさ」

「わたしの話を聞いてるの？」ソフィーはいぶかしげに目を狭めた。

「一語残らず」ベネディクトは請けあって、ついでに新聞をさげて、紙の上端越しに妻を見やった。目をすがめたのがはっきりと見えたわけではないが、いまではもう声の調子を聞けば感じとれる。

「ポージーの花婿を見つけないと」

ベネディクトはあらためて考えてみた。「本人が望んでいないかもしれない」

「望んでるに決まってるわ！」

「たしかにぼくも、女性はみな花婿を探しているものだと聞かされてきたが」ベネディクトは意見を述べた。「経験から言えば、必ずしもそうとはかぎらない」

妻にまじまじと見つめ返されても驚きはしなかった。新聞を読んでいる男にしては、きわめて長い発言だった。

「エロイーズのことを考えてみてくれ」妹のことを思い返すときの癖で首を振った。「これまで何人の男たちの求婚を断わった？」

「少なくとも三人は」ソフィーは答えた。「でも、大事なのはそこではないわ」

「では、何が大事なんだ？」

「ポージーよ」

「なるほど」ベネディクトはゆっくりと答えた。

ソフィーはとまどいと意気込みが混じりあったような目をして、身を乗りだした。「紳士たちにはどうして、ポージーのすばらしさがわからないのかしら」

「よく知らなければ好かれにくい女性なんだ」ベネディクトは本心を言うつもりはなかったことを一瞬忘れて口走った。

「なんですって？」

「きみも、誰にでも好まれる女性ではないと言っただろう」

「でも、あなた――」ソフィーはわずかに椅子に沈みこんだ。「なんでもないわ」

「何を言おうとしたんだ？」

「なんでもないの」

「ソフィー」ベネディクトはせかした。

「ただ、あなたには同意してほしくなかっただけ」ソフィーはつぶやいた。「理屈が合わないのは自分でもわかってるけど」

聡明な妻を娶《めと》ったのはすばらしいことだと、ベネディクトは以前からつねづね思っていた。ソフィーが押し黙り、ベネディクトは新聞の精読を再開するつもりが、妻の表情を見ているほうにはるかに興味を引かれた。ソフィーは唇を嚙《か》み、憂うつそうにため息をつき、ふっと名案を思いついたかのように背筋を少し伸ばしたかと思うと、また眉をひそめた。

これなら晩まで飽きずに見ていられるかもしれない。

「思いあたる方はいないかしら？」ソフィーが唐突に訊《き》いた。

「ポージーの相手のことかい？」

ソフィーがじろりと見返した。ほかに誰のお相手を探すのよとでも言わんばかりの目で。

ベネディクトは息を吐きだした。あらかじめ想像できた質問だが、こちらはすでにアトリエにある描きかけの絵のことを考えはじめていた。結婚してこの三年で描いたソフィーの肖像画の四作めだ。口もとがうまく描けていないのではないかと気にかかっていた。口角が少し違う。優れた肖像画家は、体や顔の筋肉の動きまでも表現できなければいけないし――

「ベネディクト！」

「ミスター・フォルサムはどうだろう？」思いつきで答えた。

「事務弁護士？」

ベネディクトはうなずいた。

「ずる賢そうに見えるわ」

考えてみれば、妻の言うとおりだ。「サー・レジナルドは？」

ソフィーはその選択に落胆をありありと見せて、ふたたびじろりと見返した。「太ってるわ」

「それを言うなら――」

「ポージーは違う」ソフィーは遮《さえぎ》って言った。「ぽっちゃりしてて、かわいらしいんだから」

「ぼくは、それを言うならミスター・フォルサムもそうだろうと言おうとしたんだ」ベネディクトはみずからへの誤解を正さずにはいられなかった。「でも、きみはずる賢い点のほうを指摘した」

「あら」

ベネディクトはほんのちらりと笑みをこぼした。

「ずる賢いことのほうが、太りすぎよりずっとよくないことだわ」ソフィーはつぶやくように返した。

「まったく同感だ」ベネディクトは応じた。「ミスター・ウッドソンはどうだろう？」

「どなた？」

「新しい教区牧師だ。きみはたしか――」

「――あの笑顔がすてきな方ね！」ソフィーは声をはずませて締めくくった。「ええ、ベネディクト、完璧な選択よ！　ああ、あなたをとってもとっても愛してる！」そう言うと、なんとふたりのあいだの低いテーブルを乗り越えて夫に飛びついた。

「ああ、ぼくもきみを愛してる」ベネディクトは答えて、客間のドアを閉めておいた自分の先見の明をひそかに称《たた》えた。

新聞を背後に放り投げる。これですべていつもどおりだ。


社交シーズンも残り数週間となり、ポージーは招きに応じて、しばらくソフィーの家に滞在することを決めた。夏のロンドンは蒸し暑く、臭《にお》いもことさら鼻につくので、田舎で過ごせるのはむしろ都合がいいように思えた。それに、名づけ子のふたりにも、もう七カ月も会っていない。ソフィーからの手紙に、アレクサンダーがすでに幼子らしいぽっちゃりとした体型ではなくなってきたと書かれていたのには驚かされた。

ああ、アレクサンダーと言えば、ついぎゅっと抱きしめずにはいられない愛らしい赤ん坊だったのに。細身の男の子になる前に会っておきたい。ともかく会いに行かなくては。

もちろんソフィーに会えるのも嬉しい。まだいくぶん疲れやすいと書かれていたので、ポージーはぜひ力になりたかった。

そんなわけで、滞在して数日が経《た》ち、ソフィーとお茶を飲んでいるうちに、いつもながらごく自然な流れで、ロンドンでほんのたまに出くわすアラミンタとロザムンドの話になった。一年以上も口を利こうとしなかった母もようやく娘に挨拶はするようになっていたが、いまだやりとりはそっけなく、よそよそしい。そのほうがかえって幸いなのだとポージーは考えていた。母は自分に話すことがないのだろうが、自分のほうも母に話したいことはない。

本心にすなおに生きられたなら、そのほうが気が楽だ。

「帽子店の前で出くわしたのよ」ポージーはそう言って、お茶に砂糖は入れずにミルクのみを加えて、好みの味に整えた。「ちょうど階段をおりてきたから、避けられなくて。でもそのとき、避ける必要はないんだと気づいたの。もちろん、話したいわけでもなかったんだけど」お茶を口に含んだ。「むしろ、隠れる労力を使いたくなかったのね」

ソフィーは心情を慮《おもんぱか》ってうなずいた。

「それで、言葉を交わしたわ。話したというほどのことでもないんだけど、母はちょっとした嫌みを上手に織り交ぜてた」

「あれが苦手なのよ」

「わかるわ。母の得意技だもの」

「才能ね」ソフィーが辛らつに言った。「褒《ほ》められることではないけれど、一種の才能には違いないわ」

「それで」ポージーは話を続けた。「今回は自分でもだいぶ落ち着いて対応できたと思うの。

母が好き勝手に話すのを聞いて、別れの挨拶をした。そうしたら、思ってもみなかったことに気づかされたわ」

「どんなこと？」

ポージーは微笑《ほほえ》んだ。「わたしは自分が好きなんだって」

「あら、それは当然でしょう」ソフィーが困惑顔で目をしばたたいた。

「いいえ、違うのよ、わからないかしら」ソフィーには完璧にわかってもらえると思っていたので、ポージーは意外に感じた。アラミンタに疎《うと》まれて育つとはどういうことなのかを知っているのは、自分のほかにソフィーしかいない。とはいえ、ソフィーには天性の明るさのようなものがある。昔からそうだった。アラミンタに奴隷のようにこき使われていたときですら、けっして打ちのめされているようには見えなかった。格別な逞《たくま》しさと輝きを備えていた。反抗心とは違う。自分の知るかぎり、ソフィーはみずからに対してはべつとして、誰より人を責めることをしない人間だ。

反抗心ではなく……立ち直る力がある。そう、こちらの表現が的を射ている。

いずれにしても、ソフィーなら自分の言いたいことを理解してもらえると思っていたのに、そうではなかったとわかって、ポージーは続けた。「わたしはずっと自分を好きではなかったの。だって、仕方のないことでしょう？　実の母にすら好かれていなかったんだもの」

「もう、ポージー」ソフィーが涙で目を潤ませた。「そんなふうに思ってはいけ――」

「いいえ、違うの」ポージーはにこやかに続けた。「そのことはどうでもいいの。気にしてないわ」

ソフィーは呆然《ぼうぜん》と見つめ返した。

「つまり、いまはもうということだけど」ポージーは言いなおした。ふたりのあいだのテーブルに置かれているビスケットの皿に目をくれた。ほんとうはもう食べないほうがいい。すでに三枚食べたし、あと三枚は食べたいけれど、一枚つまんだら、あと二枚も我慢できるかどうか……。

手持ち無沙汰に脚に手を擦《こす》らせた。やはりもう食べないほうがいい。赤ちゃんを産んだばかりで体力を回復させなければいけないソフィーに残しておくべきだ。でも、ソフィーはすっかり元気になったように見えるし、小さなアレクサンダーもすでに生後四カ月になっていて……。

「ポージー？」

目を上げた。

「どうかしたの？」

ポージーは小さく肩をすくめた。「ビスケットを食べるかどうか決められなくて」

ソフィーは目をまたたいた。「ビスケット？　ほんとうに？」

「食べないほうがいい理由は少なくともふたつあるわ。いいえ、もっとあるかもしれない」

ポージーは息をついて、眉をひそめた。

「ずいぶんと深刻そうに見えたわ」ソフィーが言う。「ラテン語の動詞活用を考えているみたいに」

「あら、ラテン語の動詞活用を考えていたなら、もっとずっと穏やかな顔をしていたはずよ」ポージーは言いきった。「まるで知識がなければ、結論も簡単に出る。でもビスケットについては、いつまで考えても終わりがない」ため息をつき、自分の体を見おろした。「がっかりしてしまうわ」

「何を言ってるのよ、ポージー」ソフィーは叱った。「あなたはわたしが知っている女性のなかで誰よりかわいらしい人なんだから」

ポージーは微笑んで、ビスケットをつまんだ。嘘《うそ》をつかないのは感嘆すべきソフィーの特性だ。ソフィーは本心から、自分を誰よりかわいらしいと思ってくれている。とはいうものの、ソフィーはもともとそういう女性だ。ほかの人々なら……つまり、率直に言ってしまえば、ほかの人々なら目を向けようとすらしないところを好ましく思うきらいがある。

ポージーはビスケットを齧《かじ》って嚙み砕き、食べる価値は間違いなくあったと結論づけた。バター、砂糖、小麦粉。これほど絶妙な組み合わせがあるかしら?

「きょう、レディ・ブリジャートンから手紙が届いたわ」ソフィーが告げた。

ポージーは興味を引かれて目を上げた。レディ・ブリジャートンと言えば、正式にはソフィーの義理の姉にあたる現在の子爵夫人の呼び名だ。でも、ふたりともベネディクトの母をいまでもそう呼んでいた。ポージーとソフィーにとってはこちらの婦人がずっとレディ・ブリジャートンのままで、現在の子爵夫人は〝ケイト〟だ。身内からは、ケイト自身もそのように呼ばれることを好んでいる。

「ミスター・フィッバリーが訪問されたそうよ」ポージーが何も言わずにいると、ソフィーは付け加えた。「あなたをお目当てに」

「ええ、そうでしょうね」ポージーはとうとう四枚めのビスケットも食べることに決めて、答えた。「ヒヤシンスはまだ若すぎるし、エロイーズは怖がられてるから」

「エロイーズならわたしも怖いわ」ソフィーは打ち明けた。「少なくとも以前はそうだった。今度はきっとヒヤシンスにびくびくさせられることになるのね」

「対処の仕方を学べばいいだけのことよ」ポージーはさらりと手を振った。ヒヤシンス・ブリジャートンが恐ろしい女性であるのは事実だけれど、自分とは以前からとても気が合った。ヒヤシンスが揺るぎない正義感（頑固と呼ぶ人もいるかもしれない）を持っているせいなのかもしれない。ヒヤシンスがかつて、ポージーがロザムンドほど母親から愛されていないと知ったときには……。

いいえ、あのときのことについては一度も口にしていないし、いまさら話すつもりもないけれど、ともかく、あれ以来、母は魚を食べていない。

おそらくは鶏肉《とりにく》も。

ポージーはそれを、つねにきわめて信頼できる情報網を持つ使用人たちから聞いていた。

「ところで、ミスター・フィッバリーについて話してくれようとしていたのよね」ソフィーはなおもお茶を飲みつつ言った。

ポージーはそんなことをしようとした憶《おぼ》えはなかったものの、肩をすくめて答えた。「とても退屈な方だわ」

「美男子？」

ふたたび肩をすくめた。「わからない」

「顔を見ればたいがいわかるものではないかしら」

「退屈なだけでもう耐えられないの。笑いもしないんだもの」

「そんなことはないでしょう」

「いいえ、そうなのよ、ほんとうに」ポージーは手を伸ばし、またビスケットをつまんでから、やめるつもりだったことに気がついた。ああ、でも一度手に取ってしまったら、とても戻すことはできない。なにはともあれ自分の言いぶんは理解してもらわなければと、ビスケットをひらりと振って、続けた。「時どき、『ふあっ、ふあっ』って、妙な音を立てるのよ。笑っているおつもりなのかもしれないけど、どうみても違うわ」

ソフィーはいけないことだという顔をしながらも、くすりと笑いを漏らした。

「それに、わたしの胸を見ようともしないのよ！」

「ポージー！」

「わたしのたったひとつの長所だもの」

「そんなことはないわ！」ソフィーはほかに誰もいるはずもない客間を見まわした。「口に出して言うべきことではないでしょう」

ポージーはげんなりと息を吐いた。「ロンドンではこの胸のことを口にするわけにはいかないし、ウィルトシャーでも言わせてもらえないの？」

「だって、新しい教区牧師様がいらっしゃることになっているんだもの」と、ソフィー。

ポージーはビスケットのかけらをはらりと膝の上に落とした。「なんのこと？」

「話してなかったかしら？」

ポージーはけげんそうに見返した。ほとんどの人々が、ソフィーは嘘をつくのが不得手だと思っているけれど、それは邪気のない美貌のせいにほかならない。しかも実際にめったに嘘はつかない。だからみな、ソフィーが嘘をついたとしても、すぐにわかるほど下手なはずだと思い込んでいる。

けれども、ポージーはごまかされなかった。「いいえ」スカートを手で払いながら言った。「聞いてないわ」

「わたしとしたことが、おかしいわね」ソフィーはくぐもった声で言い、ビスケットをつまんで齧った。

その顔をポージーはじっと見つめた。「いま、わたしが何を努力しているかわかる？」

ソフィーは首を振った。

「年齢相応に大人の女性らしく振るまいたいから、瞳をまわさないようにしてるのよ」

「とても落ち着いて見えるわ」

ポージーはさらに少し力のこもった目つきで見つめた。「未婚の男性なのね」

「ええ、まあ」

ポージーは左の眉を上げた。このとりすました表情は、母からの唯一役に立つ贈り物かもしれない。「新しい教区牧師様はおいくつなの？」

「知らないわ」ソフィーは正直に答えた。「でも、髪はちゃんと生えてるわ」

「そういうことだったのね」ポージーはつぶやいた。

「お目にかかったときに、あなたのことが思い浮かんだの」ソフィーが言う。「笑顔を見たときに」

教区牧師が笑ったから？　もしやソフィーは頭が少しどうかしてしまったのだろうかと、ポージーは思いはじめた。「どういうこと？」

「よく笑う方なのよ。それも、とてもほがらかに」そこでソフィーは微笑んだ。「あなたを思いださずにはいられなくて」

ポージーは今度はつい瞳をまわしてしまい、急いで言葉を継いだ。「大人の女性らしくするのはやめることにしたわ」

「お好きなように」

「その教区牧師様にお会いするわ」ポージーは言った。「でも、言っておくけど、わたしはいっそ変わり者を目指すことにしたから」

「うまくいくことを願ってるわ」ソフィーが少なからず皮肉を込めて言った。

「うまくいかないと思ってるの？」

「あなたは誰より変わり者とはかけ離れた人だもの」

そのとおりだったが、ポージーは一生未婚で過ごさなければならないとしたら、不機嫌で哀《あわ》れな婦人ではなく、大きな帽子をかぶった変わり者になりたかった。

「名はなんとおっしゃるの？」

けれども、ソフィーが答える前に、玄関扉が開く音が響き、ほどなく執事が現われて、声高らかにポージーの問いかけに答えた。「ミスター・ウッドソンがお見えです、奥様」

ポージーは食べかけのビスケットをナプキンの下に隠し、膝の上で両手をきちんと組み合わせた。自分に事前に知らせずに独身の紳士をお茶に招いたソフィーには少しばかり腹が立っていたものの、わざと嫌われる態度をとる必要もない。ポージーは興味津々に戸口を見つめ、近づいてくるミスター・ウッドソンの足音に耳を澄ましてじっと待った。

それから……。

ついに……。

じつを言えば、そこからあとのことはほとんど憶えていないので、説明のしようがない。ポージーはその男性を見たとたん、二十五年生きてきてはじめて、ようやく心臓が動きだしたように思えた。

ヒュー・ウッドソンは、学校ではけっしてずば抜けて優秀と呼べる生徒ではなかった。並はずれた美男子ではないし、運動能力にとりたてて秀でているわけでもない。勉学でも成績は最優等ではなかったし、気取り屋でも、まぬけでもない。ではどのような人物かと言えば、生まれてからこのかた、つねに好感を持たれる男だった。

人に好かれる。誰からもだ。自分もめったに人に嫌悪を抱くことはないからなのかもしれない。母からは、たしかに笑いながら生まれてきたと聞かされている。だが、母がしじゅうそのことを話題にするのは、父に〝いや、ジョーゼット、あれは単なるガスの音だったろう〟と冗談を言わせたいだけのことだったのかもしれない。

そうして必ず、母と父はけらけら笑いだした。

それがふたりにとっては息子への愛情の証《あかし》であり、ヒューも自然と心なごまされ、たいてい一緒になって笑いだす。

ところが、これほど好かれる男でありながら、女性からはさっぱりもてているようには思えなかった。もちろん、とても好かれていて、いたく深刻な秘密を打ち明けられもするのだが、どの女性からも、一緒にいて楽しく、信頼できる相手としか見られていないらしい。

なにより問題なのは、知りあいの女性たちがみなヒューにふさわしい女性像を勝手に決めつけていて、たとえそうではない場合でも、ふさわしい女性はべつにいると信じていることだった。

つまり、自分がそのふさわしい女性かもしれないと思っている女性はいない。より正確に言うなら、少なくともヒューの目から見るかぎりは。誰もみな他人の真意はわかりようがない。

それでも、べつの人間のふりをしようとしたところでなんの意味もないので、変わらずに過ごしてきた。それに以前から、女性のほうが賢い生き物のような気もしていて、ほんとうにどこかに自分にふさわしい女性がいるのかもしれないという希望も持ちつづけていた。

なにしろ、これまで四十人以上もの女性たちから同じことを言われたのだから、その全員が間違っているとは思えない。

とはいえ、三十歳を目前にして、いまだ〝運命の女性〟が現われる兆しはない。みずから行動を起こすべきなのだろうと考えてはいるものの、いったい何から手をつければいいのか見当もつかなかった。なにぶん、牧師としてウィルトシャーで慎ましく暮らしはじめたばかりで、この教区には妙齢の未婚の婦人がひとりとして見あたらない。

驚くべきことだが事実だ。

今度の日曜日にはグロスターシャーまで足を延ばしてみよう。そこの教会は現在空いていて、新しい教区牧師が来るまで、何度か礼拝を行なってほしいと頼まれていた。未婚の婦人がひとりくらいはいるだろう。コッツウォルズじゅうにひとりもいないということは考えられない。

しかしきょうはそのようなことを考えていても仕方がない。ブリジャートン夫人から茶会に招かれ、心から感謝してやって来たところだった。この土地や住民たちにも少しずつなじんできたが、ブリジャートン夫人が広く人々に愛され、敬意を払われていることだけはたった一度礼拝を行なっただけでも感じとれた。しかもどうやら、きわめて聡明で、思いやりあふれる婦人のようだ。

噂好きでもあることをヒューは願った。近隣の情報を聞かせてくれる人物を切実に求めていたからだ。これまでの様々な事情がわからなくては、教区の信徒たちの力になることはできない。

お茶の時間にブリジャートン家の料理人が供するものがまたすばらしいという話も耳にしていた。なかでもビスケットは絶品だそうだ。

「ミスター・ウッドソンがお見えです、奥様」

ヒューは執事に名を告げられて客間に足を踏み入れ、昼食を食べ忘れたのはかえって幸いだったと思った。というのも、この屋敷は芳《かぐわ》しい匂いに包まれていて――

ヒューは一瞬にしてすべてを忘れた。

どうしてここにやって来たのかも。

自分は何者なのかも。

空の色や、草の匂いすらも。

ブリジャートン家のアーチ状に象《かたど》られた客間の戸口に立ち、認識できたことはただひとつのことだけだった。

ソファに、ブリジャートン夫人ではない、ひときわ美しい瞳をした〝運命の女性〟が坐っていた。

ソフィー・ブリジャートンもひと目惚《めぼ》れについては多少なりとも心得があった。自分もかつて文字どおり稲妻に打たれたように動けなくなり、息もつけないほどの熱情に言葉を失い、陶然と心舞いあがり、体じゅうにぞくぞくする刺激がめぐる経験をした。

少なくとも、そうだったと記憶している。

それに自分のときには、愛の天使の矢は正確に的を射ていたにもかかわらず、ベネディクトとようやく幸せに暮らせるようになるまでに、だいぶ時間がかかったことも忘れられない。だから、ポージーとミスター・ウッドソンが互いに一瞬にして恋わずらいにかかってしまったかのように見つめあう姿を目にして、たとえ嬉しくて椅子から飛び跳ねたくても——庶子に生まれついた冷静さで、この世は虹色と天使たちばかりで出来ているわけではないことはじゅうぶん承知している——興奮は押し隠した。

けれどもソフィーの場合には、いかにつらい子供時代を送り（そのつらさがひどく苛酷《かこく》な時期もあった）、その後どんなに屈辱や虐《しいた》げられる苦しみを味わっても（このときもまだ幸運には恵まれていなかった）、生来、救いがたいほど夢みがちな思考の持ち主だ。

これはポージーに対しても同じだった。

毎年ポージーはこの家に何度か滞在していて、社交シーズンの終わり頃にはほとんど必ず来てはいるのだが、今回の招待の誘い文句には、いくぶん切実さが加味されていたかもしれない。子供たちの成長ぶりもちょっぴり大げさな表現になっていたし、体調がすぐれないと記したのは嘘と言えないこともない。

とはいえ、こういったことに関するかぎり、終わりよければ手段はけっして問われない。たしかにポージーは未婚のままでもじゅうぶん幸せに生きていけると言っていたけれど、ソフィーはそんな話はみじんも信じていなかった。より正確に言うなら、ポージーはじゅうぶん幸せに生きていけると信じようとしているに違いなかった。でも、幼いウィリアムやアレクサンダーに顔をすり寄せている姿を見れば、こんなにも母性を備えているポージーのような女性が大勢のわが子に恵まれなければ、この世がずいぶんと侘《わ》びしいところになってしまうのは誰にでもすぐにわかることだ。

ソフィーがウィルトシャーで独身の紳士を見つけるたび、幾度となくポージーに勧めてきたのは事実だけれど、今回は……。

今回はいままでとは違う、とソフィーは悟った。

これは愛だと。

「ミスター・ウッドソン」ソフィーは惚《ほう》けた女性に見えないよう気をつけて言った。「わたしの大切な親友をご紹介しますわ、ミス・ポージー・レイリングです」

ミスター・ウッドソンは何か言おうとしているようだったが、実際にはポージーを愛と美の女神《アフロダイティ》であるかのように呆然《ぼうぜん》と見つめているだけだった。

「ポージー」ソフィーは言葉を継いだ。「こちらが新しい教区牧師様のミスター・ウッドソンよ。最近いらしたばかりなの。たしか、三週間前でしたわよね？」

ミスター・ウッドソンがこの地に来てから、もう二カ月近くが経っている。ソフィーはちゃんと憶えていたものの、牧師がちゃんと話を聞いていて正そうとするのかを試さずにはいられなかった。

ミスター・ウッドソンはポージーからいっときも目を離さず、黙ってうなずいた。

「どうか、ミスター・ウッドソン」ソフィーは低い声で言った。「おかけになって」

言われていることはなんとなくわかったらしく、牧師は椅子に腰をおろした。

「お茶をいかが、ミスター・ウッドソン？」

牧師はうなずいた。

「ポージー、淹《い》れてさしあげて」

ポージーがうなずいた。

しばし待ったが、ポージーはミスター・ウッドソンに微笑みかけているばかりでいっこうに動く気配がないので、ふたたび呼びかけた。「ポージー」

ポージーは顔を振り向けたものの、強大な磁石に無理やり引っぱられたかのように、いたくゆっくりとした大儀そうな動きだった。

「ミスター・ウッドソンにお茶を淹れてさしあげて」ソフィーは目に笑みが表れないようこらえつつ低い声で繰り返した。

「ええ、もちろんだわ」ポージーは牧師に顔を戻し、またもぼんやりとした笑みを浮かべた。

「お茶をいかがかしら？」

いつものソフィーなら、お茶を飲みたいかどうかはすでに自分がミスター・ウッドソンに尋ねたことを指摘していただろうが、この場面はほかのときとは何もかもが違うのだからと自分に言い聞かせ、ただじっと見守った。

「ぜひ、いただきます」ミスター・ウッドソンはポージーに答えた。「何をさしおいても」

これではまるで自分はいないのも同然だとソフィーは思った。

「飲み方のお好みは？」ポージーが尋ねた。

「いかようにでも」

いくらなんでも、それはひどすぎる。恋にのぼせて自分のお茶の好みまでわからなくなってしまうことなどあるのだろうか。なんといっても、ここはイングランドだ。しかも、ほかのものならまだしも、お茶の好みだというのに。

「ミルクも砂糖もご用意しています」ソフィーは言わずにいられなかった。黙って見守るつもりだったけれど、いくら救いようのないほど夢みがちな性格でも、ここで黙ってはいられない。

ミスター・ウッドソンは聞いていなかった。

「どちらもお使いください」ソフィーは言い添えた。

「すばらしく美しい瞳をお持ちだ」ミスター・ウッドソンはポージーとこの部屋に居合わせたことが信じられないとでもいうように、驚きに満ちた声で言った。

「あなたの笑顔も」ポージーが答えた。「ほんとうに……すてきですわ」

ミスター・ウッドソンが身を乗りだした。「薔薇はお好きですか、ミス・レイリング？」

ポージーがうなずいた。

「ぜひお持ちいたしましょう」

ソフィーは穏やかな表情をとりつくろうのはあきらめ、とうとうにっこり笑った。どのみち、ふたりともこちらを見てはいなかったけれど。「薔薇ならここにも咲いてるわ」

返答がない。

「裏庭に」

またしても反応はない。

「ふたりで散策でもしてきたらどうかしら」

あたかも誰かにピンで突かれたかのように、ふたりが同時に反応した。

「そうね、いかがかしら？」

「もちろん、喜んで」

「ではぜひ――」

「ぼくの腕に手をかけて」

「わたし――」

「どうか――」

はたしてこれで会話が通じているのかソフィーにはわからないうちに、ポージーとミスター・ウッドソンは早くも戸口を出ようとしていた。当然ながら、ミスター・ウッドソンのカップにはお茶はまだ一滴も注がれていなかった。

ソフィーはそれからまる一分待って、いきなり笑いだし、もうこらえる必要はないのに思わず手で口を覆った。純粋な喜びの笑いだった。思惑どおり進んだことに得意げな気持ちもあった。

「どうして笑ってるんだ？」ベネディクトが手に絵の具の汚れを付けたままぶらりと部屋に入ってきた。「お、ビスケットだ。ちょうどよかった。腹ぺこなんだ。朝食をとり忘れていた」最後の一枚のビスケットをつまんで、眉をひそめた。「もう少し残しておいてくればよかったのに」

「ポージーよ」ソフィーはにっこり笑った。「それと、ミスター・ウッドソンがいらしてるの。きっとあっという間に結婚するわね」

ベネディクトは目を大きく開き、ドアを振り返り、それから窓を見やった。「どこに行ったんだ？」

「裏庭よ。ここからは見えないわ」

ベネディクトは思案顔でビスケットを食べた。「だがアトリエからなら見えるな」

二秒ほど、ふたりは動きをとめた。けれども、ほんの二秒だけだった。

ソフィーとベネディクトは戸口へ駆けだし、競いあうように廊下を進み、屋敷の奥まったところに張りだした、三面の窓から陽光が射し込むアトリエに向かった。公平とは言えない手段を使ってソフィーが先に着き、ぎょっとして息を呑んだ。

「どうしたんだ？」ベネディクトが戸口から問いかけた。

「キスしてるわ！」

ベネディクトがつかつかと歩いてきた。「まさか」

「いいえ、してるのよ」

ベネディクトは妻の横に並び、ぽっかり口をあけた。「しかし、なんてこった」

ふだんはけっして罵《のの》り言葉を口にしないソフィーも相槌を打った。「ええ、まったくだわ」

「しかも、出会ったばかりなんだよな？　そうだろう？」

「あなたも出会った晩にわたしにキスをしたけれど」ソフィーはさりげなく指摘した。

「あれはまたべつだ」

ソフィーは芝地でキスをしているふたりからようやく目を離して、強い調子で問いかけた。

「どうして？」

ベネディクトはしばし考えたのち答えた。「仮面舞踏会だったからな」

「それはつまり、正体がわからなければ、誰とでもキスをしてかまわないということ？」

「そんな言い方はないだろう、ソフィー」ベネディクトは舌打ちをして首を振った。「誰なのかぼくが尋ねても、きみは答えてくれなかった」

言い返しようのない指摘で会話は途切れ、ふたりはまたしばらく臆面もなくポージーと教区牧師を見つめた。ふたりはキスを終えて話しだした――見たところ、ずいぶんと会話がはずんでいる。ポージーが話しつづけ、ミスター・ウッドソンが熱心にうなずいたのち話しだし、それからまたポージーが話し、ウッドソンはその言葉にいちいち笑い、ふたたびポージーが大きな手ぶりをつけて表情豊かに話しだした。

「いったい何を話してるのかしら？」ソフィーはいぶかった。

「たぶん、本来はキスをする前に話しておくべきだったことだろうな」ベネディクトは眉をひそめて腕組みをした。「ところで、ああなってどれくらい経つんだ？」

「わたしがここに来てから、あなたもずっと一緒に見てるでしょう」

「そうではなくて、ミスター・ウッドソンはいつ来たんだ？ ふたりはまだろくに話もしていないのに……」ベネディクトは窓のほうに手を向け、またいまにもキスをしそうなふたりを示した。

「ええ、そうなんだけど……」声が尻すぼみになり、ソフィーは考えこんだ。ポージーもミスター・ウッドソンも、引き合わせたときにはほとんど口を開かなかった。それどころか言葉らしい言葉は交わしていなかったはずだ。「ええ、ほとんど話してなかったわ」

ベネディクトはゆっくりとうなずいた。「ぼくが出ていくべきじゃないか？」

ソフィーは夫を見つめ、それから窓の外に視線を移し、ふたたび夫に目を戻した。「何が言いたいの？」

ベネディクトは肩をすくめた。「ポージーはいまやぼくの妹も同然であるわけだし、ここはぼくの家で……」

「だめよ！」

「彼女の名誉を守るのが、ぼくの務めじゃないか？」

「はじめてのキスなのよ！」

ベネディクトは片方の眉を吊り上げた。「それをぼくたちはここでこそこそ見ている」

「わたしにはその権利があるわ」ソフィーは憤然と断言した。「わたしがこうなるように取り計らったのだから」

「おいおい、きみが取り計らった？　ミスター・ウッドソンを勧めたのは、たしかぼくだったはずだぞ」

「でも、あなたは何もしてないわ」

「妻よ、それはきみの役割だろう」

ソフィーはその口ぶりが癇《かん》にさわって言い返そうとしたものの、夫の言いぶんにも一理あるのは認めざるをえなかった。たしかにポージーの花婿探しをいくぶん楽しんでいたし、ついにその努力が実を結びかけていることは心から嬉しい。

「ひょっとしたら」ベネディクトは考えこむふうに言った。「ぼくたちにもいつか娘ができるかもしれない」

ソフィーは夫に顔を振り向けた。ふだんはこのように突拍子もないことを言う人ではない。

「どういうこと？」

ベネディクトは芝地の恋人たちを身ぶりで示した。「ぼくにとってはうってつけの練習になるだろう。理不尽なくらい過保護な父親になるのは間違いないからな。ぼくが彼女の父親だったなら、飛びだしていって、相手の男の手脚を引きちぎりかねない」

ソフィーは顔をしかめた。気の毒にも、ミスター・ウッドソンに勝ち目はなさそうだ。

「決闘を挑んでみるか?」

ソフィーは首を振った。

「わかったよ。だが、あの男がポージーを地面に押し倒したら、とめさせてもらう」

「そんなことはしないわ――あら、まあ大変!」ソフィーはガラスに顔を貼《は》りつけんばかりにして身を乗りだした。「やだ、どうしちゃったの」

驚きのあまり、口を手で覆うことも忘れて淑女らしくない言葉をほとばしらせた。

ベネディクトは大きく息を吐き、手の指を曲げ伸ばしした。「ほんとうは手を痛めたくないんだけどな。きみの肖像画を描いている最中で、とてもうまくいってるんだ」

ソフィーはまだ動きだすそぶりすらない夫の腕に手をかけて押さえた。「だめ。そんなことをしてはいけ――」息を呑んだ。「大変だわ。やっぱり何か手を打たないと」

「まだ地面に倒れてはいない」

「ベネディクト!」

「本来なら牧師にご登場願うところなのだろうが」ベネディクトが言う。「きょうはそもそもそのせいでこのような事態を引き起こしてしまったわけだからな」

ソフィーは唾を飲みこんだ。「結婚特別許可証を申請してもらえないかしら? ふたりへの結婚祝いとして」

ベネディクトはにやりと笑った。「もちろんだとも」

すばらしい結婚式だった。それに、最後の口づけも……。

ポージーが九カ月後に長子を産み、さらに一年おきに次々に子を授かっても、驚いた者はいなかった。ポージーは子供たちひとりひとりに深い思いを込めて名を付け、これまでの人生同様、人々からこよなく愛される教区牧師となったミスター・ウッドソンは、心から愛する妻の選択にけっして異は唱えなかった。

最初の子は明白な理由からソフィアと名づけられ、次の子はベネディクトとなった。第三子はヴァイオレットにしたかったのだが、ソフィーから避けてほしいと懇願された。以前から娘ができたらヴァイオレットにしようと決めていたので、近しい家庭に同じ名の娘がいるとまぎらわしくなるからだという。そこでポージーは、とびきりすてきな笑顔の持ち主だと思っていたヒューの母、ジョーゼットの名をとった。

次の子はヒューの父の名からジョンと名づけられた。そうしてしばらくは、このジョンが末っ子となるのだろうと思われていた。四年間、立てつづけに毎年六月に子を産んだのち、翌年には身ごもらなかったからだ。とりたてて何も変えてはいないのだけれど、とポージーはソフィーに打ち明けた。ヒューとは相変わらず深く愛しあっている。ならば単に出産に適した年頃を過ぎたということなのだろうと結論づけた。

むしろほっとした。まだ十歳にもならない女の子がふたりと男の子がふたりいれば、それだけで手一杯だ。

ところが、ジョンが五歳になったとき、ある朝ポージーは目覚めて、床に嘔吐《おうと》してしまった。理由はひとつしか考えられず、案の定、翌年の秋に女の子を出産した。

ソフィーはこのときもまた出産に立ち会った。「この子の名はどうするの？」

ポージーは腕に抱いた愛らしいわが子を眺めた。すやすやと眠っていて、赤ん坊が生まれてすぐにはまだ笑えないはずなのは知っていたけれど、なんだかとても楽しそうな表情に見えた。

生まれついての才能なのだろう。この子はきっと人生の荒波を笑顔で乗り越えていく。陽気さは最強の武器だ。

きっとすばらしい女性になるだろう。

「アラミンタ」ポージーは唐突に答えた。

ソフィーは驚いて卒倒しかけた。「なんですって？」

「アラミンタと名づけるわ。そうしたいのよ」ポージーは赤ん坊の頰を撫《な》で、それから顎《あご》をそっと持ち上げた。

ソフィーは首を振りつづけるのをやめられそうになかった。「でも、あなたのお母様は……信じられないわ。だってあなたは――」

「母のために名を付けるのではないわ」ポージーは穏やかな声で遮った。「母の名だから付けるの。意味が違うわ」

ソフィーはまだいぶかしげな表情だったが、身をかがめて赤ん坊を覗きこんだ。「ほんとうにとてもかわいいわ」ささやきかけた。

ポージーは赤ん坊の顔から片時も目を離さずに微笑んだ。「そうよね」

「いいかげん見慣れてもいいはずなのに」ソフィーは自分に呆《あき》れるふうに左右に首を振った。指を赤ん坊の腋《わき》の下に滑らせて、ちょっとくすぐり、自然に開いた小さな手に自分の手をつかませた。「こんばんは、アラミンタ」呼びかけた。「あなたに会えて、とっても嬉しいわ」

「ミンティ」ポージーは言った。

ソフィーが目を向けた。「なんて言ったの？」

「この子はミンティと呼ぶわ。聖書の家族の記録には正式名のアラミンタと書き入れるけど、わたしにとって、この子はミンティよ」

ソフィーは笑みをこらえようと唇を引き結んだ。「あなたのお母様は気に入りそうにないわね」

「ええ」ポージーはくぐもった声で答えた。「やっぱり、そうよね？」

「ミンティ」ソフィーはあらためて呼びかけて、語感を確かめた。「わたしは好きよ。いいえ、心からすてきだと思う。この子に似合ってるわ」

ポージーはミンティの頭のてっぺんにキスをした。「あなたはどんな子になるのかしら？」ささやきかけた。「かわいらしくて、すなおな女の子？」

ソフィーはくすりと笑った。これまで十二人の誕生を目にしてきた――自分の子が四人、ポージーの子が五人、ベネディクトの妹のエロイーズの子が三人。けれどこの小さなミンティほど大きな泣き声をあげて生まれてきた子はいなかった。「この子は」ソフィーは確信をもって言った。「あなたを手こずらせる元気な女の子になるわ」

そして、ほんとうにそうだった。でも、親愛なる読者のみなさま、そのお話はまたいつか……。

『恋心だけ秘密にして』その後の物語

『恋心だけ秘密にして』*Romancing Mister Bridgerton*

本作では、大きな秘密という表現では控えめすぎるほどの事実があきらかにされました。けれども、きわめて重要な登場人物のひとり、エロイーズ・ブリジャートンは、レディ・ホイッスルダウンについての真実がおおやけにされる前に、ロンドンから旅立っていたのです。多くの読者の方々は、次の作品『まだ見ぬあなたに野の花を』*To Sir Phillip, With Love*で、エロイーズがその真実を知る場面が描かれると推測されていたのですが、うまく挿入できる箇所がありませんでした。とはいえ、エロイーズにも必ずいつか知る日がきたはずですから、そのときのことをお話しいたしましょう……。

「伝えなかったの？」

いつものペネロペ・ブリジャートンなら、さらに詰め寄っていただろうし、本人もそうしたかったのだが、唖然《あぜん》となって口が開いてしまい、言葉を継ぐのはむずかしかった。夫は三人の兄弟たちとともに、妹のエロイーズを追ってイングランド南部へ急行し、帰ってきたところだった。どうやらエロイーズはある男性と駆け落ちしようとしたようなのだが――

ああ、なんて恐ろしいことを。

「結婚したの？」ペネロペはもどかしげに訊《き》いた。

コリンは手首をひょいとわずかに返して帽子を椅子に放り、見事水平に飛ぶと、唇の片端を上げて満足そうな笑みを浮かべた。「まだだ」と答えた。

それなら、エロイーズは駆け落ちしたわけではない。でも、家を出た。しかも誰にも気づかれずに。ペネロペにとってエロイーズは親友で、自分にはなんでも話してくれていると思っていたのだが、ぶじなので何も心配はいらないとの書付を家族に残し、誰も知らない男性のもとへ行ってしまったのだから、すべて話してくれていたのではなかったということだ。

心配はいらないですって？

家族のことを十二分にわかっているはずのエロイーズ・ブリジャートンが、よくもそんなことを書けたものだ。この家族はもともと揃《そろ》いもそろって熱くなりやすい。男性たちがエロイーズを探しに出かけているあいだ、ペネロペは義理の母となったヴァイオレット・ブリジャートンに付き添っていた。ヴァイオレットは平静を装ってはいたものの、あきらかに顔色が悪く、何をするにも手がふるえがちだったので、ペネロペは内心気がかりで仕方がなかった。

それなのに、夫のコリンはまるで何事もなかったかのように帰ってきて、問いかけても納得のいく返事もせず、そのうえ――

「どうして伝えなかったの？」ペネロペは夫の後ろをついてまわって尋ねた。

コリンは椅子に手脚を広げてすわり、肩をすくめた。「話すのにふさわしいときではなかった」

「五日もいたんでしょう！」

「ああ。だけど、ずっとエロイーズのそばにいたわけじゃない。往復するだけで一日がかりだしな」

「でも――でも――」

コリンはどうにか気力を奮い起こすかのように部屋のなかを見まわした。「お茶は頼んでおいてくれたかい？」

「ええ、もちろんよ」夫にはいつでも食べ物を用意しておくのが最善だということは結婚して一週間と経《た》たずに学んだので、反射的に答えた。「だけど、コリン――」

「このとおり、急いで帰ってきたんだ」

「わかってるわ」ペネロペは風に乱されて湿った夫の髪をつくづく眺めて尋ねた。「馬で帰ってきたの？」

コリンはうなずいた。

「グロスターシャーから？」

「正確には、ウィルトシャーからだ。ベネディクト兄さんの家に泊まっていたから」

「でも――」

コリンは屈託なく微笑《ほほえ》んだ。「きみに会いたかった」

けれどペネロペは夫の愛情表現にまだあまり慣れておらず、顔を赤らめもせずに続けた。

「わたしも会いたかったわ。でも――」

「ここに来て、坐《すわ》ってくれ」

どこに？　ペネロペは思わず訊き返しそうになった。自分が腰をおろせる平らな場所は、夫の膝の上しか見あたらない。

もともと愛嬌《あいきょう》たっぷりの夫の笑顔がさらに熱っぽさを帯びた。「こうしているいまも、きみが恋しい」コリンが低い声で言う。

ペネロペはまごついて、とっさに夫のズボンの前に目を移した。夫に大きな声で笑われ、胸の前で腕を組んだ。「やめてよ、コリン」叱るふうに言った。

「何をだい？」コリンがそしらぬ顔で訊く。

「たとえここが居間ではなくて、カーテンが開いていなかったとしても――」

「そんな不都合はたやすく改善できる」コリンは窓のほうをちらりと見やって指摘した。

「たとえそうでも」ペネロペは奥歯を嚙《か》みしめ、声の大きさはさほど変わらないものの語気を強めて言った。「重い茶器を運んできてくれる女中がいつ部屋に入ってくるかわからないし、そもそも——」

コリンは深々と息を吐いた。

「——わたしの質問に答えてくれてないじゃない！」

コリンは目をしばたたいた。「なんの話をしていたのか忘れてしまった」

まる十秒の間をおいて、ペネロペはようやく口を開いた。「その身がどうなってもいいということね」

「そのときはいつか確実にくるわけで」コリンがこともなげに言う。「あとはそれがいつかということにすぎない」

「コリン！」

「意外に早くなるかもしれない」コリンが低い声で続ける。「じつを言うと、日頃の行ないがたたって、卒中の発作でも起こして倒れるかもしれないと思っていた」

ペネロペはまじまじと夫を見返した。

「きみの日頃の行ないのせいでだが」コリンは説明を加えた。

「あなたと出会うまではこんなふうではなかったわ」ペネロペは言い返した。

「ほほう」コリンが楽しげな声をあげた。「そんなことがよく言えるな」

ペネロペは思わず口をつぐんだ。腹立たしくも、夫の言うとおりだからだ。もとを正せば、この会話もそこに端を発していた。コリンは玄関広間に入ってきて上着を脱ぎ、妻の唇に念入りに口づけてから（執事の目の前で！）、さらりとこう告げた。「あ、そうそう、きみがホイッスルダウンだったことは伝えなかった」

悪行と呼ぶべきことがあるとするなら、まさしく悪名高き〈レディ・ホイッスルダウンの社交界新聞〉の筆者を十年も続けていたことにほかならない。この十年、ペネロペは偽名を使って、社交界のほとんどすべての人々を、時には自分すらも、辛らつな記事の種にしてきた（当然ながら、自分だけまったくけなさなければ貴族の人々に疑われてしまうし、母にいつも黄色とオレンジの熟れすぎた柑橘《かんきつ》果物みたいな趣味の悪いドレスを着せられていたのは事実だ）。そして結婚を控えて執筆を〝引退〟したのだが、ある貴婦人に脅迫されるという事件をきっかけに、堂々と秘密をあきらかにするのが最善の策だとコリンが判断し、妹のダフネが開いた舞踏会で妻の正体を公表した。そこまでは感動的かつ、いうなれば、あっぱれな展開だったのだが、舞踏会が終わってみると、いつの間にかエロイーズが姿を消していた。

ペネロペは長年の親友のエロイーズに大きな秘密を明かしていなかった。そしていまもまだ親友はその事実を知らない。発表が行なわれる前にエロイーズは舞踏会を抜けだしていて、今回もコリンは妹に会いながら話す機会を逃してしまったらしいのだから。

「はっきり言わせてもらえば」コリンがいつになくいらだたしげな口調で続けた。「妹は家族をこんなに心配させたのだから、知らされなくても仕方がないんだ」

「ええ、それはそうなんだけど」ペネロペはいくぶん後ろめたさを感じつつ、つぶやいた。でも、たしかにブリジャートン家の人々は心配のあまりずいぶんと取り乱していた。書付が残されていたとはいえ、どういうわけか母親宛ての書簡の束にまぎれこんでしまっていたため、エロイーズが誘拐されたわけではないとわかるまでにまる一日かかった。しかもその書付を読んでも誰ひとり安堵《あんど》できなかった。みずからの意思で旅立ったことだけはわかったものの、エロイーズの寝室を引《ひ》っ掻《か》きまわし、今回の家出の要因になったと思われるサー・フィリップ・クレインからの手紙が発見されたのはさらにその翌日だ。

そうした経緯を考えれば、コリンの言いぶんにも一理ある。

「近日中にまた、結婚式のために出向かなければいけない」コリンが言う。「そのときに話せばいい」

「あら、それはだめよ！」

コリンはいったん口をつぐみ、微笑んだ。「それはまたどうしてだろう？」まじまじと妻の目を見つめて問いかけた。

「エロイーズの結婚式なのよ」ペネロペは夫がはるかに打算的な理由を期待しているのを承知で説明した。「花嫁が注目の的になるべきだもの。あんな話は打ち明けられないわ」

「思った以上に、善意に満ちた理由だな」コリンは考えこむふうに答えた。「でも、結論は同じさ。ぼくがそれでいいと言ってるんだから――」

「あなたの許しは必要ないわ」ペネロペは遮《さえぎ》った。

「それでもともかく、ぼくは許可しておく」コリンはなめらかな口ぶりで言った。「ほかのみんなにはエロイーズに言わないよう口どめしておこう」指先を打ち合わせ、楽しげに大きく息をついた。「とびきり刺激的な結婚式になるぞ」

そこに女中が重そうな茶器の盆を運んできた。ペネロペは女中がテーブルに盆をおろす際に漏らした小さな唸《うな》り声《ごえ》には気づかないふりをした。

「ドアは閉めていってくれ」コリンは女中が背を起こすなり言った。

ペネロペがすばやくドアを見やって目を戻すと、夫はすでに立ちあがってカーテンを閉めているところだった。

「コリン！」夫に抱きすくめられて声をあげた。唇で首をたどられ、その腕のなかでとろけてしまいそうに思えた。「お腹がすいているのかと思ってたわ」ペネロペは息を切らせて言った。

「すいてるとも」コリンはドレスの身ごろをぐいと引きおろして、ささやいた。「でも、きみのほうがもっと欲しいんだ」

ペネロペはフラシ天の絨毯《じゅうたん》にいつの間にか並べられていたクッションに沈みこみ、深く愛されているのを心から実感した。


数日後、ペネロペは馬車の座席に坐り、窓の外を眺めて、心ひそかに自分を叱咤《しった》していた。

コリンは居眠りをしている。

エロイーズとの再会にこれほど緊張してしまうとは情けなかった。相手はあのエロイーズだというのに。十年以上も姉妹のように親しくつきあってきた。姉妹以上に。でも、もしかしたら……自分たちが思っていたほどではなかったのかもしれない。お互いに秘密を隠していたのだから。どうして求婚されていたことを話してくれなかったのかと、エロイーズの首を絞めたいくらいの気持ちだけれど、自分を省みれば、そんなことを言える立場ではない。親友がレディ・ホイッスルダウンだったことをエロイーズが知ったら……。

ペネロペは身ぶるいした。夫はその瞬間を楽しみにしているようだが――現に子供並みに浮かれている――こちらは正直なところ、吐き気すら覚えていた。ふだんは朝食を抜くことさえ我慢できないのに、もうまる一日、食べ物が喉をとおらなくなっている。

両手を揉《も》み合《あ》わせ、窓の外をもっとよく見ようと首を伸ばし――ロムニー館に続く車道に入ったようだが、はっきりとはわからない――ふたたび夫に目を戻した。

まだ眠っている。

夫の脚を蹴ってみた。とりたてて乱暴なたちではないので、もちろんそっとだけれど、馬車が走りだして以来ずっと赤ん坊のように眠りつづけているのだから、癪《しゃく》にさわる。コリンは馬車の座席に腰をおろして妻に坐り心地を尋ねると、ペネロペが「ええ、大丈夫よ」の〝大丈夫〟を言うより早く目を閉じていた。

三十秒後には寝息が聞こえてきた。

どう考えても不公平だ。ふだん晩に休むときにも必ず妻より先に寝入ってしまう。

ペネロペはもう一度、今度は少し力を入れて夫を蹴った。

コリンがもごもご寝言を漏らし、ほんのわずかに身をずらして、片隅に沈みこんだ。

ペネロペはじりじりと近寄った。少しずつ、少しずつ……。

そうして肘のいちばんとがっているところで、夫の脇腹を突いた。

「な……」コリンがさっと身を起こし、目をまたたいて空咳《からぜき》をした。「な、なんなんだ？」

「そろそろ着くわ」ペネロペは言った。

コリンは窓の外を見てから、妻に目を戻した。「だからといって、凶器でぼくの体を痛めつけて知らせる必要があるんだろうか？」

「肘だわ」

コリンはじろりと妻の腕を見やった。「妻よ、きみの肘はずいぶんとまた骨ばっているんだな」

ペネロペは自分の肘が――ついでに言うなら、体のどの部分も――ちっとも骨ばってなどいないことは承知していたものの、反論しても得することは何もないので、ふたたび告げた。

「そろそろ着くわ」

コリンは窓ガラスに顔を近づけて、眠そうな瞬《まばた》きを二、三度繰り返した。「そのようだ」

「すてきなところね」ペネロペは優美に手入れのなされた庭を眺めて言った。「どうしてあばら家《や》だなんて、わたしに言ったの？」

「そうだからだ」コリンは妻にショールを手渡した。「さあ」気遣《きづか》う相手がいることにいまだ慣れないそぶりで、そっけない笑みを浮かべて言う。「まだ肌寒いからな」

ゆうべふたりで泊まった宿屋をほんの一時間前に出発したばかりで、夜が明けてたいして時間は経っていない。ほかの親族はほとんどがベネディクトとソフィーの家に泊まったのだが、その家はブリジャートン家の全員を受け入れられるほどには広くなかった。それに、新婚の自分たちは失礼するとコリンが断わりを入れた。ふたりきりで過ごしたいからと。

ペネロペは柔らかな毛織りのショールをまとい、窓の外をさらによく見ようと夫に体をもたせかけた。ほんとうはただ夫にもたれかかりたかっただけなのだけれど。「わたしにはとてもすてきなところに思えるけど。あれほど見事な薔薇《ばら》は見たことがないわ」

「なかよりは外のほうがましかな」馬車が停《と》まると、コリンは説明した。「でも、エロイーズがこれから変えるさ」

みずから扉を開き、軽やかに降りて、妻が馬車を降りるのに手を貸した。「行こうか、レディ・ホイッスルダウン——」

「ブリジャートン夫人よ」ペネロペは正した。

「きみがどう呼ばれることを望もうと」コリンはにっこり笑った。「ぼくの妻には変わりない。それに、これできみの舞台はほんとうに幕がおろされるんだ」

コリンは妹の新たな住まいとなる家の玄関に足を踏み入れ、考えていた以上にほっとした思いを抱いた。今回の行動に腹は立っていても、いまも変わらず妹を愛している。ダフネのほうがずっと歳は近いので、エロイーズにはさほどうるさくつきまとわれた記憶もなく、子供の頃はさほど仲がよいわけでもなかった。けれども昨年、ふたりの距離は縮まった。エロイーズがいなければ、ペネロペの大切さにはけっして気づけなかっただろう。

そして、ペネロペがいなければ、自分はきっと……。

ふしぎなものだ。もうペネロペがいない人生など想像できない。

コリンは結婚したばかりの妻を見やった。さりげないふうに玄関広間を眺めている。顔には出さないが、綿密に観察しているのは間違いなかった。そしてあす、ふたりできょうのことを思い返すときには、細かな点まで詳しく話して聞かせてくれるはずだ。

妻はずば抜けた記憶力を備えている。そんなところもまたいとおしい。

「ミスター・ブリジャートン」執事がわずかに会釈して言った。「ロムニー館にまたよくお越しくださいました」

「また来られて嬉しいよ、ガニング」コリンは低い声で応じた。「前回は迷惑をかけてすまなかった」

ペネロペは夫にいぶかしげな目を向けた。

「つまりその……いきなり押しかけてしまって」コリンは付け加えた。

執事はペネロペの用心深い表情に気づいたらしく、慌てて答えた。「私は脇へさがりましたので」

「まあ」ペネロペが口を開いた。「それなら――」

「サー・フィリップが応対されました」ガニングが遮って続けた。

「そう」ペネロペはぎこちなく咳払いをした。「ごぶじでいらっしゃるのよね？」

「首周りが少し腫《は》れてはいたが」コリンがなにくわぬ顔で言う。「もう治ってるだろう」妻が自分の手を見ているのに気づき、含み笑いを漏らした。「いや、ぼくじゃない」妻の腕を取り、廊下を歩きだした。「ぼくは見ていただけだ」

ペネロペは顔をしかめた。「そのほうが問題だと思うけど」

「たしかにそうかもな」コリンは愉快そうに続けた。「でも、最後にはまるく収まったんだ。いまではあの男をとても気に入ってるし、むしろ――あ、母上、こちらにおられましたか」

待っていたとばかりに、ヴァイオレット・ブリジャートンがすたすたと廊下を進んできた。「遅いわよ」そんなはずはないのをコリンはじゅうぶん知りつつ、身をかがめ、母が差しだした頰にキスをしてから、脇に退いた。母が進みでて、ペネロペの両手を取った。「ねえ、あなたには奥に来てもらわないと。花嫁の付添人を務める既婚婦人なのだから」

コリンはたちまち傍観者となった――婦人たちは自分が理解するどころか聞きとる気にもなれない細々としたことをぺちゃくちゃと代わるがわる話している。ひととおり話し終えると――

コリンはすばやく言葉を挟んだ。「くれぐれも」諭《さと》す口ぶりで言う。「例の件は言わないように」

「よく言うわ」ペネロペが憤然と小さく鼻息を吐いた。「結婚式の日に話すべきではないと言ったのは、このわたしなのに」

「母に言ったんだ」と、コリン。

ヴァイオレットは首を振った。「エロイーズに絞め殺されてしまうわ」

「突然姿を消したせいで、すでにぼくらは一度殺されかけたのではありませんか」コリンはめずらしく気を荒立てて言った。「先にもう、ほかのみんなには口どめしてありますから」

「ヒヤシンスにも？」ペネロペが疑わしげに訊いた。

「買収したの？」母が尋ねた。「そうでもしなければ、あの子が従うはずがないでしょう」

「いいですか」コリンは不服そうに答えた。「ぼくはこの一族にきのう加わったわけではないんですよ。むろん、買収したんです」ペネロペのほうを向く。「最近加わった人たちを揶《や》揄《ゆ》したわけじゃない」

「あら、気にしてないわ」ペネロペが言う。「いくら払ったの？」

コリンは末っ子の妹との取引を思い返し、身ぶるいをこらえた。「二十ポンド」

「二十ポンド！」ヴァイオレットが声を張りあげた。「どうかしてるわ」

「母上ならもっとうまく取引できたことでしょう」コリンはそう返した。「でもまだ半分しか渡してはいません。そこまでは信用できない。妹が口をつぐんでいられたら、ぼくはさらに十ポンド失うわけですが」

「いったい、いくらまでなら払うつもりだったのかしら」ペネロペが呆《あき》れたふうに言った。

コリンは母に言った。「十ポンドで交渉しようとしたんですが、ゆずろうとしないんです」

ペネロペのほうを向く。「そんなに払うつもりはなかったさ」

ヴァイオレットがため息をついた。「あなたを叱るべきなのよね」

「でも、叱らない」コリンはにっこり笑った。

「天に助けを請うわ」母の返答はそれだけだった。

「あの妹を娶《めと》ってくれるおめでたい男がどこかにいるよう、天に願うしかない」コリンはぼやいた。

「ヒヤシンスはおふたりが考えている以上に魅力的な女性ですもの」ペネロペが言葉を差し入れた。「見くびってはいけませんわ」

「ああ、むろん」コリンが言う。「見くびりなどしない」

「あなたはほんとうにやさしい心の持ち主なのね」ヴァイオレットは身を乗りだして、ペネロペをさっと抱きしめた。

「これで腕力にさえ恵まれれば、世界征服しかねない」コリンがつぶやいた。

「言わせておけばいいわ」ヴァイオレットはペネロペに言った。「それにあなたは」コリンのほうを向いて続けた。「すぐに教会に行ってちょうだい。ほかの男性たちはもう集まっているはずよ。歩いてほんの五分のところだから」

「母上も歩いて向かわれるのですか？」コリンはいぶかしげに尋ねた。

「まさか」母はあっさり否定した。「でも、あなたが乗る馬車はないわよ」

「お願いしようとは夢にも思いません」コリンは切り返した。女性の親族たちと馬車に押しこめられるより、すがすがしい朝の空気を吸いながら、のんびりひとりで歩くほうが断然望ましい。

コリンは身をかがめて妻の頰にキスをした。耳もとに唇を寄せる。「いいかい」ささやきかけた。「まだ言わないように」

「わたしは秘密を守れるもの」ペネロペは答えた。

「ひとりより千人に隠し事をするほうがはるかにたやすい」コリンは念を押した。「後ろめたさが分散されるから」

ペネロペが頰を赤らめ、コリンは耳のそばにふたたび口づけた。「きみのことはよくわかってるんだ」ささやいた。

背を向けて歩きだしたとき、コリンは妻の歯軋《はぎし》りが聞こえたように思えた。


「ペネロペ！」

エロイーズは親友を出迎えようと椅子から立ちあがりかけたが、姉の髪形の仕上がりを確かめていたヒヤシンスがその肩を押し、脅すかのように低い声で言った「坐って」

いつもなら妹をひと睨《にら》みで黙らせるエロイーズが、きょうはおとなしく椅子に腰を戻した。

ペネロペはヒヤシンスのお目付け役を担っているらしいダフネを見やった。

「長い朝だわ」ダフネが言う。

ペネロペは歩み寄り、ヒヤシンスをそっと脇に押しやって、整えられた髪形を乱さないよう気をつけて親友に両腕をまわした。「きれいだわ」

「ありがとう」エロイーズはそう応じたが、唇はわななき、目は潤み、いまにも涙があふれだしかけていた。

ペネロペはできることなら親友を少し離れたところに連れだして、きっとすべてうまくいくし、もしサー・フィリップと結婚したくないのなら、しなくてもいいのだと言ってあげたかった。でも実際は、すべてうまくいくとはかぎらないし、サー・フィリップとは結婚しなくてもいいと断言できる自信もない。

断片的に耳に挟んだ話によれば、エロイーズはこのロムニー館に付き添いの婦人もおかず、一週間以上も滞在していたらしい。そのような話がおおやけになれば、評判はずたずたに傷つけられるだろうし、おおやけになってしまうのはほぼ間違いない。噂話のしつこさと影響力については、自分が誰より承知している。それに、エロイーズが長兄のアンソニーと話しあいの場をもったことも耳にしていた。

つまり、その結論が結婚だったということだ。

「来てくれて、ほんとうに嬉しいわ」エロイーズが言う。

「何を言ってるの、あなたの結婚式にわたしが来ないわけがないでしょう」

「そうよね」エロイーズは唇をふるわせ、いかにも毅然《きぜん》と見せようとして、うまくできているつもりでいるかのような表情をこしらえた。「そうよね」いくらか落ち着いた声で同じ言葉を繰り返した。「あなたが来ないわけがない。それでもやっぱり、会えて嬉しい気持ちは変わらない」

エロイーズにしてはやけにかしこまったその言葉に、ペネロペは束の間、自分の秘密も不安や心配も忘れ去った。エロイーズは自分にとってかけがえのない親友だ。情熱を燃やして魂すら捧《ささ》げられる愛《いと》しい人はコリンだけれど、自分の人生に誰より影響を与えたのはエロイーズだ。この十年はエロイーズの笑顔、笑い声、飽くなき活力がなければ、どうなってしまっていたか想像できない。

家族以上に、この親友は自分を思いやってくれた。

「エロイーズ」ペネロペは身をかがめ、親友の肩に腕をまわした。まずはともかくどのような返答でも動じないことを伝えようと、咳払いをした。「エロイーズ」もう一度、ささやくように声をひそめて呼びかけた。「これでいいのね？」

「もちろんよ」エロイーズは答えた。

けれどペネロペはその言葉を信じていいのかまだわからなかった。「愛――」口をつぐんだ。それから笑みを浮かべようと口もとをわずかにゆるめた。あらためて訊く。「好きなの？　サー・フィリップを」

エロイーズはうなずいた。「なんていうか……わかりにくい人なのよ」

ペネロペはそれを聞いて椅子に坐りこんだ。「冗談よね」

「こんなときに冗談を言うと思う？」

「男性は単純な生き物だと、いつも言ってたでしょう？」

エロイーズは仕方がないといったふうに見返した。「そう思ってたんだもの」

ペネロペはヒヤシンスの聴覚が犬並みにすぐれているのを思いだし、親友に身を寄せた。

「あちらもあなたを好きなのね？」

「わたしをお喋《しゃべ》りだと思ってるわ」

「お喋りだもの」ペネロペは答えた。

エロイーズが鋭いまなざしを返した。「せめて笑ってくれてもいいでしょう」

「たしかにそうね。でもわたしはそこがあなたの愛らしいところだと思ってるわ」

「あの方もきっと同じように思ってるのよ」エロイーズは顔をゆがめた。「たいがいは」

「エロイーズ！」戸口からヴァイオレットが呼ばわった。「そろそろ行きましょう」

「逃げだしたのではないかと、花婿《はなむこ》を心配させてしまうものね」ヒヤシンスがちくりと釘《くぎ》を刺した。

エロイーズは立ちあがって背筋を伸ばした。「ここまではるばる逃げてきたばかりだからと、言いたいんでしょう？」ペネロペのほうを向き、心得たふうに切なげな笑みを浮かべた。「走ってきてたどり着いたところが、ここだった」

ペネロペはもの問いたげに見つめ返した。「どういうこと？」

けれどもエロイーズはすぐに首を振った。「最近、聞いたこととの受け売りよ」

不可思議な返答だったが、問いただせる場ではないので、ペネロペはほかの親族たちのあとを追って歩きだした。ところが数歩進んだところで、エロイーズに呼びとめられた。

「ペネロペ！」

振り返った。エロイーズはまだ十歩以上遅れて、戸口に立っていた。どう受けとめればよいのかわからない妙な顔つきをしている。ペネロペは待ったが、親友は口を開こうとしなかった。

「エロイーズ？」静かに問いかけた。親友は言いたいことがあるものの、どう言えばいいのかわからないといったふうに見える。あるいは、何が言いたいのかもわからないのかもしれない。

そうして――

「ごめんなさい」あのエロイーズといえども、驚くほどの早口で唐突に言葉をほとばしらせた。

「ごめんなさい」ペネロペはほとんど呆然《ぼうぜん》となって友人の言葉を繰り返した。エロイーズが何を言おうとしているのか見当もつかなかったけれど、詫《わ》びの言葉がいちばんに思い浮かぶことだけはありえなかった。「どうして？」

「秘密を隠していたから。わたしにはむずかしいことだった」

ペネロペは唾を飲みこんだ。どうすればいいの。

「許してくれる？」声は穏やかだが、エロイーズはせっぱ詰まった目をしていて、ペネロペは自分が卑怯《ひきょう》な裏切り者のように思えてきた。

「もちろんよ」つかえがちな声で言う。「たいしたことではないわ」少なくとも、こちらの秘密に比べれば、たいしたことではない。

「サー・フィリップと手紙をやりとりしていたことを話しておくべきだったわ。始めてすぐにどうして話せなかったのかわからない」エロイーズが続けた。「でも、そのあとは、あなたがコリンお兄様と恋に落ちて……わたし……これはわたしだけのものだと思ってしまったのよ」

ペネロペはうなずいた。何かを自分だけのものにしておきたい気持ちはとてもよくわかる。エロイーズは気恥ずかしげに笑った。「それで、こうなったってわけ」

ペネロペは親友を見つめた。「きれいよ」ほんとうだった。エロイーズはしとやかな花嫁とは言えないけれど、輝いている。ペネロペの胸につのっていた不安はしだいにやわらぎ、ついには消え去った。すべてうまくいく。エロイーズがこの結婚で自分と同じように最上の喜びに恵まれるのかどうかはわからないが、少なくとも幸せな満足のいく人生を歩めるはずだ。

それに、誰もが熱烈な恋に落ちて結婚するわけではないと書いていたのは自分でしょう？想像もしていなかったことが次々に起きている。

ペネロペはエロイーズと腕を組み、これまでの姿からは想像もできなかった大声を張りあげているヴァイオレットが待つ廊下の先へ導いていった。

「あなたのお母様がしびれを切らしてるわ」ペネロペはささやいた。

「エロイ——ズ！」ヴァイオレットはほとんどわめいていた。「早く！」

エロイーズは眉を上げ、ちらりと横目でペネロペを見やった。「やっぱりそう思う？」

それでも、ふたりは急がなかった。そこが教会の通路であるかのように、腕を組んでゆっくりと廊下を進んだ。

「数カ月と経たずに、わたしたちふたりが相次いで結婚するなんて、誰が想像したかしら？」ペネロペは感慨深げに問いかけた。「ふたり仲良く、おばあちゃんになるつもりだったのに」

「まだふたり仲良く、おばあちゃんになれるわ」エロイーズは陽気に答えた。「既婚のおばあちゃんになるというだけの違いよ」

「すてきね」

「すばらしいわ！」

「夢みたい！」

「わたしたちで、老婦人たちの流行をつくるのよ！」

「おばあちゃんのお洒落《しゃれ》のお手本ね」

「いったい」ヒヤシンスが腰に手をあてて、訊いた。「なんの話をしてるの？」

エロイーズが顎を上げ、鼻であしらうように妹を見やった。「まだねんねのあなたには、わからないことよ」

それからペネロペとふたりで、いきなりくっくっと笑いだした。

「お母様、ふたりともどうかしてるわ」ヒヤシンスが大きな声で知らせた。

ヴァイオレットは、ともに二十八でとうが立って花嫁となった娘と義理の娘を、いとおしそうに眺めた。「放っておきなさい、ヒヤシンス」そう言って、末娘を待機している馬車のほうへせきたてた。「すぐに来るでしょう」それから取ってつけたかのように続けた。「まだねんねのあなたには、わからないことなのよ」

結婚式が終わって祝宴に入り、サー・フィリップ・クレインが間違いなく妹を幸せにする花婿だと確信を得ると、コリンはようやくふたりきりで話せるとばかりに妻を部屋の静かな片隅に引き入れた。

「あやしまれてないか?」にっこりして訊いた。

「しょうがない人ね」ペネロペは言った。「きょうは妹さんの晴れの日なのに」

否定とも肯定とも受けとりようのない返答だった。コリンはせっかちなため息をこらえ、涼しげにさらりと先を促した。「ということはつまり……?」

ペネロペはまる十秒は夫を見つめてから、低い声で話しはじめた。「エロイーズはよくわからないことを言ってたわ。男性はどうしようもなく単純な生き物なのに」

「それはまあ……そうだな」昔から自分には女性の考えていることがまるでわからないのは事実なので、コリンは同意した。「でも、それとどう話がつながるんだ?」

ペネロペが肩越しにちらりと振り返ってから、ひそひそ声で続けた。「花嫁がどうしていま、ホイッスルダウンのことを思いださなければいけない理由があるの?」

認めるのは癪とはいえ、妻の言いぶんにも一理あるのは間違いない。コリンはひそかに、レディ・ホイッスルダウンの正体をまだ知らなかったのは自分だけだったのだとエロイーズが驚く顔を楽しみにしていた。

子供じみているのはわかっているが、それでもやはり愉快このうえない空想だ。

「そうか」

ペネロペはいぶかしげに夫を見つめた。「何を考えてるの？」

「やはりどうしても、結婚式の日に打ち明けるのはまずいだろうか？」

「コリン……」

「もし、ここでぼくたちが言わなければ、誰かから聞かされることになるわけで、そのときの顔を見られないのは不公平じゃないか」

「コリン、だめよ」

「これまでのことを考えれば、きみにはエロイーズの驚く顔を見る権利があるんじゃないのか？」

「だめ」ペネロペはゆっくりと言った。「だめよ。いいわね、わたしはここで言うつもりはないわ」

「妻よ、まったくきみは自分を安売りしすぎる」コリンはいかにもやさしげに微笑んで言った。「それにだ、エロイーズの身にもなってみてくれ」

「朝からずっと見ているかぎり、これといって問題は見あたらないけど」

コリンは首を振った。「妹はきっとがっかりするぞ。よく知りもしない人間から恐ろしい真実を聞かされるんだ」

「恐ろしいことではないわ」ペネロペはすかさず言い返した。「それに、どうして、よく知りもしない人から聞かされるとわかるの？」

「うちの家族は約束を守って話さない。この辺鄙《へんぴ》な田舎で、妹にほかにどんな知りあいがいるというんだ？」

「わたしはグロスターシャーが好きよ」ペネロペはけなげにむきになって、歯の隙間から言葉を吐きだした。「すてきなところだもの」

「ああ」コリンは穏やかに相槌を打ち、妻の眉間《みけん》の皺《しわ》や細く狭めた目、きつくすぼまった唇をまじまじと眺めた。「ずいぶんと気に入っているんだな」

「心ある人間としてできるかぎり黙っていようと口どめしたのは、あなただったわよね？」

「それを言うならつまり、心ある人間だからこそ――」コリンはわざわざ自分を指し示した。

「――沈黙を守るのはとうてい無理だとわかったんだ」

「どうしてそんなふうに心変わりできるのかしら」

コリンは肩をすくめた。「男の特権かな？」

その言葉に妻が唇をわずかに開いた。本人に自覚があろうとなかろうと、妻はどうみてもキスを求めているのだから、ふたりきりになれる静かな場所に引きこもれないものかと、コリンは考えた。

だが自分は我慢強い男で、宿屋に帰れば快適な部屋で過ごせるのだし、この結婚式にもまだまだ楽しめることがありそうだ。「ところで、ペネロペ」妻にとはいえ礼儀にもとるくらい身を寄せて、かすれがかった声で続けた。「ちょっと楽しみたくないか？」

ペネロペは顔を真っ赤に染めた。「ここではけっこうよ」

コリンは笑い声を立てた。

「そういう意味で言ったのではないわ」妻が不満げに言った。

「それくらいわかってるさ」そう答えつつ、笑みは隠しきれなかった。「とはいえ、むろんべつの場所で楽しめるのに越したことはないわけだが」わざとらしく部屋のなかを見まわす。「あとどれくらい我慢すれば、不作法にならないかな？」

「いまは出られないわ」

コリンは考えるふりをした。「ううむ、たしかにきみの言うとおりかもしれないな。残念だ。でも——」いま思いついたかのような表情を浮かべた。「——まだいたずらを楽しめる時間があるということでもある」

ペネロペはまたも言葉を失った。夫はいつもこうだ。「そうだろう？」低い声で尋ねた。

「わたしにお手伝いできることがあるとは思えないけど」

「ふたりで協力しあわなければ」コリンはわずかに首を振った。「きみには受け答えの流儀というものがまだよくわかっていないらしい」

「坐ったほうがいいわ」妻の目は幼子を諭すときのように、疲れの滲《にじ》む用心深い光を宿していた。

あるいは愚かな大人を相手にしているときのように。

「それであとはずっと」ペネロペが言う。「そのまま坐っていたほうがいいと思うの」

「ずっと?」

「そうよ」

コリンはただ妻をからかいたいだけの理由で腰をおろした。それから――

「だめだ、だめだ。やっぱりいたずらがしたい」

立ちあがり、妻に引きとめられる前にさっさとエロイーズを探しに歩きだした。

「コリン、だめよ!」ペネロペの呼びかける声が、祝宴の広間じゅうに響きわたった。当然ながら、ペネロペが声を張りあげたとたん、結婚式の招待客たちはしんと静まり返った。

でもこの部屋はブリジャートン一族の人々だらけだ。何を恐れる必要があるのだろう?

ペネロペは無理やり笑みを貼《は》りつけて、顔を振り向けた二十人以上の人々を見わたした。

「なんでもありませんわ」詰まりがちな甲高い声になった。「お騒がせしてすみません」

すると、この一族はコリンが何かしでかそうとして〝だめよ!〟と諫《いさ》められる場面に慣れきっているらしく、それぞれ会話を再開し、こちらをあらためて振り返ろうともしなかった。

ヒヤシンスはべつにして。

「ああ、まずいわ」ペネロペはひそかにつぶやいて、そそくさと歩きだした。

けれども、ヒヤシンスの動きはすばやかった。「どうしたの?」驚くべき敏捷《びんしょう》さでペネロペの傍《かたわ》らに追いついてきた。

「なんでもないわ」ヒヤシンスを厄介ごとに関わらせることだけは避けたいので、きっぱりと答えた。

「兄は姉に話そうとしてるのね？」ヒヤシンスは食いさがり、〝あら、失礼〟とつぶやいて、兄たちのひとりを押しのけた。

「いいえ」ペネロペは言い放ち、ダフネの子供たちをさっとよけて進んだ。「違うわ」

「そうなんだわ」

ペネロペはつと足をとめて振り返った。「あなたたちはみなどうして、ちゃんと人の話を聞かないの？」

「わたしは違うわよ」ヒヤシンスは陽気に答えた。

ペネロペは首を振って、ふたたび歩きだし、ヒヤシンスもすぐにあとをついてきた。ペネロペがようやくたどり着くと、コリンは新婚のふたりと並んで立ち、エロイーズの腕を取って、これまで自分が妹にしてきたことなどすっかり忘れてしまったかのように微笑みかけていた。たとえば……。

妹を池に押しやって泳ぎを教えてやったこと。

それに妹が寝ているあいだに髪を八センチ近くも切ったこと。

さらには本邸近くの酒場に付いて来ないよう、妹を木に括《くく》りつけたことも。

むろん、三つとも試みはしたが、成功したのはふたつだけだ（コリンといえども、髪を切っていつまでも根にもたれるようなことはしない）。

「エロイーズ」ペネロペはヒヤシンスを振りきろうと急いだせいで、やや息を切らしつつ呼びかけた。

「ペネロペ」エロイーズがふしぎそうに答えた。当然だろう。エロイーズはまぬけではなく、三兄のコリンがいつもなら自分にこれほど喜びに満ちた笑みを向けはしないことくらい承知している。

「エロイーズお姉様」ヒヤシンスも何を思ったのか呼びかけた。

「ヒヤシンス」

ペネロペは夫のほうを向いた。「コリン」

夫は愉快そうな顔をしている。「ペネロペ。ヒヤシンス」

ヒヤシンスがにっこり笑った。「コリンお兄様」それから言った。「サー・フィリップ」

「ご婦人がた」サー・フィリップもとりあえず調子を合わせたらしい。

「いいかげんにして！」エロイーズが唐突に声をあげた。「いったいどういうこと？」

「洗礼名の確認、かしら」ヒヤシンスが言う。

「ペネロペから話があるそうだ」コリンが答えた。

「ないわ」

「ある」

「だから」ペネロペはすばやく考えをめぐらせた。さっと進みでて、エロイーズの手を取った。「おめでとう。心から祝福するわ」

「話というのはそのことだったの？」エロイーズが尋ねた。

「そうよ」

「違う」

そこでヒヤシンスが口を開いた。「ものすごく楽しくなってきたわ」

「あの、そう言っていただけて、なによりです」サー・フィリップは突然の賛辞にいくぶんとまどいがちに応じた。ペネロペは束の間目を閉じて、疲れたように息をついた。この気の毒な花婿を脇に連れだして、ブリジャートン家に仲間入りするにあたっての注意点を伝えておくべきだ。

とはいえペネロペは夫の家族についてはすでによく知っていて、もはや秘密を明かさずにはすまされないのもわかっていたので、エロイーズに向きなおって言った。「ちょっと話せる？」

「わたしと？」

すでにそのやりとりだけで、ペネロペは誰かの首を絞めたくなった。誰の首でもかまわない。「ええ」辛抱強く答えた。「あなたと」

「ぼくもだ」コリンが言葉を差し入れた。

「わたしもよ」ヒヤシンスが名乗りをあげた。

「あなたはだめよ」ペネロペは振り向きもせずに言った。

「でも、ぼくはいいんだよな」コリンが空いているほうの腕を妻の背にまわして言う。

「あとではだめでしょうか？」サー・フィリップが礼儀正しく問いかけた。「きょう結婚式をあげたばかりですし、妻はこの場にいたいと思うので」

「そうよね」ペネロペは疲れの滲む声で答えた。「ごめんなさい」

「かまわないわ」エロイーズは兄の手を振りほどき、結婚したばかりの夫に向きなおった。ペネロペには聞こえないひそひそ声で夫に何か耳打ちしてから、言った。「そのドアの向こうに小さな客間があるの。そこで話さない?」

エロイーズが先に歩きだしたので、ペネロペはその隙に夫に釘を刺した。「あなたは黙ってて」

意外にもコリンはあっさりうなずき、黙ったままドアを開いて押さえ、エロイーズのあとから妻を先に部屋に入らせた。

「すぐに終わるわ」ペネロペは申しわけなさそうに言った。「少なくとも、わたしはそう願ってる」

無言でこちらを向いたエロイーズの表情はいつになく穏やかだと、ペネロペはまだいまはどうにか冷静に見きわめた。

エロイーズはもともとこういう場面ではせっかちになりがちだったので、きっとこの結婚に満足しているのだろう。大きな秘密や謎が明かされるといったことが、エロイーズは大好きのはずなのだから。

それなのに、いまは黙って立ち、ほがらかに微笑んで待っている。ペネロペはどうしたものかとコリンを見やったが、夫は言いつけを守ろうとしているらしく、唇を引き結んでいた。

「エロイーズ」ペネロペは切りだした。

エロイーズが微笑んだ。わずかに。ほんとうはもっと笑いたいのをこらえているかのように口角を上げただけだ。「何かしら?」

ペネロペは咳払いをした。「エロイーズ」あらためて呼びかけた。「あなたに話さなければいけないことがあるの」

「あらそうなの?」

ペネロペはいぶかしげに目を狭めた。皮肉を交えて話すような事柄ではない。息を吸い、こちらも辛らつな口ぶりで切り返したい気持ちを鎮め、言葉を継いだ。「あなたの結婚式の日に話すつもりはなかったのよ――」いったん夫に鋭い視線を投げかけた。「――でも、そうせざるをえないみたいだから」

エロイーズは瞬きを何度か繰り返したが、それだけのことで、穏やかな表情に変化はなかった。

「もう話す以外に仕方がないわけだけど」ペネロペは暗鬱《あんうつ》な気分でとつとつと続けた。「あなたがいなくなったとき……つまり、あなたが旅立った晩に、じつは……」

エロイーズが身を乗りだした。ほんのわずかな動きだったが、ペネロペは見逃さず、束の間考えた――といっても、何か明確に言い表せるような考えがめぐったわけではない。でも、気まずさを覚えた――それまで感じていたものとはべつの種類の気まずさを。なんとなく不穏な予感のする心地悪さで――

「わたしがホイッスルダウンなの」これ以上長引かせれば頭が破裂してしまいそうなので、いっきに打ち明けた。

するとエロイーズが言った。「知ってるわ」

ペネロペがとりあえずいちばん近くにあったものにへたり込むと、それはテーブルだった。

「知ってたの」

エロイーズが肩をすくめた。「知ってたわ」

「どうして？」

「ヒヤシンスに聞いたから」

「なんだって？」コリンの声にはいらだちが表れていた。より正確に言うなら、ヒヤシンスへの憤懣《ふんまん》が。

「きっとドアの向こう側にいるはずよ」エロイーズが低い声で言い、うなずいた。「確かめたければ――」

けれどもコリンが一歩先んじて小さな客間のドアをぐいと開いた。予想どおり、ヒヤシンスがつんのめりかけて部屋に入ってきた。

「ヒヤシンス！」ペネロペは呆れたふうに呼んだ。

「もう、やめてよ」ヒヤシンスは生意気そうに言い返し、スカートの皺を伸ばした。「わたしが立ち聞きしないはずがないでしょう？　わたしのことはよく知ってるくせに」

「おまえの首を絞めてやりたい」コリンが苦々しげにつぶやいた。「取引したのに」

ヒヤシンスが肩をすくめた。「二十ポンドなんていらないもの」

「すでに十ポンド受けとっただろう」

「そうだったわね」ヒヤシンスがあっけらかんと笑った。

「ヒヤシンス！」エロイーズが声を張りあげた。

「言うまでもないことだけど」ヒヤシンスが遠慮がちに続けた。「あとの十ポンドはけっこうよ」

「ゆうべ聞いたのよ」エロイーズは冷ややかに目を細めて説明した。「でもこの子は、自分はレディ・ホイッスルダウンの正体を知っていて、しかも、もう社交界の人々もみな知っていることだと言っておきながら、知りたければ二十五ポンド払えと要求したの」

「誰もが知っていることなら」ペネロペは問いかけた。「ほかの人に訊こうとは思わなかったの？」

「午前二時に、わたしの寝室に来てくれる人なんてほかにいないわ」エロイーズはさらりと返した。

「帽子を買いたいのよ」ヒヤシンスが思いめぐらせて言う。「それとも、ポニーにしようかしら」

エロイーズはうんざりしたそぶりで妹を見やってから、ペネロペに目を戻した。「ほんとうに、あなたがホイッスルダウンなの？」

「そうよ」ペネロペは認めた。「というより――」ついコリンのほうを見てしまったのはどうしてなのかよくわからない。でも、この男性を心から愛しているし、夫は自分のことをとてもよくわかってくれていて、困って少し不安げな笑みを浮かべれば、たとえどんなにヒヤシンスに腹を立てていても、笑い返してくれることだけは間違いない。

そして今回もやはり笑い返してくれた。どういうわけか、どんなときでも、コリンはペネロペの望みを読みとることができた。いつでも。

ペネロペはエロイーズのほうへ顔を戻した。「そうだったの」言いあらためた。「いまは違う。引退したのよ」

ただし、それについてはむろんエロイーズもすでに知っていた。レディ・ホイッスルダウンの引退は、エロイーズがロンドンを発《た》つだいぶ前に発表されていたのだから。

「永久に」ペネロペは言い添えた。「よく尋ねられるんだけど、わたしはもう二度と筆をとるつもりはないわ」家で書きはじめたものを思い起こし、いったん口をつぐんだ。「少なくとも、ホイッスルダウンとしては」隣りに来てテーブルに並んで坐ったエロイーズをあらためて見やった。どことなくぼんやりした表情で、ずいぶんと長く押し黙っている——もちろん、エロイーズにしてはだけれど。

ペネロペは笑みをこしらえた。「じつは、小説を書こうと思ってるの」

返事はなく、エロイーズはすばやく瞬きをして、深く考えこんでいるかのように眉間に皺を寄せた。

そこでペネロペは親友の片方の手を取り、いま思っていることをそのまま口にした。「ごめんなさい、エロイーズ」

エロイーズは側卓をいたくぼんやり見つめていたが、その言葉を聞いて視線を上げ、ペネロペと目を合わせた。「ごめんなさい?」おうむ返しに訊き返した。まるで真意を疑っているかのように、もしくは少なくともそのひと言ではすまされないとでも思っているのか、いぶかしげな口ぶりだった。

ペネロペは気が沈んだ。「ほんとうにごめんなさい」繰り返した。「あなたには言うべきだったわ。言わなければ——」

「何をばかなことを言ってるの?」エロイーズはようやく気を取りなおしたかのように訊いた。「わたしに言わなかったのは当然よ。わたしが秘密を守れるはずがないんだから」

親友がみずからそれを認めるとは、ペネロペには信じがたいことだった。

「あなたをとても誇りに思うわ」エロイーズが続けた。「ただ、いまはその小説の話はやめて——筋立てをちゃんと理解することもできそうにないから、いつか——結婚式の日ではないときに——詳しく聞かせてほしいの」

「やっぱり、驚いた?」ペネロペは低い声で尋ねた。

エロイーズがやけに冷めた目を向けた。「控えめに言っても」

「すぐに椅子を勧めたのよ」ヒヤシンスが言葉を挟んだ。

「はじめから坐ってたわ」エロイーズがぴしゃりと返した。

ヒヤシンスがひらりと手を振った。「それはそうだけど」

「妹の話は聞かなくていいわ」エロイーズはしっかりとペネロペを見据えた。「じつを言うと、言葉にできないくらい衝撃を受けたわ――いまはだいぶ落ち着いたけど」

「ほんとうに？」ペネロペは、こんなにも自分がエロイーズに受け入れてもらえることを望んでいたとは自覚していなかった。

「こんなに長いあいだ、よく隠しとおしていたわよね」エロイーズは感嘆の表情でゆっくりと首を振った。「わたしにはもちろんだけど、この子にも」ヒヤシンスを指さした。「ほんとうに見事だわ」そう言うと身を乗りだし、ペネロペをやさしく抱きしめた。

「怒ってないの？」

エロイーズは背を起こし、唇を開いた。ペネロペには親友が言おうとしていることが読みとれた。〝いいえ〟それから、たぶん〝そんなはずないでしょう〟と。

けれどエロイーズは実際には言葉は口にせず、やや呆然と考えている様子でそこに坐ったままで、しばらくしてようやく声を発した。「いいえ」

ペネロペは思わず眉を上げた。「ほんとうに？」声に力がなかったからだ。率直に言って、エロイーズらしくない口ぶりだった。

「わたしがまだロンドンにいたなら、違ったかもしれない」エロイーズが静かに言う。「することがほかに何もなければ。でも、ここでは――」部屋のなかを見まわし、なにげなく窓のほうを身ぶりで示した。「ここでは、そうではないの。暮らしが違う」静かな声で続ける。「わたしも変わったのよ。少なくともほんのちょっぴりは」

「クレイン夫人」ペネロペは念を押すように呼びかけた。

エロイーズは微笑んだ。「それを思いださせてくれて嬉しいわ、ブリジャートン夫人」

ペネロペは笑いだしそうになった。「信じられる？」

「あなたのこと、それともわたし？」エロイーズが問いかけた。

「どちらもよ」

邪魔にならないよう離れていたコリンが――ヒヤシンスの腕をしっかりとつかんでそばに引きとめていた――進みでてきた。「そろそろ戻ったほうがいい」さりげなく声をかけた。

手を差しだし、まずはペネロペを、それからエロイーズを立たせた。「花嫁は」妹の頬にキスをした。「絶対に戻らないと」

エロイーズはふたたび花嫁らしくほんのり頬を染め、切なげに微笑んで、うなずいた。最後にもう一度、ペネロペの両手をぎゅっと握ってから、ヒヤシンスの脇をすり抜けて（ついでに瞳をぐるりとまわし）自分の結婚を祝う人々のもとへ戻っていった。

ペネロペはコリンに腕を絡ませ、そっと寄りかかって、去っていく親友を見送った。ふたりとも満ち足りた思いで沈黙し、がらんとした戸口をぼんやり眺め、宙に漂って流れてくる祝宴の賑《にぎ》わいを聴いた。

「そろそろ失礼したら、不作法だろうか？」コリンがぼそりと尋ねた。

「大丈夫ではないかしら」

「エロイーズは気にしないかな？」

ペネロペは首を振った。

コリンは妻をきつく抱きしめ、耳にそっと唇を擦《こす》らせた。「では行こう」

ペネロペは異を唱えなかった。


一八二四年五月二十五日、エロイーズ・ブリジャートンがサー・フィリップ・クレインに嫁いだ日のまさに翌日、グロスターシャー、テトベリーにほど近い宿屋〈薔薇と木苺《ローズ・アンド・ブランブル》〉に宿泊したコリン・ブリジャートンと妻のもとに、三通の手紙が届いた。どれもロムニー館からで、まとめて届けられた。

「どれから開きましょうか?」ペネロペはベッドで三通の手紙を目の前に並べて尋ねた。

コリンはノックに応じる際に身につけたシャツを脱ぎ捨てた。「いつものように、きみの的確な判断に従おう」

「いつものように?」

コリンはベッドに上がって、妻の傍らに戻った。皮肉っぽく受け答えするときの妻は格別に愛らしい。これほど魅力的に皮肉を返せる者がほかにいるとは思えない。「ぼくに都合のよいときには、かな」と言いなおした。

「それなら、あなたのお母様のから」ペネロペはシーツに並べた手紙の一通を取り上げた。封をとき、丁寧《ていねい》に紙を広げる。

コリンは手紙を読む妻を見ていた。ペネロペは目を大きく開き、そのあと眉を上げ、それからついこみあげた笑いをこらえるかのように口角をわずかに引《ひ》き攣《つ》らせた。

「母は何を書いてきたんだ？」

「わたしたちを許してくださると」

「どうして許しを請わなければいけないのかわからない」

ペネロペが咎《とが》める目を向けた。「祝宴を抜けだしたでしょう」

「エロイーズは気にしないと、きみは言ってたよな」

「いまも気にしてないと思ってるけど、これはあなたのお母様からの手紙なのよ」

「母上が再婚したときには、最後まで耐えますと返事を書こう」

「そんなことは書きません」ペネロペは瞳で天を仰いだ。「いずれにしても、あなたのお母様は返事を期待してはいないわ」

「そうだろうか？」母はいつも返事を期待していたので、コリンはにわかに興味をそそられた。「それで、どうしてぼくたちを許してくれると？」

「それはその、なるべく早く孫が生まれればといったようなことが書かれてるわ」

コリンはにやりと笑った。「赤くなってるな」

「違うわよ」

「なってる」

ペネロペは夫の脇腹を肘で突いた。「なってないわ。そんなに知りたいのなら、どうぞご自分で読んで。わたしはヒヤシンスの手紙を読むから」

「十ポンドを返してきたわけではないよな」コリンはぼやいた。

ペネロペは紙を広げて振った。何も落ちてはこなかった。

「あの生意気娘は、ぼくの妹で幸せ者だ」コリンはつぶやいた。

「負け惜しみね」ペネロペは夫をたしなめた。「あなたの鼻をあかしたんだものね、それもすばらしく鮮やかな手並みで」

「おいおい、勘弁してくれ」コリンは鼻で笑った。「きみもきのうは妹のずる賢いやり口を褒《ほ》めてはいなかったはずだぞ」

ペネロペは手を振って夫の抗議を一蹴した。「ええ、でも、あとで振り返れば大目に見られることもあるでしょう」

「いったい何を書いてきた？」コリンは妻の肩越しに覗きこんだ。ヒヤシンスのことなので、兄からさらに金《かね》をくすねとろうとでもたくらんでいるに違いない。

「それが、とても心のこもったお手紙なのよ」ペネロペは答えた。「悪意はまったく感じられない」

「もう裏も表も読んでしまったのか？」コリンはいぶかしげに訊いた。

「片面にしか書いてないもの」

「あいつにしてはめずらしい無駄遣いだ」疑念を含んだ口ぶりで付け加えた。

「あら、だってこれは、わたしたちが失礼したあとの祝宴の報告だけなのよ。しかも、事細やかで遊び心にあふれていて、見事な洞察力で書かれているわ。りっぱにホイッスルダウンを務められるわね」

「神よ、われらを救いたまえ」

最後の手紙はエロイーズからで、ほかの二通とは異なり、ペネロペだけに宛てたものだった。むろん、コリンは好奇心を掻《か》き立《た》てられた――どうして掻き立てられずにいられるだろう？　それでも、ペネロペがひとりで読めるよう、そばを離れた。妻と妹の友情には畏怖《いふ》の念のみならず敬意を抱いている。自分も兄弟たちとはきわめて近しい関係だが、ペネロペとエロイーズのように深く結びついた友人同士はほかに知らない。

「まあ！」ペネロペが声を漏らし、二枚めを読みはじめた。エロイーズの手紙は先の二通よりだいぶ長く、二枚の紙の表と裏にぎっしり綴《つづ》られていた。「あの子ったら」

「何を書いてきたんだ？」コリンは尋ねた。

「ええ、たいしたことではないわ」ペネロペはそう答えたが、いくぶんむっとした顔つきだった。「あなたはその場にいなかったけど、結婚式を控えた朝に、エロイーズから秘密を隠していたことをずいぶんと申しわけなさそうに謝られたの。でも、あれがわたしに秘密を打ち明けさせるためにしたことだったなんて思いもしなかったわ。わたしは後ろめたくて仕方がなかったんだから」

声が消え入り、ペネロペは次のページに目を走らせた。コリンは綿毛の詰まった枕を積みあげて背をもたせかけ、妻の顔を眺めていた。文字を追う妻の目の動きを見ているのが好きだ。笑ったり、むくれたりしたときの唇を見るのも。妻が手紙を読んでいる姿を眺めているだけで、こんなにも幸せを感じられるとは、まったく驚くべきことだ。

そう思ったとき、ペネロペが息を呑み、たちまち蒼《あお》ざめた。

コリンは肘をついて上体を起こした。「どうしたんだ？」

ペネロペが首を振り、唸《うな》るように言った。「もう、やられたわ」

もはや妻と妹の友情を気遣《きづか》ってなどいられなかった。コリンは手紙を奪いとった。「何を書いてきた？」

「そこよ」ペネロペはげんなりして紙の下のほうを指さした。「最後のところ」

コリンは妻の指を払いのけて、読みはじめた。「ああもう、まわりくどい書き方だな」つぶやいた。「何が言いたいのかさっぱりわからない」

「仕返しよ」ペネロペが言う。「わたしの秘密のほうが自分の秘密より大きかったと言ってるの」

「たしかにそうだ」

コリンは思案した。「そういうことになるんだろうな」

「貸しができたと」

「それを返してもらうつもりだと」

コリンは妻の手を軽く叩いた。「悪いが、それがわがブリジャートン家の考え方だ。きみはたしか、われわれと勝負ごとをしたことがなかったな？」

ペネロペは不満げに言った。「ヒヤシンスと相談すると書いてあるのよ」

コリンの顔から血の気《け》が引いた。

「つまり」ペネロペは首を振った。「もう、うかうかしてはいられないということよ」

コリンは妻に腕をまわし、抱き寄せた。「イタリアに行きたいと話していたよな？」

「インドにも」

コリンはにっこりして、妻の鼻にキスをした。「あるいはここにとどまってもいい」

「〈薔薇と木苺〉に？」

「ぼくたちはあすの朝、発つことになっている。ヒヤシンスがいちばん見逃しやすい場所だ」

ペネロペがコリンを見つめた。妻の目はしだいにやわらぎ、ほんのわずかに茶目っ気らしきものも帯びてきた。「さしあたってあと二週間はロンドンに大切な予定はないわ」

コリンは妻を抱きかかえるようにして仰向けに横たわらせた。「母は孫ができれば、ぼくたちを許すと言ったんだよな」

「そんなに断定的な書き方ではなかったけど」

コリンは妻が必ずくすぐったがる耳たぶの敏感な部分に口づけた。「強がってるのさ」

「でも、そうだとしたら――きゃっ！」

ペネロペの腹部を唇でたどった。「なんだい？」ささやいた。

「なるべく早く――もう！」

コリンは目を上げた。「だからなんだい？」

「取りかかったほうがいいわ」ペネロペはどうにか言い終えた。

コリンは妻の肌に唇を寄せたまま微笑んだ。「お仕えしますとも、ブリジャートン夫人。いつなんどきでも」

『まだ見ぬあなたに野の花を』その後の物語

『まだ見ぬあなたに野の花を』*To Sir Phillip, With Love*

サー・フィリップの寂しい双子、アマンダとオリヴァー・クレインほど生意気な子供たちを自分の著書に登場させることはめったにありません。気持ちの安定した、分別のある大人に成長するのはむずかしそうに見えた双子でしたが、ふたりを叱って間違いを正してくれる人物がいれば、たとえばエロイーズ・クレイン（旧姓ブリジャートン）のような女性が新たな母となったならば、うまくいくはずだと思いました。わたしは以前から一人称で書くことに挑戦したいと考えていたので、成長したアマンダの目を通して描こうと思い立ちました。恋に落ちるアマンダと、その娘を見守るフィリップとエロイーズのお話です。

わたしはけっして辛抱強い性格ではない。それに、愚かしい振るまいにはほとんどと言っていいほど耐えられない。だからこそ、この午後にブローム家のお茶会で口をつぐんでいられる自分を誇らしく思った。

ブローム家は六年前に、ミスター・ブロームが同じ名のおじから所領を引き継いで以来の隣人だ。四人の娘たちと、並はずれてわがままな息子がひとりいる。さいわいにも、その息子はわたしより五つ年下なので、結婚相手として勧められる心配はない（わたしの九歳下と十歳下の妹たち、ペネロペとジョージアナにとっては幸いなことではないけれど）。ブローム家の娘たちは、わたしの二歳上から二歳下まで、全員が一歳違いの四人姉妹。わたしから見れば少しやさしすぎるし、おとなしすぎるようにも思えるが、四人ともいたって好ましい女性たちだ。ところがこの頃、ともに過ごすときが耐えがたく感じられてきた。

というのも、わたしにも男性のきょうだいがいて、四人より五歳も下ではないからだ。それどころか、双子のきょうだいなので、四人のうちの誰にとっても花婿《はなむこ》候補にふさわしい年齢ということになる。

そのオリヴァーが、母とわたしと妹のペネロペと一緒にお茶会に来なかったのも無理はない。

そうした事情からすれば、口をつぐんでいられる自分に感心するのも当然だ。ほんとうは〝いいかげんにして〟と言いたかったのだから。

オリヴァーについての質問を避けようと、できるかぎりカップを唇から離したくなくて、お茶をちびちび飲んでいると、ブローム夫人が言った。「双子にはとても興味を引かれるわ。ねえ、アマンダ、ひとりだけの子とはどんな違いがあるのか、聞かせてもらえないかしら？」

それがいかにばかばかしい質問なのか、説明する気にもなれない。この世に誕生したほぼ直後からずっと双子として生きてきて、ひとりだけの子だった経験はないのだから、その違いなどわかりようがない。

辟易《へきえき》した思いが顔に表れてしまったらしく、答えようと口を開きかけたとき、母からあの名高い警告のまなざしを向けられた。母を困らせたくはないので（けっしてブローム夫人に機知があるとおだてたかったわけではない）、こう言った。「いつも話し相手がいることかと」

「でも、きょうはご一緒に来られなかったわ」ブローム家の娘のひとりが言った。

「父もいつも母と一緒にいるわけではありませんわ。でも、母は父をいつもそばにいる話し相手だと思っているはずです」そう答えた。

「夫はきょうだいとはまた違うでしょう」ブローム夫人が声高らかに言う。

「そう願いたいですわね」さらりと返した。内心では、これまで経験したなかでもとりわけばかげた会話だと思っていた。しかも妹のペネロペは、家に帰ったら質問攻めにするつもりの意欲満々の顔をしている。

母がふたたびこちらをちらりと見やり、ペネロペから繰りだされる質問に自分は答えるつもりがないことを目顔で告げた。母はいつも女性には好奇心が大切だと言っているのに……。

そう、母はいつも自分で自分の首を絞めがちだ。

その点はさておき、わたしは自分の母をイングランドで最強の母親だと確信している。それに、双子ではない暮らしは知らないけれど、これまでともに暮らした母はひとりではないので、自分には母親の良し悪しを判断する資格がじゅうぶんにあると自負してもいる。

わたしの母、エロイーズ・クレインは、このように説明の必要性があるときにしかあえて触れることはないけれど、じつは義理の母だ。オリヴァーとわたしが八歳のときに、父と結婚し、おかげでわたしたち家族が救われたのは間違いない。母が来るまでの暮らしがどのようなものだったのかを説明するのはむずかしい。出来事を羅列《られつ》することはできても、わたしたち一家の当時の空気や心情は……。

どう伝えればいいのか、よくわからない。

前の母――実母――は、みずから命を絶った。だいぶあとになるまで、わたしはこの事実を知らずに育った。母は熱病で死んだのだと思っていたし、それも事実には違いない。ただし、みずから真冬の湖に身を投げたせいで熱病を引き起こしたことは誰もすぐには教えてくれなかった。

わたしはみずから命を絶つつもりはないけれど、たとえそうしたいと思ったとしても、同じ方法は選ばないだろう。

ほんとうなら母に憐《あわ》れみや恋しさを抱くのが自然なのだろう。実母の遠戚にあたるいまの母は、つらい人生を送った女性だったのだとわたしに語った。世の中にはそのような人々も、反対にいつでもふしぎなくらい陽気な人々もいるのだと言う。だけどわたしは、どうせ死ぬのなら、いっそもっと早く実行してくれていたらよかったのにと思わずにはいられない。わたしがまだよちよち歩きの頃にでも。できることなら赤ん坊のときならもっとよかった。そうすれば、わたしはきっともっと気楽に生きられていただろうから。

わたしはおじのヒュー（実のおじではなく、いまの母の兄嫁の義理の姉妹にあたる女性と結婚して、すぐ近くに住んでいる教区牧師だ）に、そのようなことを考えていたら地獄へ落ちるのかと尋ねてみた。おじは、そんなことはないし、その気持ちは自分にもよくわかるときっぱり答えた。

自分の住まいの教会よりも、ヒューの教会のほうが心安らげる。

でもそれは、こちらでは母を思いだしてしまうからだと思う。最初の母、マリーナを。この母のことは思いだしたくない。記憶は曖昧《あいまい》で支離滅裂だ。声も思いだせない。たぶんほとんど話さなかったからではないかと、オリヴァーは言う。母が話していたかどうかも思いだせない。正確な目鼻立ちも、匂《にお》いも。

憶《おぼ》えているのは、母の部屋の外で、身の縮むような心細い思いで立っていたことだ。しかも物音を立ててはいけないのはわかっていたので、懸命《けんめい》に足音を忍ばせて歩いていた。何かよくない出来事が起こると予感していたかのように、いつもびくびくしながら。

そして、その予感は的中した。

記憶とはそんなものではないだろうか？　特別な思い出もなければ、顔や声も憶えていない。残っているのは漠然《ばくぜん》とした感情だけで、それも幸せな気分になれるものではない。

双子のきょうだいにも、何か憶えていることがあるか尋ねてみたけれど、オリヴァーはただ首を振り、その母についてはほとんど考えることがないと答えた。言葉どおり受けとってよいのかはわからない。オリヴァーはそういったことをあまり深く考えるほうではないので、本心なのかもしれない。より正確に言うなら、なんであれ深く考えないたちだ。結婚するときには（ブローム家の娘たちが望んでいるほどすぐにはしないだろうが）同じようにあまり考えず、繊細でもない花嫁を選ぶよう祈るしかない。そうでなければ、お相手の女性がみじめな思いをする。もちろん、オリヴァーのほうは花嫁のそんな思いには気づきもせず、平然としているのだろうけれど。

殿がたはそのような生き物だと、聞かされている。

父にしても、驚くほど気がまわらない。とはいえ、当然ながら相手が植物となると話はべつで、どれほど細かな点も見逃さない。父は植物学者で、一日じゅうでも喜んで温室のなかを歩きまわっている。娘のわたしからすれば、活発でけっして言葉に詰まることのない社交的な母とはとうてい気が合いそうには思えないのに、ふたりは見るからに楽しそうで、深く愛しあっている。先週も庭でふたりがキスをしているのを目撃した。わたしは啞然《あぜん》とした。母は四十近いし、父はさらに年上だ。

すっかり話がそれてしまった。もともとはブローム家の話を、さらに具体的に言うと、双子はそうではない子とどう違うのかというブローム夫人の質問のくだらなさについて話していたのだった。先ほども述べたように、わたしが不作法な態度をとらずにいられてほっとしていると、ブローム夫人がようやく興味をそそることを口にした。

「きょうの午後、甥《おい》が訪ねてくるのよ」

ブローム家の娘たちがたちまち姿勢を正した。まるでひとつの合図でいっせいに動く子供のゲームでもしているかのように。ぴんっ、ぴんっ、ぴんっ、ぴんっ……四人は次々にもともと完璧に伸びていた背を信じられないほど直立させた。

この反応からすると、ブローム夫人の甥は結婚に適した年齢で、おそらくは裕福で、ひょっとしたら容姿もなかなかすてきなのかもしれない。

「イアンが訪ねてくるとは聞いてなかったわ」娘のひとりが言った。

「イアンではないわ」ブローム夫人が答えた。「あなたたちも知ってのとおり、まだオックスフォードにいるのだから。来るのはチャールズよ」

ふう。ブローム家の娘たちはとたんに意気消沈した。

「そう」娘のひとりが言う。「チャーリーなのね」

「きょう、来るのね」べつの娘がまるで気のない口ぶりで言い添えた。

さらに三人めの娘が言う。「お人形を隠しておかないと」

残りのひとりは無言だった。もうどうでもいいといった表情で、ふたたびお茶を飲みはじめた。

「どうして、お人形を隠さなければいけないの？」ペネロペが尋ねた。じつはわたしも同じ疑問を抱いたのだけれど、十九歳の女性としてはあまりに子供っぽい問いかけに思えて言いだせなかった。

「ダルシー、もう十二年も前のことでしょう」ブローム夫人が言う。「ほんとうにあなたは、とんでもなく記憶力がいいのだから」

「お人形にあんなことをされたら、誰だって忘れないわよ」ダルシーが陰気に答えた。

「何をされたの？」ペネロペが訊《き》いた。

ダルシーが自分の首を切りつけるしぐさをしてみせた。ペネロペは息を呑《の》み、わたしはじつを言えば、むしろダルシーの表情のほうにぎょっとした。

「野蛮なのよ」べつの娘が言った。

「そんなことはないわ」ブローム夫人がきっぱりと否定した。

四人の娘たちは申しあわせたかのように、わたしのたちのほうを向いて首を振り、目顔で告げた——母の言葉は信じないで。

「その甥御さんは、おいくつになられたの？」わたしの母が問いかけた。

「二十二よ」ブローム夫人が新たな質問にいくぶんほっとした様子で答えた。「先月、オックスフォード大学を卒業したわ」

「イアンよりひとつ年上よ」娘たちのひとりが説明を加えた。

会ったこともないイアンを引き合いに出されても意味がないとわたしは思いつつ、うなずいた。

「美男子ではないわ」

「いい人でもない」

四人めの娘を見て、さらなる説明を待ったが、この娘は無言であくびをした。

「どのくらい滞在なさるの？」わたしの母が礼儀正しく尋ねた。

「二週間ほど」ブローム夫人はそう答えたが、言い終わらないうちに、娘のひとりが落胆の声を張りあげた。

「二週間！　二週間もいるの！」

「地元の催しに付き添ってもらおうと思ったのよ」ブローム夫人が言う。

この言葉にはさらなる不満の声があがった。わたしはかえってそのチャールズという男性にだんだんと興味が湧《わ》いてきた。ブローム家の娘たちからこれほどの不興をかう人物ならば、何か面白い魅力がありそうな気がする。

念のため言っておくと、わたしはブローム家の娘たちを嫌っているわけではない。この家のひとり息子とは違って、どの娘もわがまま放題の気まぐれ者などではなく、つまり少しもいやな感じはしない。ただし、四人とも――どう表現すればいいのだろう――穏やかでおとなしく、わたしにとっては気の合う友人ではない（四人には失礼な言いぶんだけれど）。率直に言うなら、四人がどんなことであれ明確な意見を口にしたのは聞いた憶えがない。そんな四人が揃《そろ》ってこれほど嫌っているのだから――良くも悪くも、チャールズは相当に変わった人物なのだろう。

「甥御さんは、乗馬はお好きかしら？」母が尋ねた。

ブローム夫人が狡猾《こうかつ》な目つきで答えた。「おそらく」

「それなら、アマンダがこの辺りを案内してさしあげたらどうかしら」母はいつになく無邪気にやさしい笑みを浮かべた。

ここで、わたしがこの女性をイングランドで最強の母親だと思う理由のひとつは、無邪気にやさしく振るまうことはめったにないからだと付け加えておくべきだろう。でも、どうか誤解しないでほしい――母は思いやりにあふれ、家族のためならどんなこともしてくれる女性だ。でも、八人きょうだいの五番めとして育ったので、すばらしく悪知恵が働き、抜け目ない。

しかも、言い負けることはありえない。わたしも何度も挑んでいるのだから、間違いない。

そんなわけで、母に案内役を務めるよう提案されたら、ブローム家の四人姉妹のうち三人がくすくす笑いはじめても、引き受ける以外に選択肢はなかった（もうひとりの娘は相変わらず退屈そうにしていて、わたしはもしや具合でも悪いのだろうかと思いはじめた）。

「あす」ブローム夫人が嬉しそうに言った。両手を打ち鳴らし、目を輝かせている。「あすの昼間に甥を訪問させますわ。いかがかしら？」

　これもまた断われるはずがなく、わたしは正確には何を引き受けたのだったかと思い返しつつ、うなずいた。


　翌日の午後、わたしはいちばん上等な乗馬服に着替え、謎だらけのチャールズ・ブロームはほんとうに現われるのだろうかと思いながら、客間でのんびり待っていた。たとえ現われなくても咎《とが》められはしない。おばがせっかく取りつけてくれた約束を破るのはむろん不作法な行ないとはいえ、地元の准男爵のじゃじゃ馬娘も世話してみたいと、みずから頼んだわけではないのだから。

　皮肉ではなく。

　母はふたりを取り持つ思惑があることを隠そうともしなかった。せめても説得力のない言いわけをするだろうと思っていたので、これは意外だった。その代わりに母はわたしが今年の社交シーズンにロンドンへ行くのを拒んだことをあらためて持ちだし、このグロスターシャーの田舎には花婿にふさわしい年齢の独身紳士が不足していることを懇々《こんこん》と説明しはじめた。

　わたしは母自身もロンドンで花婿を見つけたわけではなかったことを指摘した。

　すると母は〝それはそれ〟だとすぐさま話をそらし、何が言いたいのかわからないことをまわりくどく話しつづけた。

母はこうなることをはなからもくろんでいたに違いない。

わたしが社交シーズンにロンドンへ行かなかったことを母は怒ってはいない。つまるところ、母はいまの田舎暮らしをとても気に入っているし、父が一週間以上も都会で持ちこたえられるかどうかは神のみぞ知るだ。そんなことを言うのは、やさしさに欠けているとたしなめられたけれど、母も内心では同じように思っているはずだ——あの父なら庭園の植物に心とらわれているうちに、行方知れずになってしまいかねない（少々気を取られやすい男性なのだ）。

それどころか、パーティでまるで見当違いのことを口走る可能性もある。母とは違って、父は世間話の才に恵まれていないし、言葉に二重の意味を込めたり皮肉を利かせた言いまわしを織り交ぜたりといった工夫はしない。父の発言にかぎっては、その言葉どおりの意味しかないと考えてまず間違いない。

父を愛しているけれど、都会には行かないほうが賢明な男性であるのは確かだ。

望みさえすれば、わたしもロンドンで社交シーズンを過ごすことはできた。母はきわめて有力な一族の出だ。長兄は子爵で、姉妹たちの夫はそれぞれ公爵、伯爵、男爵だ。だからわたしも、とりわけ上流な人々の催しにも招いてもらえただろう。それでも、ロンドンへ行きたいとは思わない。自由に過ごせなくなるからだ。ここでなら、行き先を伝えさえすれば、ひとりで散策にも乗馬にも出かけられる。ロンドンでは、若い婦人は付き添いがいなくては玄関先に爪先《つまさき》を触れさせることすら許されない。

そんな生活はぞっとする。

そろそろ母の話に戻そう。つまり、母は父と何カ月も離れて暮らさずにすむので、わたしが社交シーズンにロンドンへ行くのを拒んだことに気分を害してはいない（先に説明した事情により、父だけこちらの家に残ることになってしまうからだ）。けれどもいっぽうで、母はわたしの将来を心から案じている。そこでいわば、ささやかな聖戦を仕掛けた。娘が花婿候補の紳士たちがいるところへ出向かないのなら、当の紳士たちを連れて来ればいいというわけだ。

かくして、チャールズ・ブロームがこの地に招かれた。

午後二時になってもチャールズは現われず、わたしは正直なところ、いらだちはじめた。少なくともこのグロスターシャーにしては暑い日で、流行に合っていてしかも洒落《しゃれ》ていると思って身につけた深緑色の乗馬服が、むずがゆく感じられてきた。

これでは気分も萎《な》えてくる。

どういうわけか母とブローム夫人は訪問の時刻をきちんと決めていなかったので、わたしは正午きっかりには身なりを整え、待ちつづけなければならなかった。

「何時までを午後と呼ぶのかしら？」折りたたんだ新聞で扇ぎながら問いかけた。

「なんですって？」母は手紙を書いていて――おそらく大勢いるきょうだいの誰かに宛てたものだろう――聞いていなかった。窓辺で腰かけている姿はとても優美だ。実の母と暮らした年月はさほど長くなかったので、女性がどのように歳をとるものなのかよくわからないものの、いまの母エロイーズの美貌《びぼう》はまったく損なわれていない。栗色の髪はいまも豊かで、肌もなめらかだ。瞳は微妙に変わりやすい色をしていて、どうにも表現するのがむずかしい。

若い頃は自分を美しいとはけっして思わなかったと母は言う。不美人と言われたことはないし、実際にかなり人気は高かったけれど、とびきりの美女だともてはやされたこともない。知性の高い女性ほど年を経て美しくなるのだと、母は教えてくれた。

わたしはこの話を興味深く聞き、自分の将来への希望がふくらんだ。

でもいまは十分先まで考えるだけで精いっぱいで、それ以上このままでいたら暑さで息絶えてしまうと思った。「何時までを午後と呼ぶの？」繰り返した。「四時？　五時？　まさか六時ではないわよね」

母がようやく目を上げた。「なんの話をしてるの？」

「ミスター・ブロームよ。午後に来るはずだったわよね？」

母はぽかんとした顔で見返した。

「午後ではなくて夕方になったら、待つのをやめていい？」

母は羽根ペンを手にしたまま、いったん動きをとめた。「そんなに焦らないで、アマンダ」

「焦ってないわ」きっぱりと言った。「暑いのよ」

母は束の間考えた。「この部屋は暖かいかしら？」

わたしはうなずいた。「この乗馬服は毛織りだもの」

母は顔をしかめたが、着替えを勧めようとはしなかった。天候と同じくらい取るに足りないことのために花婿候補の訪問を台無しにはしたくないらしい。わたしはまた扇ぎはじめた。

「名はブロームではないと思うわ」母が言う。

「どういうこと?」

「ご主人ではなくて、ブローム夫人の甥御さんのはずよ。旧姓は知らないけれど」

わたしは肩をすくめた。

母は手紙を書くのを再開した。これまでに書いた手紙は途方もない数に及んでいる。何をそんなに書くことがあるのか想像もつかない。わたしたちはけっして面白みのない人々ではないとはいえ、ごくふつうの家族だ。母の姉妹たちはきっと、ジョージアナがフランス語の動詞活用を憶え、フレデリックが膝を擦《す》りむいた話に飽きあきしているに違いない。

それでも母は手紙を受けとるのが好きだし、受けとるためには送らなければいけないというわけで、ほぼ毎日机に向かい、わたしたち家族のありきたりな日常をせっせと手紙にしたためている。

「誰か来たわ」ソファでうとうとしはじめたとき、母が言った。姿勢を正し、窓のほうを見やった。たしかに、馬車が車道を進んでくる。

「乗馬へ行くのかと思ってたわ」いくぶんいらだたしげに言った。なんのために乗馬服で暑さに耐えていたのだろう?

「そうね」母はつぶやいて、眉根を寄せ、近づいてくる馬車を見つめた。

ミスター・ブロームに——もしくは馬車に乗っているのが誰であれ——あいている窓の向

こうからこの客間のなかが見通せるとは思わないけれど、わたしはソファにしとやかに坐った姿勢を保ったまま、ほんのわずかに首を伸ばして、車道の様子を窺《うかが》った。

馬車が停《と》まり、紳士が降りてきたが、屋敷の側に背を向けているので、中背で髪が黒っぽいことしかわからなかった。紳士はそれから手を伸ばし、続いて馬車を降りる婦人に手を貸した。

ダルシー・ブローム！

「何しに来たの？」わたしは憤然と口走った。

すると、ダルシーがぶじ両足を地面に着くや、紳士はもうひとり、またひとりと婦人に手を貸して降ろした。さらに、もうひとり。

「ブローム家のお嬢さんたちを全員連れてきたのかしら？」母が問いかけた。

「そうみたい」

「四人とも、あの方を嫌っているのかと思ってたわ」

わたしは首を振った。「そうではなかったようね」

四人が気を変えた理由は、そのすぐあとでガニングが来客の到着を告げたときに判明した。

チャールズ何某がかつてはどのように見えていたのかは知らないが、現在は……いうなれば、若い婦人なら誰でも好ましく思わずにはいられない男性となっていた。髪は濃く、少しだけウェーブがかかっていて、部屋の奥からでも信じられないくらい長い睫毛《まつげ》をしているのが見てとれた。いつでも自然にほころびそうな唇も、好みからすれば、理想の形をしている。

わたしは初対面なら当然の関心を抱いただけのことだけれど、ブローム家の娘たちはチャールズの腕のなかにいまにも飛びこみかねないそぶりだった。

「ダルシー」母がにこやかな笑みを浮かべて出迎えた。「それに、アントニアに、サラ」息をつく。「それと、コーディリアも。全員で来てくれるなんて、嬉しい驚きだわ」

母はもてなしの才を発揮して、ほんとうに嬉しそうに挨拶した。

「チャールズをひとりで来させるわけにもいきませんから」ダルシーが説明した。

「道を知りませんでしょう」アントニアが言い添えた。

村に入ったら教会を右に曲がり、あとはまっすぐ一マイル進むだけなのだから、これほどわかりやすい道筋もない。

でも、わたしはそれを口には出さなかった。ただ、ミスター・ブロームをいくぶん哀《あわ》れんで見つめた。けっして愉快な道のりではなかったはずだ。

「ねえ、チャールズ」早くもダルシーが話しはじめていた。「こちらはレディ・クレインと、アマンダ・クレイン嬢よ」

わたしは膝を曲げて軽く頭をさげ、この五人と馬車に乗り込まなければいけないのだろうかと思いめぐらせた。それは避けたい。いまですら暑いのに、馬車のなかになどとてもいられない。

「レディ・クレイン、アマンダ」ダルシーが続けた。「わたしの親愛なるいとこ、ミスター・フェラデイこと、チャールズよ」

わたしは首を傾けた。母の言うとおり、ミスター・ブロームではなかった。ああ、つまり、この男性はあのブローム夫人の親類ということ？　夫のミスター・ブロームのほうがまだ分別のある人物だと思っていたのに。

ミスター・フェラデイが礼儀正しく頭をさげ、ほんの一瞬、わたしと目が合った。

まず先に、わたしが夢みがちな乙女ではないことをお伝えしておく。少なくとも、自分ではそう思っている。夢みがちな乙女であったなら、社交シーズンのロンドンへ行っていたはずだ。昼は詩を読み、晩にはダンスをして、恋の駆け引きを楽しみ、陽気にはしゃいでいただろう。

ひと目惚《めぼ》れなどというものは信じていない。わたしが知る誰より深く愛しあっている両親ですら、すぐに恋に落ちたわけではなかったと聞いている。

でも、ミスター・フェラデイと目が合ったとき……。

繰り返しになるけれど、わたしはひと目惚れを信じていないのだから、恋に落ちたわけではない。けっしてひと目惚れではないのだけれど、何か互いに通じあえる……ユーモア感覚のようなものがあるのを感じた。どのように表現すればいいのかわからない。

もう少し突き詰めるなら、親近感と言えるかもしれない。どういうわけかすでに知っている相手のように思えた。もちろん、ばかげたことなのだけれど。

とはいえ、浮かれはしゃいで舞いあがっている四人姉妹ほど、ばかげてはいない。四人はどうやらいとこのチャールズはもう野蛮な少年ではなく、自分たちの花婿にふさわしい相手だと見方を変えたらしい。

「ミスター・フェラデイ」笑みをこらえようとして口角が引《ひ》き攣《つ》った。

「クレイン嬢」ミスター・フェラデイがこちらと同じような表情で応じた。身をかがめて、わたしの手に口づけ、すぐ隣りに立っていたダルシーを驚かせた。

もう一度言うけれど、わたしはほんとうに夢みがちな乙女ではない。それでも、ミスター・フェラデイの唇が自分の手に触れた瞬間、胸が少しだけどきりとした。

「乗馬の支度をしていたのですが」乗馬服を手ぶりで示して言った。

「そうでしたか」

わたしは、どうみても体を動かすには不向きな装いの隣人たちを残念そうに見やった。

「きょうはとてもお天気がよいので」低い声で言い添えた。

「あなたたち」母がブローム家の四姉妹をまっすぐ見据えて言った。「ふたりが乗馬に出かけているあいだ、わたしと一緒に待っていてくださらない？　娘にこの辺りをご案内させると、あなたたちのお母様にお約束したのよ」

アントニアが異を唱《とな》えようと口を開きかけたが、エロイーズ・クレインに太刀打ちできるはずもなく、ひと言も声に出さないうちに、先手を打たれた。「オリヴァーもすぐにおりてくるわ」

それで話は決着した。四人姉妹は次々にソファに腰をおろして整然と並び、みな揃って穏やかな笑みを湛《たた》えた。

わたしはなんとなく、オリヴァーを気の毒に思った。

「自分の馬を連れて来なかったのですが」ミスター・フェラデイが申しわけなさそうに言う。

「ご心配いりませんわ」わたしは答えた。「うちの厩《うまや》には上等な馬が揃っています。お気に召す馬がきっと見つかりますわ」

そうして、わたしたちは歩きだし、客間を出て、屋敷から外に踏みだし、角を曲がって裏庭の芝地までたどり着くと――

ミスター・フェラデイが外壁にもたれかかって笑いだした。「いや、助かりました」いたく楽しげに言う。「ありがとう、ありがとう」

わたしはそしらぬふりをとおすべきか、とまどった。この男性のいとこたちをけなさずに応じられる言葉は思いつきそうにないし、けなしたくもない。先ほども説明したように、ブローム家の姉妹たちのことは、たとえこの午後は少しばかり滑稽《こっけい》に見えたとしても、けっして嫌いではない。

「あなたが乗馬をなさるのなら、ありがたいんだが」ミスター・フェラデイが言う。

「もちろんですわ」

ミスター・フェラデイが屋敷を身ぶりで示した。「あちらの四人は誰も馬に乗れないんです」

「そんなはずはないのですが」わたしは困惑して言った。これまで四人が馬に乗っている姿は目にしている。

「鞍《くら》に坐《すわ》ることはできます」ミスター・フェラデイはその目に試しているとしか思えない光を灯《とも》した。「でも、馬に乗れるわけではない」

「そうですわね」わたしはつぶやき、どう答えるべきか考え、こう言った。「わたしは馬に乗れます」

ミスター・フェラデイは見つめ返し、唇の片端を上げた。温かみのある緑色の瞳には褐色の斑点が散りばめられている。ふと、またも通じあえているような不可思議な感覚に襲われた。

ここでうぬぼれにはならない程度に、わたしの得意なことをいくつかご紹介しておこう。まずは拳銃での射撃（ちなみにライフル銃は使えないし、異様なほど腕の立つ母には適《かな》わない）。ペンと紙があればオリヴァーより二倍速く計算できる。釣りもできるし、泳げるし、乗馬は何にもまして得意だ。

「ご案内するわ」厩のほうを手ぶりで示した。

ミスター・フェラデイは横に並んで歩きだした。「教えてくれないか、クレイン嬢」愉快げな口ぶりで言う。「きょうはいったい何に釣《つ》られて、この役目を引き受けたんだい？」

「わたしが何かの見返りに、あなたのお相手をしているとでも？」

「きみはぼくがどんな男なのか知らなかったはずだ」ミスター・フェラデイが指摘した。

「ええ」厩に続く道を進みながら、そよ風を心地よく肌に感じた。「まんまと母の策略に引っかかってしまったのよ」

「策略に引っかかったことを認めるとは」ミスター・フェラデイがつぶやくように言った。「興味深いな」

「あなたはわたしの母のことをよく知らないでしょう」

「いや」フェラデイが力を込めて言う。「感心したんだ。たいがいの人々はそのようなことを認めない」

「さっきも言ったけど、あなたはわたしの母をよく知らないからだわ」顔を振り向けて、微笑《ほほえ》んだ。「八人きょうだいのなかで育った人なの。たくらみごとで母を打ち負かせたら、それこそ偉業よ」

厩に着いたが、わたしは入口の手前で足をとめた。「それで、あなたはどうなの、ミスター・フェラデイ?」と問いかけた。「この午後は何に釣られてここへいらしたのかしら?」

「ぼくもうまく話に乗せられたんだ」ミスター・フェラデイが言う。「いとこたちから逃れられると言われた」

わたしは呆《あき》れた笑いを漏らした。不作法だけれど、とてもこらえきれなかった。

「でも出かけようとしたら押し寄せてきた」フェラデイは顔をしかめた。

「手ごわい人たちね」まじめくさった表情で応じた。

「あの人数には適わない」

「四人とも、あなたを好きではないのかと思ってたわ」

「ぼくもだ」ミスター・フェラデイは腰に手をあてた。「だから今回の訪問を承諾したようなものなのに」

「子供のとき、いったいあなたはあの姉妹に何をしたの？」

「それを言うなら――ぼくが何をされたのかを尋ねるべきじゃないか？」

男性のあなたのほうが優位と考えるのが当然だという指摘は、むろん控えた。少女も四人集まればひとりの少年をやり込めるのはたやすい。わたしも子供のときは数えきれないほどオリヴァーとけんかをして、向こうは認めないだろうけれど、しじゅう勝っていた。

「蛙《かえる》？」子供のときに自分がしたいたずらを思い起こして尋ねた。

「それはぼくがやった」ミスター・フェラデイが照れくさそうに認めた。

「死んだ魚？」

フェラデイは答えなかったが、ばつの悪そうな表情があきらかに見てとれた。

「誰にやられたの？」恐ろしげなダルシーの表情を思い浮かべて訊いた。

「全員だ」

わたしは息を呑みこんだ。「一度に？」

ミスター・フェラデイがうなずいた。

新鮮な驚きを覚えた。ほとんどの女性はそのようなことに興味をそそられはしないのだろうけど、わたしはいつも面白いと感じることが人と違う。「小麦粉のお化けごっこをしたことはある？」

ミスター・フェラデイが眉を上げ、とたんに身を乗りだした。「もう少し詳しく聞かせてくれ」

わたしはその願いに応じ、父と結婚しようとしていた母をオリヴァーとともに脅かして追い返そうとしたいきさつを説明した。わたしたち双子は手が焼ける子供だった。どうしようもないほどに。ただのいたずら好きではなく、まさしく人間の顔をした害虫だった。父もよくわたしたちを救貧院に送らなかったものだと思う。母が廊下に出た瞬間に小麦粉が降りかかるよう、ドアの上にバケツを仕掛けた悪行はなにより忘れられない。

けれどもバケツに粉を詰めすぎたせいで、降りかかるどころかなだれ落ち、いわば粉浸しになってしまった。

しかも母の頭にバケツがぶつかるとは考えてもいなかった。

先にも述べたように、いまの母がやって来てくれたおかげで、わたしたち家族は文字どおり救われた。オリヴァーもわたしも愛情に飢《う》えていて、いまでこそ敬愛している父は当時のわたしたちをどうあつかえばいいのか途方に暮れていた。

わたしはそういったことをすべてミスター・フェラデイに話して聞かせた。なんともふしぎなことだ。どうしてそんなふうに長々と詳しく話したのかわからない。ミスター・フェラデイが並はずれて聞き上手な人だからに違いないと思ったのだけれど、あとになって、じつは人の話を聞くのはひどく苦手で、たいていうるさく口を挟んでしまうたちなのだと知らされた。

でも、わたしと話しているときは違う。ミスター・フェラデイに話を聞いてもらい、わたしもまた、天使のごとく美しい容姿で振るまいも洗練されているという彼の弟、イアンの話に耳を傾けた。チャールズのほうが年上だというのに、いかにイアンが誰からもちやほやされているのか。それでも、イアンはなにしろよくできた弟なので、嫌いになどなれるはずがないという。

「まだこれから乗馬をなさりたい？」わたしはすでに陽がだいぶ傾いているのに気づいて尋ねた。いったいどれくらいのあいだ、そこで立ち話を続けていたのだろう。

とても意外なことに、チャールズは乗馬ではなく、歩こうと答えた。

それで、わたしたちは歩きだした。

その日は陽が落ちてもわりに暖かかく、わたしは夕食後にひとりで外に出た。太陽は地平線の下に沈んでいたが、まだ完全な暗闇にはなっていなかった。裏庭のテラスの踏み段に腰をおろし、西の空が夕方のラベンダー色から紫へ、それからさらに暗くなっていくさまを眺めつづけた。

夜に移りゆくこの時間が好きだ。

しばらくそこに坐っていると、しだいに星がきらめきはじめ、そのうち自分の体を抱きしめずにはいられない肌寒さを感じてきた。ショールは持ってきていない。これほど長く外にいるつもりはなかった。家のなかへ戻ろうとしたとき、誰かが近づいてくる足音が聞こえた。温室から帰ってきた父だった。土で汚れた手で角灯《ランタン》を持っている。その姿を見て、どういうわけか子供の頃の記憶がよみがえった。父は大きな熊《くま》みたいで、エロイーズと結婚する前、実の子供たちとの話し方に迷っていたように見えた当時でさえ、いつもわたしに安心感を与えてくれた。この人はわたしの父で、わたしを守ってくれる。言葉にしなくても、それだけははっきりと感じていた。

「こんな遅くまで外にいたのか」父は隣りに腰をおろした。ランタンを置き、作業用のズボンに手を擦《こす》りつけて拭《ふ》き、剝《は》がれた土を払い落とした。

「考えごとをしてたの」

父はうなずき、両肘を膝について空を眺めた。「今夜は流れ星は見えたか？」

わたしは父がこちらを向いていないのは知りつつ首を振った。「見てないわ」

「見たいのか？」

わたしはふっと微笑んだ。父は願いごとがあるのかと遠まわしに訊いているのだ。子供の頃はよく一緒に星に願いごとをしていたけれど、いつの間にかそうした習慣は途絶えてしまった。

「いいえ」わたしはチャールズのことを考え、きょうの午後にたっぷり一緒に過ごしたばかりで、すでにもうあす会うのが待ちきれないとはどういうことなのだろうと思いめぐらせ、感傷的な気分になっていた。でも、これといって叶えてほしい願いごとがあるわけではない。少なくとも、いまはまだ。

「父さんにはいつだって願いごとがあるけどな」父がなにげなく言った。

「そうなの？」わたしは顔を振り向け、頭を傾けて父の横顔を眺めた。父はいまの母と出会うまでずいぶんとつらい思いをして、いまではそれもはるか遠い記憶になったことをわたしは知っている。満ち足りた幸せな人生を送っている男性がいるとするなら、それはこの父だ。

「どんな願いごと？」わたしは尋ねた。

「なによりもまずは、子供たちの健康と幸せだ」

「それは願いごとには入らないわ」わたしはつい微笑んで言った。

「あれ、どうしてだめなんだ？」父がわたしを見やった。その目には見るからに愉快そうな笑みが浮かんでいた。「現に、朝起きて最初に考えるのも、夜眠る前に最後に考えるのも、そのことだ」

「ほんとうに？」

「アマンダ、父さんには五人の子供たちがいて、その全員が健康で逞《たくま》しく育っている。それに、父さんが知るかぎり、みんな幸せだ。これほど順調なのはまれな幸運なんだろうが、さらにべつのことを願うような欲をかくつもりもない」

わたしはしばし思いめぐらせた。すでに自分が手にしているものについて願うなど考えたこともなかった。「親になるのは恐ろしいこと？」そう尋ねた。

「この世で最も恐るべきことだ」

父の返答を予想できたわけではないけれど、そんな言葉が返ってくるとは思わなかった。でも、そのとき気づいた――父はわたしをひとりの大人として話してくれているのだと。いままでも、こうしたことがあったのかどうかは思いだせない。いまも父と娘の関係に変わりはないけれど、自分が何か説明しようのない境界線を踏み越えられたような気がした。

胸が踊ったのと同時に、寂《さび》しさも覚えた。

わたしたちはさらに数分そこにとどまり、これといって話をするわけでもなく、星座を指さして過ごした。それから、わたしが家のなかへ戻ろうとしたとき、父が言った。「きょうの午後、紳士の訪問を受けたと母さんから聞いた」

「四人のいとこたちも引き連れて」わたしは皮肉っぽく答えた。

父は眉を吊《つ》り上《あ》げ、軽口で受け流そうとした娘を目顔で叱った。

「ええ」あらためて答えた。「お会いしたわ」

「気に入ったのか？」

「ええ」体のなかが沸き立っているみたいに自分の顔が少し赤らんだのがわかった。「そうね」

父はその言葉の意味を咀嚼《そしゃく》して、言った。「巨大な鞭《むち》を手に入れておこう」

「なんですって？」

「以前から母さんと話していたんだ。おまえたちが言い寄られる歳になったら、父さんが鞭で紳士たちを追い払わなければならないと」

その言葉にはくすぐったいような響きがあった。「そうだったの？」

「ただし、まだとても小さかった頃はそんなことは考えてもいなかった。なにしろ手に負えない子供だったから、こんな娘を好いてくれる男など現われないだろうとあきらめていた」

「お父様！」

父が含み笑いをした。「おまえも否定はできないだろう」

わたしは反論できなかった。

「だが、おまえが少し大きくなると、やはり女性に成長していく兆しが見えてきて……」父はため息をついた。「ああ、まったく、親になるのは恐るべきことで……」

「それでいまは？」

父はしばし考えこんだ。「いまは、おまえが賢明な判断のできる大人に育ってくれたものと祈るしかないだろう」ひと息つく。「それにむろん、おまえを苦しめるようなことをする輩《やから》には、私の鞭の出番だ」

わたしは微笑み、さっとわずかに身を近づけて、父の肩に頭をもたせかけた。「愛してるわ、お父様」

「父さんも愛しているとも、アマンダ」父は顔を振り向けて、わたしの頭のてっぺんにキスをした。「父さんも愛している」

結局、父が鞭を振りまわす機会は一度もないまま、わたしはチャールズと結婚した。適切な交際と、いくぶん不適切な婚約期間を経て、半年後に結婚式が執り行なわれた。でも、不適切な婚約期間についての詳細は差し控える。

結婚式の前夜に、母が嫁ぐ娘に話しておきたいことがあると言うので話を聞いたけれど、すでに時機を逸していたことは口に出さなかった。けれどもその際、母と父も結婚の誓いを交わすまで待てなかったらしいことをわたしは察した。衝撃を受けた。愕然《がくぜん》とした。ふたりにはあまりに似つかわしくないことに思えた。わたし自身も触れあって愛しあう経験をしたいま、両親も同じことをしたと考えただけで……。

どうにも耐えられない。

チャールズの一族の本邸はドーセットの海にほど近いところにあるが、義理の父はまだきわめて壮健なので、わたしたちはわたしの実家との中間にあるサマセットシャーに家をかまえた。チャールズもわたしと同じように都会が好きではない。夫は馬の飼育を始めることを計画していて、わたしにはまったく予想外のことだったのだけれど、植物の育種も動物の飼養と共通点がないわけではないらしい。夫は父と良好な友人関係を築いていて、父が頻繁《ひんぱん》に訪ねてくるのはさておき、これはとても喜ばしいことだ。

わたしたちの新居はさほど大きくはなく、すべての寝室がすぐ近くに隣りあっている。チャールズは〝アマンダがどれだけおとなしくしていられるか〟と名づけた新たなゲームを考案した。

そうしてわたしにあらゆるみだらな行為を仕掛けてくる——父が廊下の向かい側の部屋で寝ているときでさえも！

夫はほんとうにいたずら好きだけれど、わたしは大好きだ。愛さずにはいられない。とりわけ夫が……。

いいえ、まさか、そんなことをここに書けるはずがないでしょう？

そのときのことを思い起こすと、つい顔がほころんでしまうとだけお伝えしておく。

しかも、母から結婚前夜に聞かされた話には含まれていなかったことだ。

ゆうべのゲームでは、わたしが負けたことになるのだろう。おとなしくしていることなどとても無理だった。

家を訪れていた父は何も言わなかったけれど、きょうの昼間に突如、植物に緊急事態が発生したというようなことを告げて、帰ってしまった。

植物にどんな緊急事態が発生するものなのかはわからないが、父が家を出るとすぐに、チャールズはその緊急事態がなんのことであれ、うちの薔薇《ばら》にも問題がないか調べておくべきだと言いだした。

ところがどういうわけか、夫はすでに摘んで夫婦の寝室の花瓶に飾られている薔薇を調べに向かった。

「新たなゲームを試してみないか」夫はわたしの耳もとにささやいた。「〝アマンダをどれだけ騒がしくできるか〟だ」

「どうなれば、わたしの勝ちなの？」わたしは訊いた。「それと、勝ったときのご褒美《ほうび》は？」

わたしも夫も負けず嫌いだけれど、今回は引き分けと言うより仕方がないだろう。

それにもちろん、ご褒美はとてもすてきなものだった。

『青い瞳にひそやかに恋を』その後の物語

『青い瞳にひそやかに恋を』 *When He was Wicked*

じつを言えば、本作を書き終えたときには、フランチェスカとマイケルに子供が誕生するかどうかは考えてもいませんでした。ふたりの恋物語はとても感動的にこれ以上にない幸せな結末を迎えたので、いわば、このふたりについてはそこで完結したものと思っていたのです。ところが、本となって出版されて数日後には、読者のみなさんから感想が届きはじめ、そのどれもが同じことを問いかけていました。フランチェスカはあんなにも望んでいた子供をいつか授かることができるのでしょうか、と。その後の物語を書くならば、もちろんこのご質問にお答えしなければなりません……。

フランチェスカはまた数えていた。

いつもいつも、数えている。

この前、月のものがあってから七日。

子を宿す可能性のある期間はあと六日ほど。

身ごもることができなければ、二十四日から三十一日周期でふたたび月のものがくる。

たぶんまたくるのだろう。

マイケルと結婚して三年が経《た》った。三年。その間、三十三回も月のものがめぐってきた。

もちろん、いつも数えている。マイケルの目に入らないよう机の真ん中の抽斗《ひきだし》の奥に隠してある紙に、気の滅入る小さな印を書き入れて。

マイケルにこれを見られたら気持ちを傷つけてしまう。本人が子を望んでいるからというより、むしろ妻がそんなにも望んでいることに心痛めるはずだからだ。

それに、夫は妻のために子を望んでいる。おそらく、自身が子を望む思いより、そちらの気持ちのほうが強いのだろう。

フランチェスカは哀《かな》しみを必死に隠していた。笑顔で朝食をとり、脚のあいだに布があてがわれていても気にしないふりをしていたけれど、マイケルはそういう日には必ず瞳から哀しみを読みとって、一日じゅう折りにふれては抱き寄せて、いつも以上にたびたび額にキスをした。

恵まれている点に目を向けるべきだと、フランチェスカは自分に言い聞かせようとした。実際にそうしていた。なにしろ、ほんとうに恵まれている。毎日そう思う。キルマーティン伯爵夫人、フランチェスカ・ブリジャートン・スターリングは、生家と、二度の結婚によって得た家族、ふたつの一族の愛に包まれている。

夫のマイケルはほとんどの女性が夢みるような男性だ。美男で、楽しく、知的で、この夫と自分は互いに同じくらい深く愛しあっている。マイケルは自分を笑わせ、昼には喜びを、晩には冒険を味わわせてくれる。夫と話すのも、歩くのも、ただ同じ部屋に坐《すわ》って、どちらも本を読んでいるふりをしつつ、ちらりと視線を交わすだけでも心から楽しい。

自分は幸せだ。ほんとうにそう思う。たとえこのまま赤ちゃんを授からなかったとしても、息を奪われるほど自分を愛してくれて、頼もしく、信じられないくらいすてきな男性がそばにいる。

マイケルは妻のことをよく知っている。隅から隅まで知りつくしていてなお妻を驚かせ、刺激を与えてくれる。

フランチェスカは夫を愛している。全身全霊で愛している。

たいがいはそれでじゅうぶんだと思う。じゅうぶんすぎるほどだ。

けれども、夜遅く、夫が寝入ったあと、寄り添って横たわったままひとり目をあけていると、ふたりともけっして満たされてはいないのかもしれないという、むなしさに襲われた。
そうして、自分がなにより求めているものを与えてくれようとしない、平らなお腹に触れる。
するとと涙があふれだすのだった。

マイケルは窓辺に立って、フランチェスカがキルマーティン伯爵家の墓地へ向かって丘をのぼっていく姿を見つめ、言いようのない思いにとらわれていた。このやり場のない苦しみ、それにつらさを、どうにかしなくてはならない。フランチェスカを幸せにすることだけがなによりの望みだ。いや、むろんほかにも望みはある――平和、健康、領民たちの繁栄、この先百年、首相の座が良識ある人物に引き継がれることも願っている。それでもやはり、究極の望みは、フランチェスカの幸せだ。

フランチェスカを愛している。この想《おも》いはずっと変わらない。ともかく、なにより明快なことであるのは確かだ。愛している。それだけのことだ。だからフランチェスカを幸せにするためならば、できるかぎりのことはなんでもする。

それなのに、フランチェスカがなにより願い、けなげに苦しみを隠して、痛々しいほど切望しているものを自分は与えてやれずにいる。

子供を。

そして妙なことに、いつしか自分も同じように苦しみを感じるようになっていた。

最初はフランチェスカに憐《あわ》れみを感じていただけだった。妻が子を望んでいて、だから自分も同じように望んでいるのだろうと思っていた。妻が母親になりたがっているのなら、ならせてやりたい。わが子だからというより、妻が望んでいるから、赤ん坊を抱く姿を見たかった。

フランチェスカが強く望んでいるものを授けてやりたい。願いを叶えてやる男になりたいと思いあがった考えを抱いていた。

ところがやがて、自分も胸苦しさを覚えはじめた。フランチェスカの大勢のきょうだいたちのもとを訪ねると、たちまち甥《おい》や姪《めい》にあたる子供たちが駆け寄ってくる。子供たちは脚にまとわりついて、甲高い声で「マイケルおじさん！」と呼び、高く抱き上げてやるときゃっきゃっと歓声をあげ、必ずもうちょっとだけ、もう一回まわしてと頼み、こっそりペパーミント・キャンディをくれとせがむ。

ブリジャートン家は驚くほど多産な一族だ。まるで誰もが望んだ数だけ子を授かることができるかのように。そうしてまた次の世代も同じように子孫を増やしていくのだろう。

フランチェスカを除いて。

五百八十四日が経ち、フランチェスカはキルマーティン伯爵家の馬車を降りて、ケントの田園のすがすがしい新鮮な空気を吸いこんだ。春はとうに漂いはじめていて、頬に降りそそぐ陽射しは温かいが、風が吹けば、冬の最後の名残りも感じられる。それでもフランチェスカには気にならなかった。凛《りん》とした風の冷たさが好きだ。夫のマイケルはそんな寒風にいらだって、インドで何年も過ごしたせいで寒さに順応できなくなってしまったと、いつもぼやいているけれど。

フランチェスカは妹のヒヤシンスに誕生した娘、イザベラの洗礼式にスコットランドからはるばる駆けつけたのだが、残念ながら夫と一緒には来られなかった。甥や姪の洗礼式にはふたりで欠かさず出席していて、今回ももちろんそのつもりだった。けれどマイケルはエディンバラで仕事があり、あとからやって来ることになっている。フランチェスカも夫を待って予定を遅らせてもよかったのだが、家族とはもう何カ月ぶりかの対面なので、少しでも早く会いたかった。

ふしぎなもので、とても若かったときには早く家を出て、自分の家庭を築き、自分らしく生きたいとつねに焦っていた。ところがいまは姪や甥の成長を見ようと、なるべく頻繁《ひんぱん》に家族に会おうとするようになった。成長の証《あか》しを見逃したくない。ちょうど三兄のコリンのもとを訪れていたときには、姪のアガサが最初の一歩を踏みだした瞬間に立ち会えた。胸を打たれる場面だった。その晩はベッドでひっそり泣きはしたが、笑いながらよちよち進むアギーを目にしたときの涙は純粋な喜びから流したものだった。

自分は母親にはなれないかもしれないけれど、せめてもありがたいことに、こうした瞬間に立ち会うことはできる。もしあの子供たちがいなかったらと思うと、とても耐えられない。

フランチェスカは従僕に外套《がいとう》をあずけ、微笑《ほほえ》んで懐かしいオーブリー屋敷の廊下を進みだした。子供時代のほとんどをこの家と、ロンドンのブリジャートン館《ハウス》で過ごした。長兄のアンソニー夫妻が少し手を入れた部分もあるが、だいたいのところは昔のままだ。壁はいまもかすかに淡いピンクがかった乳白色に塗られている。父が母の三十歳の誕生日祝いに贈ったフラゴナール（ロココ朝のフランス人画家）の絵も、いまだ薔薇《ばら》の間に入るドアの手前に置かれた脇机の上に飾られている。

「フランチェスカ！」

顔を振り向けると、母が薔薇の間の椅子から立ちあがって出てきた。

「いつからそこに来ていたの？」ヴァイオレットは問いかけて、娘を出迎えた。

フランチェスカは母を抱きしめた。「ついさっきよ。絵に見入ってしまって」

ヴァイオレットは娘の傍《かたわ》らに立ち、ふたり並んでフラゴナールの絵を眺めた。「すばらしいでしょう？」つぶやくように言い、穏やかで切なげな笑みをかすかに浮かべた。

「この絵は大好き」フランチェスカは答えた。「昔からずっと。お父様を思いださせてくれるのよ」

ヴァイオレットは驚いたふうに顔を振り向けた。「そう？」

母が驚くのも無理はない。描かれているのは、若い女性が小さな書付の添えられた花束を手にした絵だ。男性を感じさせるところはまるで見受けられない。でも、その女性は肩越しにちらりと振り返っていて、あたかもつい笑ってしまいそうな皮肉を投げかけられでもしたかのように、ちょっぴりいたずらっぽい表情をしている。フランチェスカは両親がふたりでいる姿をほとんど思いだせなかった。なにしろ父を失ったのは、まだ六歳のときだ。それでも、笑い声だけは憶《おぼ》えていた。父の低く深みのある笑い声は、いまもこの胸のなかに息づいている。

「お父様と暮らしていたお母様は、きっとこんなふうだったのかしらと思うのよ」フランチェスカは絵を身ぶりで示して言った。

ヴァイオレットは半歩さがって、首を片側に傾けた。「そうかもしれないわね」新たな発見にいかにも嬉しそうに言った。「そんなふうには考えたことがなかったわ」

「この絵はロンドンに持ち帰ってはどうかしら」フランチェスカは勧めた。「お母様の絵なのでしょう？」

ヴァイオレットが頰を染め、フランチェスカはほんの束の間、瞳をきらきらさせた少女時代の母が見えたように思えた。「そうね」母が言う。「でも、この家にあるべきものなのよ。この家で、あなたのお父様がわたしに贈ってくれたのだから。それに――」絵が掛けられている壁の辺りを身ぶりで示した。「――ふたりでここに掛けたの」

「とても幸せだったのね」問いかけではなく、感じたままを述べたにすぎない。

「あなたたちのように」

フランチェスカはうなずいた。

ヴァイオレットは娘の手を取り、やさしく叩いて、ふたりとも黙って絵を眺めつづけた。

フランチェスカは母の胸のうちを正確に察していた――母は子を授からない自分を気遣《きづか》っている。しかもそのことは口に出さないのが家族の暗黙の了解のようになっていた。でも、ほんとうにそれでいいのだろうか？　母なら何か役立つことを言えるはずではないの？

けれどフランチェスカは何も言いだせなかった。言えば母の気分を害してしまうだけなので、同じことを考えながらもけっして口には出さず、どちらのほうがつらいのだろうと思いつつ立っていた。

つらいのは自分のほうだとフランチェスカは思った——なんといっても、子を授からない本人なのだから。でもひょっとしたら、母のほうが悩みは深いのだろうか。母は娘の願いが叶わないことに胸を痛めている。それはやはりつらいことではないだろうか。皮肉にも、自分はけっしてその苦しみを知ることはないのだろうけれど。母になる喜びを知ることがなければ、わが子について悩むつらさを知ることもできない。

フランチェスカはもうすぐ三十三歳になろうとしていた。身の周りには、その年齢まで子を授からなかった既婚女性はいない。子はすぐに授かるか、永遠に授からないかのどちらかのように思える。

「ヒヤシンスはもう来てるの？」なおも絵を眺め、女性のきらめく瞳を見つめて尋ねた。

「まだよ。でも、エロイーズは午後には着くことになってるわ。じつは——」

フランチェスカは母の声のつかえを聞きとり、すかさず代わりに言葉を継いだ。「子を授かったのね？」

一拍の間があき、母が答えた。「そうよ」

「すばらしいことだわ」そう思おうとした。心の底から全力で。実際にそのように言えたのかはわからない。

フランチェスカは母の顔を見たくなかった。泣いてしまうに違いないからだ。

咳払《せきばら》いをして、フラゴナールの絵をさらにじっくり見ようとするかのように頭を傾けた。

「ほかには？」問いかけた。

傍らで母がわずかに身をこわばらせた。問いかけの意味がわからないふりをすべきか決めかねているのをフランチェスカは感じとった。

「ルーシーが」母は静かに答えた。

フランチェスカはようやく顔を振り向けて、母が組み合わせていた手の片方を引いた。

「もう？」ルーシーとグレゴリーは結婚してまだ二年にもならないというのに、第二子を授かったわけだ。

ヴァイオレットはうなずいた。「ごめんなさい」

「やめて」フランチェスカは自分のくぐもった声にぞっとした。「謝らないで。謝られるようなことではないわ」

「違うのよ」母は早口で続けた。「こんな話をするつもりではなかったから」

「祝福してあげるべきだわ」

「祝福しているわ！」

「わたしに謝るより、喜んであげることのほうが大事だもの」声がつかえた。

「フランチェスカ……」

ヴァイオレットは娘の手を取ろうとしたが、フランチェスカは母から身を離した。「約束して。憐れみなど感じずに、いつも幸せな気持ちでいると約束してほしいの」

母が困惑の面持ちで見つめ返し、フランチェスカは返す言葉が見つからないのだろうと読みとった。ヴァイオレット・ブリジャートンはこれまでつねに誰より気のまわるすばらしい母親だった。子供たちにどんなものがどんなときに必要なのかをいつでも正確に知っているように思えた——なぐさめの言葉であれ、さりげない励ましであれ、いわばお尻を蹴りとばす代わりの強烈な叱咤《しった》でさえも。

けれどもいま、この瞬間に母は言葉を失った。そうさせてしまったのは自分だ。

「ごめんなさい、お母様」言葉がほとばしった。「ほんとうにごめんなさい、ごめんなさい」

「違うのよ」ヴァイオレットはすぐさま娘のそばに駆け寄って抱きしめ、今度はフランチェスカも身を引かなかった。「いいわね、違うのよ」繰り返して、娘の髪をやさしく撫《な》でた。

「そんなことを言ってはだめ、お願いだから言わないで」

母にやさしくなだめられ、フランチェスカはおとなしく抱きしめられていた。熱い涙が静かに母の肩に滴《したた》り落《お》ちても、どちらも言葉は発しなかった。

マイケルが二日遅れて到着したときには、フランチェスカは誕生したばかりのイザベラの洗礼式の準備で忙しくしていて、母との会話は忘れたわけではないにしろ、少なくとも頭のなかを占めるものではなくなっていた。つまるところ、いまに始まったことではない。家族に会いにイングランドに帰ってくるたび、自分が子を授からない現実を思い知らされてきた。これまでと違うのは、それを実際に口に出して話したというだけのことだ。ほんの少しだけだったけれど。

　フランチェスカにとってはあれだけでも精いっぱいだった。

　でもどういうわけか、重荷を降ろせたような気がした。廊下で母に抱きしめられたとき、涙と一緒に何かが流れでていった。

　いまだ子を授かれないのは哀しいものの、ずいぶんと久しぶりにわだかまりのない幸せな気分を感じていた。

　ふしぎと心晴れやかで、フランチェスカはあえてその理由は考えなかった。

「フランチェスカおばさま！　フランチェスカおばさま！」

　フランチェスカは微笑んで、姪を抱きすくめた。シャーロットは長兄アンソニーの末娘で、あと一カ月と経たずに八歳になる。「あらあら、どうしたの？」

「赤ちゃんのドレスは見た？　とっても長いの」

「そうね」

「それに、フリルが付いてるの」

「洗礼式のドレスはフリルが付いているものなのよ。男の子でもレースだらけの衣装を着せるわ」

「無駄じゃないかしら」シャーロットが肩をすくめた。「どんなにおめかししたって、イザベラにはわからないんだから」

「ええ、でも、わたしたちにはわかるでしょう」

シャーロットはしばし考えこんだ。「だけど、わたしはどっちでもいいわ。そう思わない？」

フランチェスカはくすりと笑った。「ええ、わたしも気にしないでしょうね。何を着ていても、かわいらしいのは同じだもの」

ふたりはのんびりと庭園をめぐり歩き、教会を飾るムスカリの花を摘んだ。籐かご《バスケット》がほとんどいっぱいになったとき、まぎれもない馬車の音が聞こえてきた。

「今度は、どなたかしら」シャーロットがどうにかしてもっとよく見ようと背伸びをした。

「わからないわ」フランチェスカは答えた。この午後に到着することになっている親族は何人もいる。

「マイケルおじさまかしら」

フランチェスカは微笑んだ。「そうだといいんだけど」

「マイケルおじさまはすてきよね」シャーロットが吐息まじりに言い、フランチェスカはこの姪までもがいまでは見惚れたうっとりとした女性の目つきになっているのに気づいて、笑いだしそうになった。

女性はみなマイケルに憧れる。七歳の少女ですらその魅力には勝てないらしい。

「というより、とても美男子なのね」フランチェスカはやんわり言い換えた。

シャーロットは肩をすくめた。「そうなのかしら」

「そうなのかしら？」フランチェスカは懸命に笑みをこらえて訊《き》きなおした。

「わたしがおじさまを好きなのは、お父様が見てないときに、高く抱き上げてくれるからだわ」

「決まりごとを破るのが好きなのよ」

姪がにっこり笑った。「知ってるわ。だからお父様には内緒なの」

フランチェスカは兄のアンソニーをとりたててきびしいと感じたことはなかったが、二十年以上も一族の当主を務めてきたので、愛する人々を秩序正しく取りまとめる習性が身についてしまったのかもしれないと思い返した。

それに、これだけはたしかに言える――長兄は取り仕切るのが大好きだ。

「秘密にしておかなくてはね」フランチェスカは身をかがめて、姪の耳もとにささやいた。

「それと、スコットランドのわたしたちの家に来たくなったら、いつでもいらっしゃい。わたしたちはしじゅう決まりごとを破ってるから」

シャーロットは目を大きく見開いた。「そうなの？」

「夕食の時間に朝食を食べることもあるわ」

「すごい」

「それに、雨のなかを歩く」

シャーロットは肩をすくめた。「みんな雨のなかを歩くわ」

「ええ、そうかもしれないけど、わたしたちは時どきダンスもするのよ」

姪が後ろに足を引いた。「すぐに行ってもいい？」

「ただし、ご両親のお許しをもらうのよ」フランチェスカは笑って、シャーロットの手を取った。「でも、ダンスならいますぐできるわ」

「ここで？」

フランチェスカはうなずいた。

「誰かに見られないかしら？」

フランチェスカは辺りを見まわした。「誰もいないわ。それに、誰かいたとしても、気にする必要があるかしら？」

シャーロットが唇をすぼませ、フランチェスカは姪の考えていることが手にとるように読みとれた。「わたしも気にしない！」姪は元気よく答えて、腕を絡ませてきた。そのまま少しジグを踊り、それからスコットランドの舞踏曲《リール》に変えて、どちらも息があがるまでくるくるまわりながら踊りつづけた。

「ああ、雨が降ればいいのに！」シャーロットが笑った。

「どうして雨が降ったほうがいいんだ？」新たな声がした。

「マイケルおじさま！」シャーロットが甲高い声をあげ、駆けだした。

「わたしはすぐに忘れられてしまうのね」フランチェスカは苦笑した。

マイケルがシャーロットの頭越しに温かに微笑みかけた。「責められる憶えはないぞ」ぼそりと言う。

「フランチェスカおばさまとダンスをしてたのよ」シャーロットは説明した。

「知ってる。家のなかからも見えた。新しいのがとりわけ楽しそうだったな」

「新しいの？」

マイケルは困ったようなふりをした。「新しいダンスをしていただろう」

「新しいダンスなんてしてないわ」シャーロットは眉根を寄せた。

「だったら、草の上に飛びこんでいたのはなんなんだ？」

フランチェスカは唇を噛んで笑みをこらえた。

「あれは転んだのよ、マイケルおじさま」

「違うだろう！」

「そうよ！」

「激しいダンスだったのよね」フランチェスカは助け船を出した。

「きみはきっと格別に優美な踊り手なんだな。どうみたって、わざとやっているとしか思えなかった」

「違うわ！　違うの！」シャーロットはむきになって言った。「ほんとうにただ転んだだけだもの。偶然よ！」

「信じるしかないか」マイケルはため息をついた。「きみは嘘《うそ》をつけるような人ではないからな」

シャーロットはとろけてしまいそうな表情でマイケルを見つめた。「マイケルおじさまに嘘をつくはずがないわ」

マイケルは姪の頰にキスをして、肩に手をかけた。「きみのお母さんが夕食の時間だと言っていた」

「でもまだおじさまが来たばかりなのに！」

「おじさんはどこにも行きやしない。あれだけダンスをしたんだから、栄養をつけておかないとな」

「食べたくないわ」シャーロットは粘った。

「それは残念だ」マイケルが言う。「きょうはこれから円舞曲《ワルツ》を教えてあげようと思っていたんだが、空腹ではとても無理だろう」

シャーロットは目をほとんどまん丸に見開いた。「ほんとうに？　お父様から、十歳になるまでは教えられないと言われたのよ」

するとマイケルは、いまでもフランチェスカをどきりとさせる男っぽい笑みを浮かべた。「内緒にすればいいんじゃないか？」

「もう、マイケルおじさま、大好き」シャーロットは熱のこもった声で言い、しっかと一度抱きついてから、オーブリー屋敷へ駆けだした。

「これでまたひとり陥落ね」フランチェスカは首を振り、野原を走っていく姪を見送った。

マイケルは妻の手を取り、抱き寄せた。「それはどういう意味だろう？」

フランチェスカは少しだけ微笑み、小さくため息をついて答えた。「あなたには嘘はつけないわ」

マイケルは妻に深々と口づけた。「そう願いたい」

フランチェスカは夫の銀色がかった瞳を見上げ、温かな腕のなかに身をゆだねた。「あなたに心動かされない女性はいないみたい」

「そうだとすれば、こうしてただひとりの女性に心奪われてしまったのはまさしく幸運だ」

「わたしにとっても幸運ね」

「ああ、そうだとも」マイケルはいかにも殊勝な面持ちで答えた。「そこはあえて言うつもりはなかったんだが」

フランチェスカは夫の腕をぴしゃりと叩いた。

それに対してマイケルはキスを返した。「会いたかった」

「わたしもよ」

「ところで、ブリジャートン一族はどんな具合だ？」マイケルは妻と腕を絡ませて訊いた。

「いたって順調よ」フランチェスカは答えた。「ほんとうに、すばらしい時間を過ごせてるわ」

「ほんとうに？」マイケルはどことなく面白がるふうに訊きなおした。

フランチェスカは夫を屋敷とは反対の方向へ導いた。こうして話せるのは一週間以上ぶりで、もう少し独り占めしていたい。「何が言いたいの？」

「〝ほんとうに〟という部分がなんとなく意外そうに聞こえた」

「そんなことないわ」とっさに否定したが、ふと考えがめぐった。「家族のもとを訪れたときにはいつも楽しい時間を過ごせてるもの」慎重に言葉を継いだ。

「でも……」

「でも、今回は特にそうね」フランチェスカは肩をすくめた。「どうしてなのかはわからない」

ほんとうはそうとも言いきれなかった。母とのあのひと時に流した涙が、ふしぎな力をもたらしていた。

けれども、夫には明かせない。ただ泣いたと伝えるだけでは心配させてしまうし、夫に気を揉《も》ませるのは心苦しく、考えるだけで疲れを覚えた。

第一、マイケルは男性だ。この気持ちを理解してもらえるはずがない。

「幸せだわ」きっぱりと告げた。「空気のせいかしら」

「太陽が輝いている」マイケルがしみじみと言った。

フランチェスカは楽しげにさらりと片方の肩をすくめ、木に寄りかかった。「鳥たちがさえずってるわ」

「花々も咲き誇ってるか？」

「まだ少しだけね」言い足した。

マイケルは景色をつくづく眺めた。「あとは丸っこい子兎《こうさぎ》が野原を跳ねまわってでもいれば完璧だ」

フランチェスカは幸せそうに微笑んで、キスを求めて身を乗りだした。「田園の輝きはすばらしいわ」

「まったくだ」マイケルはいつものように熱っぽく妻の唇を探りあてた。「会いたかった」欲望でかすれがかった声で言う。

フランチェスカは耳を軽く噛《か》まれ、じれったげな低い声を漏らした。「知ってるわ。さっきも聞いたから」

「繰り返さずにはいられない」

フランチェスカはその言葉なら何度聞いても飽きないことを気の利いた言いまわしで伝えようとしたものの、あっという間に木に押しつけられ、息をはずませて夫の腰に片脚を巻きつける格好になった。

「ずいぶんと着こんでるな」マイケルが不満げにこぼした。

「家に近すぎるわ」フランチェスカはさらに親密に体を押され、昂《たかぶ》りで下腹部を締めつけられながらあえぐように言った。

「どれくらい離れれば」マイケルがスカートのなかに手を滑りこませてささやいた。「近すぎないんだ？」

「もう少しだけ」

マイケルはいったん身を引き、妻をまじまじと見つめた。「ほんとうに？」

「ええ」フランチェスカはふいにいたずら心が疼《うず》いて、口もとをゆがめた。力が湧《わ》いた。とたんに、思いどおりにしたいという欲求にとらわれた。夫のことも、自分の人生も。何もかもを。

「来て」とっさに夫の手をつかみ、駆けだした。

マイケルは妻が恋しくてならなかった。晩に傍らに妻がいないと、ベッドがひんやりとして、侘《わ》びしさを覚えた。疲れているときも、肉体が妻を欲しているわけではないときですら、気配や、匂《にお》いや、ぬくもりが恋しくて仕方がない。

妻の息遣いを聞きたいし、ふたり並んで横たわっているときのマットレスのわずかな反動を感じていたい。

妻は自分より控えめな性格で、情熱的な言葉はほとんど口にしないが、同じように感じてくれているのはわかっていた。それでも、このように妻に手を引かれて野原を走りだし、あと数分で妻のなかに深く沈みこめるかと思うと、新鮮な驚きに胸が躍った。

「着いたわ」フランチェスカは丘のふもとで突然立ちどまった。

「着いた？」マイケルはいぶかしげに訊いた。ここは木立のなかではないし、通りがかる人の目を遮《さえぎ》るものは何もない。

フランチェスカは腰をおろした。「この辺りには誰も来ないわ」

「誰も？」

「草がとても柔らかいの」妻が誘いかけるように言い、傍らの地面を軽く叩いた。

「どうしてそれを知っているのかはあえて訊くまい」マイケルはつぶやいた。

「ピクニックをしたからよ」フランチェスカは愉快げにむくれたふりで言った。「お人形と一緒に」

マイケルは上着を脱ぎ、毛布の代わりに草地に敷いた。地面にゆるやかな傾斜があるので、平らなところより妻にとっては快適かもしれない。

フランチェスカを見やった。それから地面に敷いた上着に目を移したが、妻は動かない。

「あなたよ」

「あなた？」

「横になって」妻が指示した。

マイケルは従った。そそくさと。

そのとたん、からかい言葉や誘い文句を口にするどころか、息つく間もないくらいすばやく、妻が自分にまたがってきた。

「おっと、いったい――」思わず口走ったが、最後まで言わせてもらえなかった。妻が果敢に熱っぽくむさぼるように口づけてきた。いつものごとくすべてが心地よかったが――妻については乳房のふくらみ具合からキスの間合いまで、何もかもを知りつくしている――今回は、少しばかり……。

新鮮だ。

新たな一面を感じた。

片手をフランチェスカの頭の後ろにまわした。家ではピンをひとつずつはずし、結われていた髪がほどけていくのを見るのが好きだった。だがきょうは昂りが激しく、気がせかされて、とても我慢できそうにな――

「いったいどうしたんだ?」尋ねると、手を払いのけられた。

フランチェスカはもの憂げに目を細く狭めた。「わたしの言うとおりにするのよ」ささやきかけた。

マイケルは張りつめた。ますます。ああ、まったく、このままでは身がもたない。

「じらさないでくれ」あえぐように言った。

だが妻に聞いているそぶりはなかった。じわじわと夫のズボンを脱がし、腹部をそっと手でたどり、下腹部を探りあてた。

「フラニー……」

一本の指。触れているのはそれだけだった。一本の指で羽根のようにふわりと夫を撫でている。

妻が目を上げて、顔を見やった。「面白いわ」なにげなく言う。

マイケルはただひたすら呼吸しようと努めた。

「愛してるわ」フランチェスカが柔らかな声で言い、のぼってきた。スカートを太腿《ふともも》まで捲《ま》くりあげて坐りなおす。すうっと夫をひと撫でしてから手ぎわよく自分のなかに滑りこませ、腰を据えて奥深くまで引き入れた。

マイケルはすぐにも動きだしたかった。そのまま突くか、妻を横たわらせて上になり、互いの体を砕け散るまでぶつけ合わせたかったが、両手でしっかりと腰を押さえられていた。目を上げると、フランチェスカは目を閉じて、意識を集中させているかに見える。

呼吸はゆっくりと安定しているが、息遣いの音は大きく、吐くたび、さらに少しずつ重くのしかかってくるようにマイケルには思えた。

「フラニー」どうすればいいのかわからず、唸《うな》るように呼びかけた。早く動きだしてほしい。あるいはもっと強く押すだけでもかまわない。どうにかしてもらいたいのだが、フランチェスカはただ腰をゆっくりまわして、夫に甘美な責め苦を与えつづけている。マイケルはその腰を突き上げようと両手でつかんだが、フランチェスカが目を開き、穏やかなとろんとした笑みを浮かべて首を振った。

「こうしてるのが好きなの」

マイケルはもっとべつのことをしたかった。べつのことをしなければ困るのだが、自分を見おろすフランチェスカの顔があまりに幸せそうで、抗えなかった。やがて、予想どおり妻は小刻みにふるえはじめたが、極みに達する姿を見慣れているマイケルにはどこか妙に感じられた。今回はいつもよりゆるやかで……それなのに激しい。

フランチェスカはぐらりとかしいで身を揺らし、ついには小さな叫びを漏らして崩れ落ちた。すると、唐突にマイケルもまた張りつめてきた。準備ができているとは考えもしなかった。自分も極みに近づいているとは感じていなかったし、妻の下でこれから動きだすのでは少し時間がかかるだろうと思っていた。ところが、前触れもなく、あっさりと解き放たれた。

ふたりはしばらくそのまま、柔らかに降りそそぐ陽射しを浴びて横たわっていた。マイケルは首に顔を埋めてきたフランチェスカを抱きしめ、思いがけず味わえたこのひと時にただ驚いていた。

なにしろ完璧だったからだ。できることなら、ずっとこのままでいたい。それにあえて尋ねなくても、フランチェスカも同じ思いなのは感じとれた。


フランチェスカは体をぶつけあっている甥たちを眺めながら、洗礼式の二日後には帰るつもりだったことを思い返していた。けれどここに来てもう三週間になるというのに、いまだ荷造りに手をつけていない。

「骨を折りでもしなければいいんだけど」

フランチェスカは自分と同じように今回はオーブリー屋敷に長く滞在している姉のエロイーズに笑顔で答えた。「大丈夫よ」未来のヘイスティングス公爵、十一歳のデイヴィーが鬨《とき》の声をあげて木から飛び降りたのを見て、わずかに顔をしかめた。「気をつけるのに越したことはなさそうだけど」

エロイーズは隣りに腰をおろし、顔を上向けて陽光を仰いだ。「すぐに婦人帽《ボンネット》をかぶらないと」

「このゲームのルールがどうなってるのか、よくわからないわ」フランチェスカはこぼした。

エロイーズは目をあけようともしなかった。「だってそんなものはないんだもの」

フランチェスカは目の前の混沌《こんとん》としたありさまを新たな視点で眺めた。エロイーズの義理の息子で十二歳のオリヴァーがボール――いつの間に持ってきたのだろう？――をつかみ、芝地を走っている。ゴールを目指しているらしいのだが、そのゴールが、自分が子供のときからあるオークの大木なのか、ほんの十分前に外に出てきたときからあぐらをかいて腕を組んで坐っているアンソニーの次男、マイルズなのかは見きわめられなかった。

どちらがゴールであるにしろ、オリヴァーがボールを地面に叩きつけ、飛び跳ねて嬉しそうな声をあげたので、それで勝ったということなのだろう。どうやらマイルズも同じチームだったらしく――このときはじめて、チームでの対戦であることにフランチェスカは気づいた――さっと立ちあがって、同じように歓声をあげた。

エロイーズが片目をあけた。「うちの子は誰も殺してない？」

「ええ」

「殺されてもないわね？」

フランチェスカは微笑んだ。「ええ」

「よかった」エロイーズはあくびをして、長椅子にまたゆったりと坐りなおした。

フランチェスカは姉の言葉を反芻《はんすう》した。「エロイーズお姉様？」

「どうしたの？」

「つまりその……」フランチェスカは眉をひそめた。適切な尋ね方が見つからない。「オリヴァーとアマンダをかわいがる気持ちは……」

「薄れてないか？」姉がみずから言い足した。

「ええ」

エロイーズは背を起こして目をあけた。「いいえ」

「ほんとうに？」フランチェスカは姉の言葉を疑っているわけではなかった。自分も姪や甥たちをほんとうに心から愛していて、どの子を助けるためであろうと――オリヴァーとアマンダも含めて――一瞬のためらいもなく身を捧《ささ》げられるだろう。でも、出産は経験していない。子を宿したことはないので――正確には、そう長くはだけれど――気持ちがどう変わるのかはわからない。いとおしさに差が生じるものなのかどうかも。

もし自分とマイケルの血を引く子を授かったなら、シャーロットやオリヴァーやマイルズやそのほかの子供たちの存在が、愛するわが子に比べ、たちまち取るに足りないものとなってしまうこともあるのだろうか？

気持ちは変わるもの？

わたしは変わることを望んでるの？

「変わるだろうと思ってたわ」エロイーズは打ち明けた。「もちろん、ペネロペを授かるずっと前からオリヴァーとアマンダのことは愛してた。当然のことでしょう？　あの子たちはフィリップの分身よ。それに」これまでそこまで深くは考えたことがなかったとでもいうように、思慮深い表情になって続けた。「あの子たちは……ほかにいない。そして、わたしはふたりの母親なの」

フランチェスカは慮《おもんぱか》るふうに微笑んだ。

「それでも」エロイーズが言葉を継ぐ。「ペネロペが生まれるまで、身ごもってからは、気持ちは変わるんだろうと思ってた」ひと息つく。「違いはあるわ」ふたたび間をおいた。「でも、愛情が薄れたわけじゃない。度合いとか深さとか……ほんとうに……血の繋がりの問題でもない」

エロイーズは肩をすくめた。「うまく説明できないわ」

フランチェスカは、ふたたびゲームに熱中しはじめた子供たちに目を戻した。「いいえ」穏やかに言った。「ちゃんと説明できてるわ」

長い沈黙が続き、やがてエロイーズが口を開いた。「こういうことは……あまり話さないわよね」

フランチェスカはかすかに首を振った。「そうね」

「話したい？」

しばし考えた。「わからないわ」姉に顔を振り向けた。互いに子供時代のほとんどを騒々しいきょうだいたちのなかで過ごしたけれど、エロイーズとはあらゆる面で正反対の姉妹だった。瞳の色こそ違うものの、とてもよく似ていて、誕生日もわずか一年違いの同じ日だというのに。

ほんの数週間前なら、姉から遠まわしに心情を探られ、気遣われていることに、胸が張り裂けそうになっていただろう。でもいまはすなおに心なぐさめられた。哀れまれているのではなく、愛されているのを感じた。

「わたしは幸せだわ」正直な気持ちだった。ほんとうにそう思う。長らく胸に秘めてきた、あの疼くようなむなしさがいまは消えている。日を数えることすら忘れていた。最後に月のものがあってから何日経っているのかわからないけれど、信じられないくらい心が軽い。

「計算は苦手なのよ」つぶやいた。

「なんて言ったの？」

フランチェスカは笑みを噛み殺した。「なんでもないわ」

薄い雲に隠されていた太陽が、突如また顔を覗《のぞ》かせた。エロイーズは椅子の背にもたれ、目の上に手をかざした。「大変だわ」ぼそりと言う。「オリヴァーがマイルズの上に坐ってる」

フランチェスカは笑い声をあげ、自分でも何をしようとしているのかわからないうちに立ちあがっていた。「わたしも仲間に入れてもらえるかしら？」

姉から正気を疑うような顔で見られ、フランチェスカもほんとうに自分はどうかしてしまったのかもしれないと思い、肩をすくめた。

エロイーズは妹を見つめ、それから少年たちに目を移し、ふたたびフランチェスカに視線を戻した。それから立ちあがった。「あなたがやるなら、わたしもやるわ」

「それはだめよ」フランチェスカは言った。「赤ちゃんがいるんだから」

「まだ平気よ」エロイーズが軽く笑って一蹴《いっしゅう》した。「それに、オリヴァーはわたしの上には坐らないわ」腕を差しだす。「行きましょう」

「そうね」フランチェスカは姉と腕を絡ませ、心から愉快な気分で、はしゃいだ声をあげ、ふたりで丘を駆けおりていった。

「きょうの昼間は、ひと騒動起こしたそうじゃないか」マイケルがベッドの端に腰かけて言った。

フランチェスカは動かなかった。まぶたを上げもしなかった。「へとへとだわ」ぽつりと答えた。

マイケルは妻の土埃《つちぼこり》が付いたドレスの裾に見入った。「それに、汚れてる」

「顔を洗う気力もなくて」

「マイルズがずいぶん驚いていたとアンソニーから聞いた。きみが女性にしてはボールを投げるのがものすごくうまかったと」

「ほんとうはもっとずっとうまくやれたのよ」フランチェスカは言い返した。「両手を使わなくてもいいと事前に教えておいてくれれば」

マイケルは含み笑いを漏らした。「ちなみに、なんというゲームをしたんだ？」

「知らないわ」フランチェスカは呻くように疲れの滲《にじ》む低い声を漏らした。「脚を揉んでくれない？」

マイケルはベッドにさらに深く坐りなおし、妻のドレスの裾をふくらはぎまでめくった。足も汚れていた。「おい、まさか」驚きの声をあげた。「裸足《はだし》で駆けまわったのか？」「あの靴を履いていては思うように動けなかったから」

「エロイーズはどうしていたんだ？」

「姉はそれこそ男の子みたいにボールを投げるの」

「両手を使わなくてもよかったんだものな」

そのひと言に、フランチェスカはむっとして肘をついて起きあがった。「そうよ。自陣と敵陣のどちらにいるかによるんですって。そんなこと知るはずないでしょう」

マイケルは妻の脚を手に取り、あとで洗わなければとひそかに胸に留めた――脚なら妻も自分で洗えるはずなので、むろんこの手のほうのことだ。「きみがそんなに負けず嫌いだとは知らなかった」

「一族の血筋ね」フランチェスカはぼそりと答えた。「いいえ、そこではないわ。ええ、そう、そこよ。もっと強く。あ、ああ……」

「聞き憶えのある声に思えるのはどうしてかな」マイケルは思案げにつぶやいた。「といっても、そうだとすればこちらももっとはるかに楽しめそうなものなんだが」

「つべこべ言わずに、脚を揉んで」

「かしこまりました、お気に召すままに」マイケルは低い声で応じ、妻がその受け答えにすっかり満足している様子に微笑んだ。フランチェスカの吐息が時おり聞こえるだけの沈黙がしばし続き、やがてマイケルが問いかけた。「あとどれくらい滞在しようか？」

「家に帰りたいの？」

「用事がいくつかあるんだが」マイケルは答えた。「急がなければならない用事ではない。むしろ、きみの家族と過ごすのを楽しんでいる。ほんとうに」

フランチェスカは片方の眉を上げ――それから微笑んだ。「ほんとうに？」

「そうとも。射撃の試合できみの姉上に負けて、少しばかり気をくじかれはしたが」

「誰も姉には勝てないわ。いつもそう。次はグレゴリーと対戦したらいいわ。弟は木にも当てられないから」

マイケルはもう片方の脚に手を移した。妻はとても幸せそうにくつろいでいる。いまだけでなく、夕食のテーブルでも、客間でも、姪や甥たちを追いかけまわしているときも、むろん晩に大きな四柱式のベッドで自分と愛しあっているときも。じつはそろそろ、古めかしく隙間風が通りもするが、いまやまぎれもなくふたりの住まいとなったキルマーティンの家へ、帰ろうと思っていた。けれども、フランチェスカがいつもこんなふうにいられるのなら、いつまでここにいてもかまわない。

「あなたの言うとおりね」妻が言った。

「もちろんだ」とっさにそう応じてから訊いた。「だが、なんのことだろう？」

「そろそろ家に帰らないと」

「そういう意味で言ったんじゃない。ただ、きみの意向を知りたかっただけだ」

「わたしもちょうど考えてたの」

「きみがまだここにいたいのなら——」

フランチェスカは首を振った。「いいえ。家に帰りたいわ。わたしたちの家に」疲れた唸り声を漏らして大儀そうに起きあがり、膝をかかえて坐った。「ほんとうに楽しかったし、これ以上にないすばらしい時間を過ごせたけど、キルマーティンが恋しいわ」

「ほんとうに？」

「あなたも」

マイケルは眉を上げた。「ここにいるじゃないか」

フランチェスカは微笑んで身を乗りだした。「早くまた、あなたを独り占めしたいの」

「いつでもそう言ってくだされば、奥様。いつでもどこでも、あなたを連れ去って、仰せのとおりにいたしましょう」

フランチェスカはくすりと笑った。「いますぐでもかしら」

それは名案だとマイケルは思ったが、騎士道精神から言わずにはいられなかった。「疲れてるんじゃなかったのか」

「それほどでもないわ。あなたにおまかせできれば」

「その点については、むろん、問題ない」マイケルはシャツを頭から脱ぎ去り、妻の傍らに寝そべって、長々と甘やかなキスをした。満足の吐息をついて身を離し、じっと妻を見つめた。「きみは美しい」ささやきかけた。「これまで以上に」

フランチェスカは微笑んだ――このところの幸せな気持ちの表れなのか、さもなければこれからの幸せを確信したかのような笑みだった。

マイケルはその笑顔がいとおしかった。

ドレスの背のボタンをはずしにかかり、中ほどまできたところで、ふっとある考えが頭をよぎった。「待てよ」つぶやいた。「できるのか？」

「なんのこと？」

マイケルは動きをとめ、眉根を寄せて計算した。もうきてもいい頃ではないだろうか？

「まずいときなんじゃないのか？」問いかけた。

フランチェスカは唇を開き、目をしばたたいた。「いいえ」問いかけられたことにではなく、自分の返答にやや驚いたような口ぶりだった。「いいえ、違うわ」

マイケルは坐りなおし、さらに身を引いて、妻の顔をあらためて眺めた。「ということは……？」

「わからないわ」フランチェスカはぱちぱちと瞬《まばた》きを繰り返し、息遣いが速まってきた。「どうかしら。そうだとしたら……」

マイケルは喜びの声をあげたかったが、自分を諌《いさ》めた。まだだめだ。「どれくらい――」

「――遅れてるか？　わからないわ。たぶん――」

「――一カ月か？　二カ月？」

「二カ月かしら。そんなに経ってないかも。わからない」フランチェスカはさっとお腹に手をあてた。「違うかもしれないわ」

「違うかもしれない」マイケルは慎重に答えた。

「でも、そうかも」

「そうかもしれない」

マイケルは笑いが湧きあがってきて、胸のなかで妙な可笑《おか》しさが沸々とふくらみ、ついには口からこぼれ出た。

「まだわからないわ」妻はたしなめるように言ったが、同じように興奮しているのが見てとれた。

「そうだな」そう応じつつ、どういうわけかマイケルは確信を抱いていた。

「期待しすぎないほうがいいわ」

「ああ、もちろん、そうだとも」

フランチェスカが目を大きく見開いて、まだまったく平らなままの腹部に両手をあてがった。

「何か感じるか？」マイケルはささやくように訊いた。

妻は首を振った。「どちらにしても、まだ感じるはずがないわ」

そんなことはわかっていた。十二分に。それなのにどういうわけか尋ねてしまった。

とそのとき、フランチェスカが驚くべきことを言いだした。「でも、ここにいるわ」かすれがかった声で言う。「わかるのよ」

「フラニー……」もしそれが事実でなかったなら、妻はまた心を引き裂かれてしまう――そんな姿を見るのはとても耐えられない。

それでもフランチェスカは首を振った。「そうなんだもの」けっしてむきになっているわけではなかった。夫を説得しようとしているのでも、自分自身を納得させようとしているのでもない。それは妻の声から聞きとれた。なぜかわからないが、フランチェスカはともかくそう確信している。

「最近、気分が悪くなったことは？」マイケルは尋ねた。

フランチェスカは首を振った。

「このところ――そうだ、きょうの昼間、甥っ子たちと遊んだなどというのは、とんでもないことだったんじゃないのか」

「エロイーズお姉様も遊んでたわ」

「エロイーズはなんでもしたいようにすればいい。きみはべつだ」

フランチェスカが微笑んだ。まさしく聖母マリアの微笑みだった。それから言った。「もうしくじらないわ」

もう何年も前に妻が流産したときのことをマイケルは思い返した。自分の子ではなかったが、当時のフランチェスカの苦しみは自分も心臓をつかまれているかのように生々しく痛切に感じていた。従弟のジョン――妻の最初の夫――が死んでほんの数週間後のことで、ふたりとも哀しみで気が動転していた。そのうえフランチェスカはジョンの子までも失い……。

互いにあのような苦しみは二度と耐えられるとは思えない。

「フランチェスカ」マイケルは差し迫った声で言った。「体を大事にしてくれ。頼む」

「もうあんなことは起きないわ」フランチェスカは首を振った。

「どうしてわかるんだ？」

フランチェスカは困ったように肩をすくめてみせた。「わからないわ。でも、わかるのよ」

ああ、神よ、妻の思い込みではありませんように、とマイケルは祈った。「ご家族には伝えるのかい？」静かに訊いた。

フランチェスカは首を振った。「まだ。不安だからではないの」慌てて付け加えた。「ただ――」惚《ほ》れぼれするほど愛らしく唇を引き結んで微笑した。「しばらくはわたしだけのものでいてほしいの。わたしたちふたりだけのもので」

マイケルは妻の手を唇に引き寄せた。「しばらくというのは、どれくらい？」

「わからないわ」けれども妻はいたずらっぽい目つきになった。「まだわからない……」

一年後……。

ヴァイオレット・ブリジャートンは子供たち全員を平等に愛しているが、愛し方はそれぞれに違いがある。会いたくなる想いの強さについても、必ずしごく筋の通った理由があった。当然ながらそのときにいちばん長く顔を会わせていない子を誰より気にかけていた。だからこそ、その日もヴァイオレットはオーブリー屋敷の客間で、そわそわとせっかちに五分おきに立ちあがっては窓の向こうを覗いて、キルマーティン伯爵家の紋章を戴《いただ》いた馬車の到着を待っていた。

「手紙には、きょう着くと書いてありましたわ」ケイトがなぐさめるように声をかけた。

「わかってるわ」ヴァオイレットは気恥ずかしげな笑みを浮かべた。「なにしろもう一年もあの子に会っていないでしょう。スコットランドが遠いのはわかっているけれど、これまで一年もわが子に会わずにいたことはなかったのよ」

「そうでしたの？」ケイトは訊き返した。「驚くべきことですわ」

「みなそれぞれにどうしてもゆずれないことがあるものなのよ」ヴァイオレットはもはや立ちあがりたくて仕方のない気持ちを隠そうとしても無駄だとあきらめた。刺繍《ししゅう》道具を置いて窓辺に歩いていき、首を伸ばすと、何かが陽光を跳ね返したような気がした。

「でも、コリンはずいぶん旅をしていましたでしょう？」ケイトが問いかけた。

「最長で三百四十二日間も」ヴァイオレットは答えた。「地中海沿岸を旅したときよ」

「数えてらしたのですか？」

ヴァイオレットは肩をすくめた。「そうしないといられないの。数えるのが好きなのよ」子供たちがまだ育ち盛りの頃には、出かけるときと帰るときに必ず人数が合っているか数えていたものだった。「なんでも把握《はあく》しておくためには必要なことだわ」

ケイトは微笑んで前かがみに手を伸ばし、足もとの揺りかごを揺らした。「たかが四人の子の世話で不満はこぼせませんわね」

ヴァイオレットは窓辺から戻ってきて、いちばん新しい孫の顔を覗きこんだ。シャーロットを授かってからだいぶときが経っていたので、メアリーの誕生はちょっとした驚きだった。ケイトはもう自分の出産の時期は終わったものと思っていたが、十カ月前に朝起きてのんびり便器に歩いていき、胃の中身を吐きだして、アンソニーにこう告げた。「また子を身ごもったみたい」

少なくともヴァイオレットはアンソニーとケイトからそう聞かされていた。病気や出産のときを除いて、成長した子供たちの寝室にはできるだけ近寄らないようにしている。

「わたしは不満に感じたことなどないわ」ヴァイオレットは穏やかに言った。ケイトには聞こえていなかったが、嫁に言ったわけではなかった。紫色の毛布にくるまれて愛らしく眠っているメアリーに微笑みかけた。「あなたのお母様もきっと喜んでるわね」目を上げて、ケイトを見やった。

ケイトは目を潤ませてうなずいた。母――正確には義理の母なのだが、メアリー・シェフィールドに幼い頃から育てられた――は懐妊がわかる一カ月前にこの世を去っていた。

「理屈の通らないことですけれど」ケイトは身をかがめて、わが子の顔をさらにまじまじと見つめた。「母にどことなく似ているんです」

ヴァイオレットは目をぱちくりさせて、首を片側に傾けた。「たしかにそうだわ」

「目の辺りが」

「いいえ、鼻よ」

「そうでしょうか？　わたしはむしろ――まあ、あれを！」ケイトが窓のほうを指さした。

「フランチェスカではないでしょうか？」

ヴァイオレットはすぐさま背を起こし、窓辺に急いで近づいた。「そうだわ！」声をあげた。

「あら、陽も降りそそいでいるようだし、外に出て待つわ」

小卓からショールを取り上げ、一度も振り返らずに廊下に駆けだした。フランチェスカと会うのはとても久しぶりだが、会いたいのはそのせいだけではなかった。前回、イザベラの洗礼式でここに滞在したときに、娘はどこかが変わった。うまく説明できないものの、心持ちの変化が感じられた。

子供たちのなかでも、フランチェスカは昔からいちばん物静かで控えめだった。家族を愛してはいても、距離をおくことを好み、独自の信念を培《つちか》い、自分なりの人生を歩んでいた。だから子を授からないという、本人にとって最もつらい人生の局面においてけっして思いを明かそうとしなかったのも意外なことではなかった。けれども前回会ったとき、そのことについてはっきりと語りあえたわけではなかったにしろ、ふたりのあいだでなんとなく気持ちが通いあい、ヴァイオレットは娘の哀しみを受けとめられたように思えた。

家に帰るときのフランチェスカは垂れこめていた雲が晴れたかのような目をしていた。みずからの運命を受け入れられたからなのか、自分に与えられたものに喜びを見いだす術《すべ》を学んだからなのかはわからないが、ここ最近のヴァイオレットの記憶では、ほんとうに久しぶりに心から幸せそうな顔に見えた。

ヴァイオレットは廊下を走り――年齢も省《かえり》みず！――玄関扉を押し開いて、車道に出ていった。フランチェスカの馬車はすぐそこまで来ていて、扉のひとつを屋敷の正面につけられるよう向きを調整しているところだった。

その扉の窓越しにマイケルが見えた。手を振っている。ヴァイオレットはにっこり笑い返した。

「ああ、会いたかったわ！」馬車から降りてきたマイケルに歩み寄って出迎えた。「もう二度と、これほど長く待たせないと約束してほしいわ」

「あなたからのご要望を拒めるはずもありません」マイケルは身をかがめて、ヴァイオレットの頰にキスをした。それから背を返し、腕を差しだして、馬車を降りるフランチェスカに手を貸した。

ヴァイオレットは娘を抱きしめ、身を離してあらためて見やった。フラニーが……。

輝いている。

まばゆいばかりに。

「会いたかったわ、お母様」フランチェスカが言った。

ヴァイオレットは答えようとしたが、思いがけず喉がつかえた。唇を引き結び、口角を引き攣らせて涙をこらえた。どうしてこのように感傷的になっているのかわからなかった。たしかに一年ぶりだけれど、以前にもわが子に三百四十二日も会えなかったことがあったでしょう？　たいして違いはないはずなのに。

「ご報告しなければいけないことがあるの」フランチェスカが言い、ヴァイオレットは娘の目も潤んでいるのに気がついた。

フランチェスカは馬車に向きなおり、両腕を伸ばした。扉口から女中が出てきて、おくるみのようなものを女主人に手渡した。

ヴァイオレットは息を呑んだ。ああ、神様、こんなことが……。

「お母様」フランチェスカはとても小さなおくるみを抱きかかえて、穏やかに続けた。「ジョンよ」

必死にこらえていた涙が、ヴァイオレットの目からこぼれ落ちた。「フラニー」かすれ声で呼びかけ、赤ん坊を受けとった。「どうして知らせてくれなかったの？」

するとフランチェスカ――腹立たしいほど秘密主義の三女――が答えた。「わからないわ」

「愛らしい男の子」ヴァイオレットはその子の誕生を知らせてもらえなかったことも忘れて言った。この腕のなかでありえないくらい賢そうな顔で自分を見上げている小さな男の子以外のことは、もはやすべてどうでもよくなっていた。

「あなたの目を受け継いだのね」そう言って、フランチェスカを見やった。

娘はうなずき、たちまち頬をゆるませて微笑んだ。「そうなの」

「それに口もとも」

「わたしもそう思うわ」

「それに――あらまあ、鼻もあなたにそっくりじゃないの」

「そうなんです」マイケルが愉快そうに言った。「父親の痕跡《こんせき》はどこにあるのかと訊かれるんですが、まだ見つからなくて」

フランチェスカは母親を呆《あき》れさせるほど愛情たっぷりに夫を見つめた。「あなたのすてきさを受け継いでるのよ」

ヴァイオレットは笑い声を立てて、いったんおさまるとまた笑いだした。あまりに幸せすぎて、その気持ちを胸のなかにとどめておけなかった。「このおちびちゃんを早く家族に紹介してあげなければ。そうでしょう?」

フランチェスカが赤ん坊を受けとろうと腕を差しだしたが、ヴァイオレットはくるりと背を返した。「まだ、だめよ」もうしばらく抱いていたかった。できることなら、火曜日まで。

「お母様、この子はお腹がすいていると思うの」

ヴァイオレットはおどけたふうに眉を吊《つ》り上《あ》げた。「それなら、この子が教えてくれるはずだわ」

「でも――」

「赤ちゃんのことならそれなりに心得があるのよ、フランチェスカ・ブリジャートン・スターリング」ヴァイオレットはジョンに微笑みかけた。「たとえば、赤ちゃんはみんな、おばあちゃんが好きなのよね」

ジョンが喉を鳴らすように愛らしい声を漏らし、それから——たしかに——笑った。

「さあ、行きましょうね、おちびちゃん」ささやきかけた。「お話ししたいことがたくさんあるのよ」

その後ろで、フランチェスカがマイケルに問いかけた。「ここにいるあいだに、あの子を取り戻せるかしら？」

マイケルは首を振り、こう付け加えた。「だとすれば、あの子に妹をこしらえてやる時間はたっぷりあるわけだな」

「マイケル！」

「旦那様に従いなさい」ヴァイオレットは振り返りもせずに大きな声で告げた。

「冗談でしょう」フランチェスカはつぶやいた。

けれどそう言いながらも、夫の提案を受け入れた。

そして、そのひと時を心から楽しんだ。

はたして九カ月後、フランチェスカはジャネット・ヘレン・スターリングに、おはようと呼びかけていた。

父親にそっくりの女の子に。

『突然のキスは秘密のはじまり』その後の物語

『突然のキスは秘密のはじまり』*It's In His Kiss*

わたしの著書のなかで、読者のみなさんが結末に不満の声をあげたものがあるとすれば、本作ではないでしょうか。というのも、ヒヤシンスが十年以上も探していたダイヤモンドをその娘が発見し……ところが、そのまま元の場所に戻してしまったのですから。わたしは、ヒヤシンスとガレスの娘ならきっとそうするだろうし、ヒヤシンス（この登場人物はわたしにとってまぎれもなく〝ひとつの作品〟です）が自分にそっくりの娘を授かったのは、いわば因果応報ではないかと考えていました。

けれども最終的には、読者のみなさんのご要望に納得しました。ヒヤシンスにはいずれ、あのダイヤモンドを見つけさせてあげなければと……。

一八四七年、あれから時はひとめぐりした。文字どおりの意味で。

いまさらではある。

そもそも、すでにお伝えしていたことだ。

ヒヤシンスは母となっていた。

ヒヤシンス・セント・クレアは、ロンドンでも抜きん出て高級な仕立て屋〈マダム・ラングロワの婦人服店〉のクッション付きの長椅子に坐《すわ》り、両手で顔を覆いたい気持ちをこらえていた。

三つの言語でそれぞれ十数えて、ついでに唾《つば》を飲みこみ、息を吐きだした。なぜなら、このように人目の多い場所でかんしゃくを起こすわけにはいかないからだ。

どれほど娘の首を絞めてやりたいほどの状況であろうと。

「お母様」イザベラがカーテンの向こう側から顔だけ覗《のぞ》かせた。問いかける調子ではなかったのをヒヤシンスは聞き逃さなかった。

「どうしたの？」かつてローマへ旅したときに目にした、キリストの遺体を膝に抱いた聖母マリアの絵にも匹敵する、いたって穏やかな落ち着いた表情をつくろって答えた。

「ピンクはだめね」

ヒヤシンスは片手をひらりと振った。ともかく口を利かずにすむように。

「紫も、いや」

「紫を勧めた憶《おぼ》えはないわ」ヒヤシンスはつぶやくように言った。

「青も似合わないし、赤もだめ。はっきり言って、白が好ましいとされている社交界の慣例も理解できないし、だから、わたしの意見を言わせてもらうなら――」

ヒヤシンスは気が沈んだ。母親というのがこれほどくたびれるものだとは誰に想像できただろう？　それに、もういいかげん、慣れてもいい頃でしょう？

「――女性は本来、〈オールマックス社交場〉にいる気どってばかりのわからず屋さんが流行だと考えているものではなくて、本人の顔色がいちばん引き立つものを着るべきなのよ」

「全面的に賛成よ」ヒヤシンスは応じた。

「そうなの？」イザベラがぱっと顔を輝かせ、ヒヤシンスは娘のその表情がぶきみなほど母に似ているのに気づいて、息を詰まらせかけた。

「ええ。それでも、白いドレスは少なくとも一枚は持っておくべきだわ」

「でも――」

「でも、はなしよ！」

「でも――」

「イザベラ」

イザベラはイタリア語でぼそりとつぶやいた。

「聞こえたわよ」ヒヤシンスは語気鋭く指摘した。

イザベラは微笑《ほほえ》んだ。その愛らしくほころんだ唇にたくらみが隠されているのを見抜ける者がいるとすれば、母親だけだろう（喜んで娘の言うなりになる父親にはとうてい無理だ）。「でも、わかってくれたのよね？」イザベラがすばやく立てつづけに三回瞬《まばた》きをした。

ヒヤシンスは調子を合わせれば自分の首を絞めることになるのはわかっていたので、奥歯を嚙《か》みしめて正直に答えた。「いいえ」

「そんなことだろうと思ったわ」イザベラが言う。「でも、関心を持ってくれてるのなら、わたしが言ったことも――」

「だめ――」ヒヤシンスは声を落とさなければと口をつぐんだ。娘の発言にかっとして大きすぎる声を出してしまいそうで怖かった。咳払《せきばら》いをする。「いまはだめ。ここでは」嚙んで含めるようにつぶやいた。困ったことに、娘には慎みというものがない。何事にも自分なりの意見を持っている。意見を持っている女性のほうが好ましいとはいえ、それ以上に、意見を口にすべきときを心得ていることが大切ではないだろうか。

イザベラは灰緑色に縁どられた愛らしい白のドレスをまとって試着部屋から出てきた。このドレスもまたすぐに不満を述べて脱ぎ捨てるつもりなのだろうが、いったんは長椅子の母の隣りに腰をおろした。「何をつぶやいてたの？」

「つぶやいてなどいないわ」ヒヤシンスは言った。

「唇が動いてたわ」

「そう?」

「そうよ」イザベラは断言した。

「そんなに知りたいのなら言うけど、あなたのおばあちゃまに謝っていたのよ」

「ヴァイオレットおばあちゃま?」イザベラは首をめぐらせた。「来てるの?」

「いいえ、でも、おばあちゃまに申しわけない気持ちになってしまったの」

イザベラは目をしばたたき、もの問いたげに首を傾けた。「どうして?」

「いつも」ヒヤシンスは自分の疲れた声にうんざりしつつ続けた。「いつも、わたしにこう言ってたわ。『あなたとそっくりの子が生まれるのを願ってるわ』って」

「そして、そのとおりになった」イザベラは頰に軽くキスをして母を驚かせた。「喜ばしいことでしょう?」

ヒヤシンスはあらためて娘を見やった。イザベラは十九歳だ。昨年、社交界にはじめて登場《デビュー》し、華々しい評判を得た。しごく公正な目で見ても、娘は自分の同じ年頃のときよりもずっと美しいと思う。両親の幾世代か遡《さかのぼ》る祖先から受け継いだのかはわからないが、息を呑《の》むほど鮮やかな苺色《いちごいろ》がかったブロンドの髪をしている。それに生まれつき巻き毛なのも、どういうわけかイザベラ本人にとっては悩みの種のようなのだが、ヒヤシンスはとても気に入っていた。幼い頃はもっとくっきりとうねっていて、まるでまとまりがなく、いつ見ても愛らしかった。

そしていまは……時どきイザベラがすっかり大人の女性に見えて、感極まって胸を締めつけられ、息がつけなくなる。この娘に、想像もできなかったほど激しく深い愛情を抱いていながら、いっぽうではどうしようもなくいらだたされもする。

たとえば、いまのように。

イザベラが無邪気に笑いかけた。より正確に言えば無邪気すぎるその笑顔を向けてから、母が（娘の好みではないのは知りながら）選んだドレスのわずかにふんわりとしたスカートを見おろし、緑色のリボン飾りをなにげなくもてあそんだ。

「お母様？」

今度はただの呼びかけではなく問いかけで、つまりイザベラは母に何か要望があり、言い換えれば、どのように切りだせばいいのか迷っていることを示していた。

「今年は――」

「だめよ」ヒヤシンスは遮《さえぎ》った。そして今度は胸のうちでひそかに母に詫《わ》びた。ああ、お母様はいったいどうやってこんなことを切り抜けてきたの？　それも八回も。

「まだお願いしてもいないのに」

「もちろん、あなたの言いたいことはわかってるわ。いつでもあなたの気持ちは読みとれることが、いつになったらわかるのかしら？」

「今回は、はずれよ」

「はずれない可能性のほうが高いわね」

「自分をとんでもない自信家だとは思わない？」

ヒヤシンスは肩をすくめた。「わたしはあなたの母親なのよ」

イザベラはぴたりと唇を閉じて、母にまる四秒間の平穏を与えてから、ふたたび言葉を継いだ。「でも今年は――」

「出かけないわ」

娘がきょとんとして唇を開き、ヒヤシンスは勝利の叫びをどうにか呑みこんだ。

「どうしてわか――」

ヒヤシンスは娘の手を軽く叩いた。「言ったでしょう、あなたの気持ちはいつでも読みとれると。それと、ささやかな家族旅行も、もちろん楽しいけれど、今年の社交シーズンはロンドンで過ごしましょう。そして、いいわね、あなたは笑顔でダンスをして、花婿《はなむこ》を見つけるの」

どうにか母親らしいことを口にできた。

ため息が出た。ヴァイオレット・ブリジャートンはいま頃きっと笑っているだろう。それどころか、この十九年間、笑いつづけていたに違いない。「あなたみたい」母はいつもイザベラの巻き毛を撫《な》でながら、ヒヤシンスに笑ってそう言った。あなたみたい、と。

「あなたみたいだわ、お母様」ヒヤシンスは母の顔を思い浮かべて笑顔でつぶやいた。「いまのわたしは、お母様そっくり」

およそ一時間後。ガレスもまた歳を重ねて変わっていたが、ことによってはそうではないところもあるようで……。

ガレス・セント・クレアは椅子に深く腰かけて、書斎のなかを眺めつつ、じっくりとブランデーを味わった。予定どおり、仕事がきっちり片づいたときの満足感はまさしく格別だ。若い頃にはわからなかったが、いまではほぼ毎日のようにこうした思いを楽しめるようになった。

セント・クレア家の資産を身分相応のところまで取り戻すには何年もかかった。父――何かべつの呼び方を考える労力すら惜しかった――は、ガレスの出生の真実を知ってから悪賢い強引な資金調達すらやめ、務めはほとんど放棄したような状態となっていた。そのため、もっと困窮していたとしてもふしぎではなかった。

ガレスが爵位を引き継いだときには、父の借金や負債、それに価値あるものはほとんど持ち去られた屋敷も相続することとなった。ヒヤシンスの花嫁持参金は堅調な投資の元手となり、財務状況の回復に大いに役立ったが、それでもガレスは借金のせいで家族を苦しめることだけはしたくないと、以前には想像もできなかったほどまじめに、そして懸命に仕事に励んだ。

ふしぎと、それが楽しめた。

よりにもよってこの自分が、勤勉に働くことにこれほどの満足感を覚えるとは、誰に想像できただろう？　机は汚れひとつなく、帳簿類はきちんと整理されていて、重要な書類はすぐさま取りだすことができる。収支はつねに適正に管理され、所領は繁栄し、領民たちは不自由なく元気に暮らしている。

ブランデーをもうひと口含むと、まろやかで熱い液体が喉に流れ落ちた。至福のときだ。人生はすばらしい。心から、そう思う。

ジョージはケンブリッジ大学の最終学年となり、イザベラは今年花婿を見つけるかもしれない。それに、ヒヤシンスは……。

ガレスは含み笑いを漏らした。ヒヤシンスはずっと変わらない。歳を重ね、いくぶん落ち着いた気もするし、あるいは母親となって少し角が取れてきたのかもしれないが、相変わらず、ずけずけとものを言い、楽しくて、文句なしにすばらしい妻だ。

しじゅうあたふたさせられてはいるものの、これもまた快い刺激となっていて、ときにはそれぞれの妻に不満をこぼす友人たちに調子を合わせてため息をつき、うんざりしたふりで相槌《あいづち》を打ちもするが、内心では自分はロンドン一幸運な男だと思っている。いや、イングランド一、ひょっとすると世界一かもしれない。

ガレスはブランデーのグラスを置き、机の片隅にある優美な紙に包まれた箱を軽く指で打った。今朝、衣装簞笥《だんす》の肌着一枚まで知りつくしている店員と顔を合わせる煩《わずら》わしさを避けて妻の足が遠のいている仕立て屋〈マダム・ラフラー〉で、ガレスがみずから買ってきたものだった。

フランス製の絹とベルギー製のレース。

ガレスは微笑んだ。ほんの少しだけベルギー製のレースがあしらわれた、フランス製の小さな絹地。

絶対にヒヤシンスに似合うはずだ。

そのためにあるようなものだ。

ガレスは椅子の背にもたれ、空想を楽しんだ。長く甘美な晩になるだろう。いや、もしかすると……。

眉を上げ、きょうの妻の予定はどうなっていただろうかと思いめぐらせた。もしかすると、長く甘美な午後になるかもしれない。妻は何時に帰ってくるのだろう？　子供のどちらかと出かけたのだろうか？

ガレスは目を閉じて、妻の服をどのように脱がせるかをあれこれ思い浮かべ、そそられるあらゆる姿を想像し、刺激的な行為をいろいろと夢想した。

唸《うな》り声が出た。妻にすぐにでも帰ってきてもらわなければ、想像がとめどなくふくらんで――


「ガレス！」甘やかな調子はまるで感じられなかった。ぼんやり思い浮かべていた甘美な夢想は吹き飛んだ。いや、すっかり吹き飛んでしまったわけではない。戸口に立ったヒヤシンスは目を細く狭め、顎《あご》を突きだしていて、午後の戯《たわむ》れをちょっぴりでも楽しもうという気持ちはみじんも見えないが、そこに現われただけでも、見込みは生まれたことになる。

「ドアを閉めてくれ」ガレスは低い声で頼み、立ちあがった。

「あなたの娘が何をしたと思う?」

「つまり、きみの娘でもあるわけだよな?」

「わたしたちの娘よ」ヒヤシンスは不満げに答えたが、言われたとおりドアを閉めた。

「聞いたほうがいいことだろうか?」

「ガレス!」

「わかったよ」ため息をつき、妻の望みどおり問いかけた。「何をしたんだ?」

むろん、いままでも夫婦のあいだで繰り返されてきたやりとりだ。数えきれないほど。返ってくるのはたいがい、何か結婚絡みの話と、慣習からはいくぶんはずれたイザベラの結婚観に関わることと決まっている。それに当然ながら、そうした現状へのヒヤシンスの鬱憤《うっぷん》だ。

それ以外の話であることはめったにない。

「正確には、何かをしたというわけではないんだけど」ヒヤシンスが言う。

ガレスは笑みを隠した。これもまた予想できた範囲の返答だ。

「むしろ、していないというほうが正しいわ」

「きみの思いどおりにならないと?」

「ガレス」

ガレスは互いのあいだの距離を半分に縮めた。「ぼくではだめかな?」

「どういうこと？」

ガレスは手を伸ばし、妻の手を引いて、やさしく抱き寄せた。「ぼくならいつでもきみの言うなりだ」ささやいた。

ヒヤシンスは夫の目から意図を読みとった。「いま？」身をねじり、閉じているドアを見やった。「イザベラが階上《うえ》にいるのよ」

「聞こえないさ」

「だけども し――」

ガレスは妻のうなじに唇を寄せた。「鍵《かぎ》を掛ければいい」

「だけど、気づかれたら――」

ガレスは妻のドレスのボタンをはずしはじめた。とりわけ得意なことのひとつだ。「あの子は賢い」あとずさり、ドレスがするりと落ちるさまを楽しんだ。嬉しいことに妻はシュミーズを身につけていなかった。

「ガレス！」

身をかがめ、乳房の薔薇色《ばらいろ》の蕾《つぼみ》を口に含んで、抵抗の声をとめた。

「ああ、ガレス！」ヒヤシンスが膝をゆるませると、ガレスはすかさず抱き上げて、ソファに運んだ。格別に柔らかいクッション付きのソファだ。

「もっとか？」

「ええ、そうよ」ヒヤシンスが拗《す》ねるような声を漏らした。

ガレスはスカートの内側に手を差し入れ、手当たりしだいにくすぐった。「抵抗するふりをしても無駄だぞ」つぶやくように言う。「認めるんだ。きみはいつだってぼくを求めてる」

「結婚して二十年経《た》っても、まだ答えなければいけないの？」

「二十二年だ。それと、きみの口から聞きたいんだ」

ヒヤシンスは指を滑りこまされて悶《もだ》えた。「ほとんどいつも」やむなく認めた。「ほとんどいつも、あなたを求めてるわ」

ガレスは妻の首に寄せた唇をほころばせながらも、わざと深々とため息をついた。「そうだとすれば、ますます励まなければ」

顔を上げると、妻はどうにか毅然《きぜん》と品位を保とうとしていた試みをあっけなくくじかれ、おどけたふうに見おろしていた。

「せいぜい励んでもらわないと。それと、付け加えるとすれば、なるべく急いで」

ガレスは声を立てて笑った。

「ガレス！」ヒヤシンスは夫の前では奔放《ほんぽう》になれても、つねに使用人たちの目には注意を払っている。

「心配無用だ」ガレスは笑顔で言った。「静かにするさ。ひっそりと、静かにな」なめらかな手ぎわで、いっきにスカートを腰の上まで絡げて、妻の脚のあいだに頭を入れた。「言っておくが、声に気をつけなければいけないのは、きみのほうだ」

「あ、ああ、あああ……」

「もっとか？」

「当然よ」

それを聞いて、ガレスは彼女を舐《な》めた。極上の味わいだ。こうして妻をよがらせるのがいつも楽しい。

「ああ、もうだめ。ああ、もう……もう……」

そこに唇を寄せて微笑み、ぐるりとひと舐めすると、押し殺した叫びが聞こえた。こんなふうに、ふだんは聡明で歯切れよく話す妻がなすがままに奔放になる姿がいとおしい。二十二年。二十二年経っても、自分がいまだひとりの女性を、それもこの女性だけを、これほどまで激しく求めつづけていられるとは、想像できただろうか？

「ああ、ガレス」ヒヤシンスがあえいだ。「ああ、ガレス……もっと、ガレス……」

ガレスはなおさら力を尽くした。妻は極みに近づいている。妻のことは、体の骨格もふくらみも、昂《たかぶ》ったときのしぐさも、自分を求めているときの息遣《いきづか》いも、知りつくしている。もうすぐ達する。

ヒヤシンスは背をそらせ、苦しげな息をついて極みに達し、崩れ落ちた。

ガレスは払いのけられて含み笑いを漏らした。ヒヤシンスは事を終えるといつも、これ以上触れられたら耐えられない、元どおり気を落ち着かせないと死んでしまうと言って、こうするのだ。

脇に退き、妻を後ろから抱きかかえて顔を覗きこんだ。「すてきだったわ」ヒヤシンスが言った。

ガレスは片眉を上げた。「すてきだった？」

「とても」

「見返りを期待できるくらいに？」

ヒヤシンスは口角を上げた。「どうかしら、そこまでかどうかはわからないわ」

ガレスはズボンに手をやった。「そうだとすれば、もう一度挑ませてもらうしかないな」

ヒヤシンスがはっとしたふうに唇を開いた。

「よろしければ、またべつの攻め方で」

ヒヤシンスが見おろした。「どうするつもり？」

ガレスは思わせぶりに笑った。「ぼくの努力の成果を楽しんでくれ」そう言うと、あっという間に妻のなかに滑りこみ、このうえない快さに息をつき、自分はこれほどまでに妻を愛しているのだとあらためて感じ入った。

この想《おも》いだけは少しも変わらない。

翌日。よもやみなさんはヒヤシンスがあきらめたと思われただろうか？

午後も半ばを過ぎ、ヒヤシンスは二番めに好きな気晴らしに取りかかっていた。好きなというのは必ずしも適切な形容詞ではないし、気晴らしというのも正しい呼び方ではない。抑えがたい衝動のほうが近いかもしれないし、みじめなとか、やむにやまれぬといった形容詞のほうがふさわしいのだろう。もしくは、あさましい？

逃れられない。

ヒヤシンスはため息をついた。どうしても逃れられない。つまり逃れられない、抑えがたい衝動だ。

この家に住んでどのくらいになるのだろう？　十五年？

十五年だ。あれから十五年と数カ月が経ったいまも、どうしても忘れられない宝石を探しつづけている。

もうあきらめていたとしても、ふしぎではないのだろう。ほかの人ならきっととうにあきらめていたはずだ。たしかに、自分ほど並はずれて頑固な人間はほかに知らない。

いいえ、おそらく、自分の娘を除けばだけれど。娘なら自分と同じくらい粘り強く探すことに熱中するのはわかっているだけに、イザベラには宝石のことはいっさい話していなかった。息子のジョージにも、イザベラに伝わるのはわかっているので話していない。それに、家に財宝があることを娘に知られたら、嫁がせるのがむずかしくなるだろう。

イザベラは財産目当てで宝石を欲しがりはしない。娘は自分にそっくりなので、考えそうなことはある程度――もしかすると、ほとんどは――察しがつく。もちろんヒヤシンス自身もお金をもたらすものだから宝石を探しているわけではなかった。たしかに、そのお金があればガレスと役立てられることは（何年も前に見つかっていればなおさらその可能性は高かった）すなおに認める。でも、それとこれとは話がべつだ。これは信念であり、名誉の問題だ。

なんとしても、長年探しつづけてきた宝石をいつかこの手につかんで、夫の顔の前にかざして、こう言いたかった。「ほら、見て！　何年も探しつづけてきたことは無駄ではなかったのよ！」

ガレスは宝石のことはとうにあきらめていた。もしかすると、はなからなかったのかもしれないと妻に言った。きっと何年も昔に誰かが見つけていたに違いない。なにしろこのクレア邸に暮らしはじめて十五年も経つ。ここにあるのなら、これだけ探しつづけていればとっくに見つかっているはずなのだから、どうして苦労して探しつづけるんだ、と。

的を射た質問だ。

ヒヤシンスは歯軋《はぎし》りしつつ、もう八百回は探したはずの化粧室の床に這《は》いつくばった。そんなことはわかっている。天に助けを請いたいほど承知しているけれど、いまさらあきらめきれない。ここであきらめたら、この十五年間はどうなるの？　無駄な時間だったの？　まったく無駄な努力だったということ？

そんなふうにはどうしても考えたくない。

第一、あきらめられる性分ではないでしょう？　あきらめたなら、これまで思っていた自分の人となりをまったく信じられなくなってしまう。それとも、それが歳をとるということなの？

歳をとることはまだ受け入れられない。八人きょうだいの末っ子のさがなのかもしれない。老いる準備など、できようがない。

ヒヤシンスはさらに身を低くして、タイル張りの冷たい床に頬を付けて、浴槽の下を覗きこんだ。老いた女性はこんなことはしないでしょう？　老いた女性なら――

「お、ここにいたのか、ヒヤシンス」

ガレスが顔を覗かせた。妻がそのような体勢になっていても驚く様子はみじんもない。それでも、こう言った。「この前探してから、数カ月ぶりだよな？」

ヒヤシンスは顔を上げた。「思いついたのよ」

「まだ思いついていないことがあったのか？」

「ええ」奥歯を嚙みしめて、さらりと嘘《うそ》をついた。

「タイルの裏を調べてるのか？」夫がやんわりと尋ねた。

「浴槽の下よ」面倒そうに答えて、上体を起こして坐った。

ガレスは目をまたたいて、鉤爪形《かぎづめがた》の脚が付いた大きな浴槽に視線を移した。「それを動かしたのか？」信じがたいといった声で訊《き》く。

ヒヤシンスはうなずいた。明確な動機があれば人は驚くべき力を奮い起こせるものだ。

ガレスは妻を見て、浴槽に視線を移し、ふたたび目を戻した。「いや。ありえない。きみの力ではとても――」

「動かしたのよ」

「そんなことは――」

「できたの」ヒヤシンスはだんだんと愉快になってきた。最近は以前ほど夫を驚かせられなくなっていた。「ほんのちょっとだけど」ぼそりと付け加えた。

ガレスはふたたび浴槽に目をやった。

「三センチくらいかしら」

これで夫は肩をすくめて立ち去るだろうと思いきや、意外な言葉を発した。「手伝えることはあるかな？」

その言葉の意味を理解するのに数秒を要した。「浴槽のこと？」ヒヤシンスは問いかけた。

ガレスはうなずき、浴槽の片端に近づいた。「きみひとりで三センチ動かせるのなら」夫が言う。「ふたりでやればその三倍は動かせる。もっとかもしれない」

ヒヤシンスは立ちあがった。「宝石がここにあるのを、あなたはもう信じていないのかと思ってたわ」

「信じていない」ガレスは腰に手をあてて浴槽を眺め、持ちやすいところを探した。「だが、きみは信じているし、これも夫の務めに入るに違いない」

「そう」ヒヤシンスは夫がまるで協力的ではないと思っていたことに少しだけ後ろめたさを覚え、唾を飲みこんだ。「ありがとう」

ガレスは反対側の一部分を持つよう手ぶりで促した。「持ち上げたのか？」と訊く。「それとも押したのか？」

「押したわ。というより、肩で押しだしたの」ヒヤシンスは浴槽と壁のあいだの隙間を指さした。「体をここにねじ入れて、縁《ふち》の下に肩を引っかけて――」

けれども夫はすぐに手を上げてその先をとどめた。「もういい。言わないでくれ。頼む」

「どうして？」

ガレスは妻をしばし見つめてから答えた。「どうしてかな。でも、詳しく聞きたいとは思わない」

「わかったわ」ヒヤシンスは指示されたところに移動して、浴槽の縁をつかんだ。「とにかく、ありがとう」

「どういたし――」ガレスはいったん口をつぐんだ。「いや、お安いご用ではないからな。それでも、やるべきことではある」

ヒヤシンスはくすりと笑った。ほんとうにすてきな旦那様だ。

ところが、三回試みて、そのやり方ではびくとも動かないことがあきらかとなった。「何かをてこにして押す方法でなければだめよ」ヒヤシンスは断言した。「それしかないわ」

ガレスが仕方ないといったうなずきを返し、ふたりはともに浴槽と壁のあいだの隙間に体をねじ込んだ。

「やはりこれは」ガレスは膝を曲げ、ブーツの裏で壁を押しながら言った。「なんとも非常に情けない姿だな」

ヒヤシンスは何も答えず、ひたすら唸っていた。夫にはこの声をどのように解釈してもらってもかまわない。

「それなりに評価されて然るべき仕事だよな」ガレスがつぶやいた。

「なんですって？」

「これさ」夫が壁なのか床なのか、もしくは浴槽、はたまた舞い上がっている埃《ほこり》なのか、ともかく何かを身ぶりで示した。

「やっていること自体は」ガレスが続ける。「たいして難儀なことではないかもしれないが、たとえば、ぼくがきみの誕生日を忘れていたとしたら、きみの好意を少しは取り戻せるくらいの価値はある」

ヒヤシンスは片方の眉を上げた。「親切心からでは手伝えないことだと？」

ガレスはもったいぶってうなずいた。「手伝えるとも。現にこうして手伝ってる。だが、このぶんではいつ――」

「もう、いいかげんにして」ヒヤシンスがつぶやいた。「そんなにわたしを困らせたいの？」

「頭を鋭敏に保てるからな」にこやかに答えた。「わかったよ。そろそろ本気でやってみるか？」

ヒヤシンスはうなずいた。

「数えるぞ」ガレスが大きく息を吸いこんだ。「一、二……三」

ふたりが唸りながら全体重をかけて腕を押しだすにつれ、浴槽がみしみしと床の上をずれた。擦《こす》れて軋む耳ざわりな音がして、ヒヤシンスが見おろすと、タイルに弧形のおぞましい白い傷跡が付いていた。「まあ、大変」つぶやいた。

ガレスは身をひねり、浴槽がほんの十センチ程度しか動いていないのを見て、いらだたしげに眉間《みけん》に皺《しわ》を寄せた。「もうちょっと動かせたと思ったんだけどな」

「重いんだもの」ヒヤシンスは言わずもがなのことを口にした。

ガレスはわずかに空いた床の一片をしばし呆然と見つめた。「それで、どうする？」

ヒヤシンスはいくぶん困惑ぎみに口もとをゆがめた。「わからないわ」正直に答えた。「床を調べてみようかしら」

「もう調べたんだよな？」それから、妻に答えるそぶりがないのを見て、ほとんど間をおかず付け加えた。「ここに越してきてから十五年間も」

「もちろん、調べたつもりではいたわ」ヒヤシンスは浴槽の下に腕が入りそうだと気づき、すぐさま言葉を継いだ。「だけど、目で見るだけとはまた違うでしょうし――」

「幸運を祈る」ガレスは遮《さえぎ》って言い放ち、立ちあがった。

「行くの？」

「ぼくに残ってほしかったのかい？」

ヒヤシンスは夫がとどまってくれると期待していたわけではなかったものの、あらためて問いかけられてみると……。「ええ」自分の言葉に驚いた。「だめかしら？」

するとガレスは微笑んだ。その表情は温かで愛情がこもっていて、なにより親しみに満ちていた。「ダイヤモンドのネックレスぐらい買ってあげられるんだけどな」穏やかに言い、床に腰をおろした。

ヒヤシンスは手を伸ばし、夫の手に手を重ねた。「わかってるわ」

ふたりともしばし黙って坐りつづけ、やがてヒヤシンスが夫に身を近づけて寄りかかり、頭を肩にもたせかけて、ほっと息をついた。「わたしがどうしてあなたを愛してるか知ってる？」静かに問いかけた。

ガレスは妻の手を握って指を組み合わせた。「どうしてかな？」

「あなたはわたしにネックレスを買うこともできた。それを隠しておけばいい」ヒヤシンスは顔を起こして、夫の首の付け根に口づけた。「わたしが見つけられるように、隠しておくこともできたのよ。でも、あなたはそうしなかった」

「ぼくは――」

「一度も考えたことがないとは言わせないわ」ヒヤシンスはふたたび壁のほうを向き、わずかに身を離したが、頭は夫の肩にもたせかけたままだった。ガレスも同じ壁を見つめ、互いの顔は向きあってはいないものの手は繋《つな》がれていて、その状態がどことなく夫婦のあり方そのものを物語っていた。

「だってわかるんだもの」ヒヤシンスは胸の奥から笑いがこみあげてきた。「わたしはあなたのことを知ってるし、あなたもわたしのことを知ってる。これほどすてきなことはないでしょう」

ガレスは妻の手をきつく握り、頭のてっぺんにキスをした。「もしここにあるなら、見つかるさ」

ヒヤシンスはため息をついた。「もしくは一生探しつづけるかだわ」

ガレスは含み笑いを漏らした。

「笑うところではないわ」ヒヤシンスはちくりと釘《くぎ》を刺した。

「だが可笑《おか》しい」

「そうね」

「愛してる」と、ガレス。

「知ってるわ」

それなのに、これ以上何を望めるというの？

同じ頃、ほんの二メートル足らずしか離れていないところでは……。

イザベラは両親の呆《あき》れる行動には慣れきっていた。ふたりは礼儀にもとるくらい頻繁《ひんぱん》に暗がりに引きこもっている。母がロンドンでもとりわけ率直にものを言う女性のひとりであれ、父がいまだその姿を見せれば自分の友人たちにため息をつかせ、口ごもらせてしまうほどの美男だろうと、イザベラにとってはどうということはなかった。むしろ、このように慣習にとらわれない両親の娘の暮らしを楽しんでいる。といっても、もちろん、ふたりとも外に出れば申しぶんのない礼儀を保っているので、生気あふれるセント・クレア夫妻といった最上の評判しか聞こえてこない。

　でも、ひとたびクレア邸のなかに入れば……友人たちが自分のように意見を述べることを勧められていないのはイザベラも承知していた。友人たちのほとんどは意見を持つことすら求められていない。それに、おそらく自分の知る若い淑女たちの大半は、現代語を学んだり、大陸へ旅行するために社交界への登場を一年遅らせたりといったことは許されないのだろう。

　というわけで、つまるところ、イザベラは自分がこの両親の子に生まれついたのは幸運で、たまに大人げない行動をとるくらいは目をつぶる価値があると思い定めて、両親のたいがいの振るまいには見てみぬふりをする術を身につけていた。

　けれども、この日の午後、母を探していると――ついでに言えば、ややくすんだ緑の襞《ひだ》が付いた白いドレスをしぶしぶながら着ると伝えるために――なんと両親が化粧室で浴槽を押している光景を目にした。

　いくらあのセント・クレア夫妻の行動とはいえ、これには少し驚いた。

　この状況で立ち聞きしたとしても、誰に自分を責められるだろう？

　母に責めることはできないとイザベラは判断し、耳をそばだてた。ヒヤシンス・セント・クレアならここで理性を働かせて立ち去るはずがない。十九年間もともに暮らしていれば誰にでもわかることだ。父はと言えば――やはり父もいまの自分の立場なら立ち聞きすると考えてほぼ間違いない。なにしろ両親はなぜか浴槽を挟んで、どちらも壁側を見ていて、つまりはドアがあいている戸口に背を向けているのだから、これほど都合のよい状況はない。

「それで、どうする？」父が母にしか使いそうにない、いたずらっぽい口ぶりで尋ねた。

「わからないわ」母がいつになく……いいえ、不安げというほどではないけれど、いつもほどは自信のなさそうな声で答えた。「床を調べてみようかしら」

床を調べる？　いったい父と母はなんの話をしているのだろう？　イザベラがもっとよく聞こえるよう身を乗りだすと、折りよく父の問いかける声がした。「もう調べたんだよな？ここに越してきてから十五年間も」

「もちろん、調べたつもりではいたわ」いかにも母らしい切り返しだった。「だけど、目で見るだけとはまた違うでしょうし――」

「幸運を祈る」父が言い、それから――うわ、どうしよう！　父がこちらへ出てくる！

イザベラは慌てて離れようとしたが、それからどういうわけか父は坐りこんでしまった。じりじりとあいている戸口へ戻る――父がいつ立ちあがるかわからないので、慎重に、慎重に。両親の後頭部からけっして目を離さず、息を凝らして身を近づけた。

「ダイヤモンドのネックレスぐらい買ってあげられるんだけどな」父が言った。

ダイヤモンドのネックレス？

ダイヤモンド……。

十五年。

浴槽を動かす？

化粧室で？

十五年。

母は十五年間、探しつづけていた。

ダイヤモンドのネックレスを？

ダイヤモンドのネックレス。

ダイヤモンド……。

ああ、まさか、そんなことが。

どうすればいいのだろう。どうすればいいの？ いいえ、やらなければいけないことはわかっているけれど、ああ、いったい、どのようにすればいいのかがわからない。

そもそも、なんて言えばいいのだろう？ いまさら、なんて言えば――

とりあえずそれはあとで考えることにした。ふたたび母が話す声が聞こえてきたからだ。

「あなたはわたしにネックレスを買うこともできた。それを隠しておけばいい。わたしが見つけられるように、隠しておくこともできたのよ。でも、あなたはそうしなかった」

深い愛情のこもった母の声に、イザベラは胸を打たれた。その言葉に両親の関係が凝縮されているように思えた。お互いを想いあう気持ちが。

子供たちへの想いが。

にわかに、娘であれ覗いてはいけないものを見てしまったような気がしてきた。イザベラはそろそろと化粧室を離れ、自分の部屋に駆け戻り、ドアを閉めるなり椅子にへたり込んだ。

なぜなら、母がこれほど長いあいだ探しつづけてきたものを知っていたからだ。

自分の机の一番下の抽斗《ひきだし》に入っている。それもネックレスだけではない。ネックレスと、ブレスレットと指輪が一式揃《そろ》っている。どの石も優美なふたつのアクアマリンに挟まれた、まぎれもないダイヤモンドの連なり。十歳のとき、子供部屋の化粧室でトルコ産タイルの裏の小さな空洞に入っていたのを見つけた。そのことを話せばよかった。話したほうがいいのはわかっていた。でも、話さなかったし、その理由もよくわからない。

自分ひとりで見つけたからだろうか。秘密を持つのが嬉しかったからかもしれない。誰かのものとは考えもしなかったし、それどころか、その存在を知っている人間がほかにいるとも思わなかった。当然ながら、ましてや母が十五年も探しつづけていたとは知らなかった。

あの母が！

母が秘密を隠していられるなんて、誰に想像できるだろう。ダイヤモンドを見つけて、母が探しているものとは考えもしなかったからといって、自分を非難できる者は誰ひとりいないはずだ――ああ、きっと母は娘に話せないような後ろめたい理由で、この宝石を探していたのに違いない。

ということは、煎《せん》じ詰《つ》めれば、母の落ち度ではないだろうか。宝石を探していることを話しておいてくれたなら、たぶんすぐに打ち明けていた。すぐにではなかったとしても、どんな人であれ良心が痛まないうちには。

良心と言えば、いつしか少しばかり耳ざわりな鼓動が鳴り響いていた。これまでにはなじみのなかった、どうにもいやな感じがする。

イザベラはいつでもにこやかな笑みを湛《たた》えているような慎ましくて行儀のよい、ほがらかで愛らしい娘というわけではなかった。むしろ、そのような女性たちを毛嫌いしている。けれどだからこそ、あとから後ろめたさを覚えるようなこともしない――とはいうものの、おそらくは礼節や倫理といったことの許容範囲はいくぶん広いほうなのかもしれないが。

それでも今回は胸の奥深くにしこりができて、そこから得体《えたい》の知れない苦味が喉もとまでせりあがっていた。両手がふるえ、吐き気を覚えた。熱っぽくはないし、悪寒がするわけでもないけれど、気分が悪くなった。自分自身に。

イザベラはふるえがちな息をついて立ちあがり、名をくれた曾祖母《そうそぼ》がイタリアから持ってきたという優美なロココ様式の机に歩いていった。三年前、ようやく最上階の子供部屋から出られたときに、宝石をしまった机だ。最下段の抽斗の奥に隠し抽斗《ひきだし》を発見した。ほとんどがイタリアから運び込まれたクレア邸の家具調度には、並はずれた数の秘密の仕切りがあるので、たいして驚きはしなかった。でも、頃合よく、しかも便利なものが見つかったので、両親が娘を連れて行くにはまだ早いと判断した社交界の催しに兄だけを伴って出かけた日、イザベラはこっそり子供部屋に戻って（上手に嵌《は》めなおしておいた）タイルの裏から宝石を取りだし、こちらの机の抽斗に移した。

以来、そこにしまわれていた。たまに取りだして、身につけてみて、新しいドレスに合わせたらどんなにすてきだろうと考えることもあったけれど、両親にどう説明すればいいのかわからなかった。

いまとなっては説明しても意味がないように思える。もしくは、何かべつの説明を考えるしかない。

まったくべつの説明を。

イザベラは机の後ろの椅子に腰をおろし、抽斗の隠し仕切りの内側から宝石を取りだした。見つけたときと同じようにビロードの巾着《きんちゃく》に入っている。袋のなかから出して、机の上にきらびやかに並べた。宝石のことはよくわからないけれど、きわめて上等なものに違いない。陽射しを受けた宝石は、それぞれの石が光をとらえ、あらゆる方向に撥《は》ね返《かえ》しているかのように言いしれない魔力を放っていた。

自分を業つくばりだとか物欲が強いとは思っていなかったけれど、このような宝石を目のあたりにすると、ダイヤモンド欲しさに少し気が変になる人がいるのもわかる気がした。女性たちがさらに大きくて、さらに精巧にカットされた石を追い求めてしまう思いもわからなくはない。

でも、これは自分のものではない。誰のものでもないのかもしれない。それでも、これを持っている権利がある者がいるとすれば、どう考えても母だ。母がどのような経緯でこの宝石があることを知ったのかはわからないが、その点は重要ではないのだろう。この宝石となんらかの関わりがあり、何か深い事情も知っているに違いない。そうだとすれば、母のものと考えるのが自然だ。

イザベラは仕方なく宝石を袋のなかに戻し、こぼれださないよう金色の引《ひ》き紐《ひも》をきつく締めた。これからやらなければいけないことはわかっている。正確に。

でも、そのあとは……。

苦難のときが待ち受けている。

一年後。

前回の宝石探しからまだ二カ月しか経っていなかったが、ガレスは所領の仕事で忙しそうだし、面白そうな本も見つからず……そんなわけで、ヒヤシンスはまたうずうずしてきた。

こうしたことは時どき起こる。何カ月も探さない日が続き、見つからない宝石について考えることすらしない日が何日も、何週間と続いても、ひょんなきっかけで思い起こし、想像をめぐらせ、ふたたび悶々《もんもん》と考えて、じっとしていられなくなり——誰にもあやしまれないようこっそり家のなかを探しまわりはじめる。

しかもじつのところ恥ずかしさを感じていた。どう考えても少しばかり愚かしいことには違いないからだ。宝石がクレア邸に隠されているのに十六年間探しても見つけられずにいるにしろ、もともと隠されてなどいないものをあると思い込んで探しているにしろ。子供たちにも、自分を少なからずどこかおかしいと思っているはずの使用人たち（みな一度は化粧室を探りまわっている女主人を目にしている）にも、どう説明したらいいのか想像もつかない。

それに、やさしく調子を合わせてくれているガレスにもやはり、なるべくならこうした行動はさらしたくない。

そのほうが気が楽だ。

ヒヤシンスはその午後、かつて子供部屋に使われていた部屋の化粧室を探すことにした。もちろん、これといった理由があるわけではないけれど、使用人たちの洗面所はひと通り隅々まで調べたし（つねに機転と小技が求められる作業だった）、それより先に夫婦の化粧室も探し終えていたので、次は子供部屋をまた調べるのが適切な選択肢に思えた。その次は三階のほかの化粧室に移ろう。ジョージはすでに下宿屋にひとり住まいをしていて、神のお慈悲に恵まれれば、イザベラもそう遠くない日に嫁ぐかもしれない。そうしたら、誰に出くわす心配もなく念入りに隈《くま》なく探しまわれるし、壁のタイルを剝《は》がして覗くこともできる。

ヒヤシンスは腰に手をあてて小部屋のなかを眺めまわし、深呼吸をひとつした。こうするのが習慣になっていた。張られているタイルは見た目からするとトルコ産のものだ。黄色とオレンジの筋が入った深みのある青色と、ゆらめくような水色のこのタイルを見るたび、自然と心踊らずにはいられないのだから、東洋の人々はイングランドよりずっと開放的な暮らしを楽しんでいるのだろうと考えてしまう。

かつてイタリア南部の海辺へ旅したことがあった。母国ではけっして見られそうにない陽の降りそそぐきらきらした海岸は、まさにこの部屋のようだった。

ヒヤシンスは天井と壁のつなぎ目を注意深く眺め、ひびや、くぼみを探し、それから両手と膝を床について、いつものように下のほうのタイルを調べはじめた。

いったいどんなものを探しているのか自分でもよくわからない。これまで、少なくともゆうに十数回は探しても気づけなかった点に突如目が留まるということもあるのだろうか。どうあれ探しつづけるしかない。なにしろほかに選択肢はないのだから。どうしてもあきらめきれない心残りが胸につかえている。それに――

ヒヤシンスは動きをとめた。目をしばたたく。これは何？

新たな発見があったとはすぐには信じられず、ゆっくりと身を近づけた――探し方に何かしら新たな工夫を最後に加えてから十年以上は経っている。

ひび割れ。

小さい。それに浅い。けれども、床から一段めのタイルの上辺まで、たしかに十五センチほどのひびが入っている。大半の人の目に付くようなものではないが、ヒヤシンスはそうした人々とは違って、いまとなっては侘《わ》びしくも聞こえるけれど、化粧室を探すことにかけてはほとんど職人のようなものだ。

思うように近づけないことにいらだち、両腕と膝をずらして、頰を床にあてた。ひび割れの右側のタイルをつついて、それから左側を突く。

変化はない。

ひび割れの先端に爪を立て、掘りだそうとした。漆喰《しっくい》がわずかに削れた。

妙な興奮が湧《わ》きあがって胸を締めつけ、どきどきして、呼吸がままならない。

「落ち着くのよ」ヒヤシンスはつぶやいたものの、その声すらふるえていた。探すときには必ず持ってくる小さな鏨《たがね》をつかんだ。「なんでもないかもしれないんだから。なんでも――」

おそらくは必要以上の力で鏨をひび割れに突き刺した。それから、ひねる。タイルがゆるめば、こうして鏨をひねることでこじあけられるはず――

「まあ！」

タイルが文字通りぽろりとはずれ、音を立てて床に落ちた。そのタイルが張られていたところには小さな空洞ができていた。

ヒヤシンスは目をぎゅっとつむった。結婚してからずっと待ちつづけてきた瞬間だというのに、まだ目にする決心がつかなかった。「どうか」つぶやいた。「ありますように」

指を差し入れた。

「どうか、ほんとうに、ありますように」

何かに触れた。柔らかい。ビロードのようだ。

ふるえる手でそれを取りだした。柔らかい絹の紐で引き絞られた小さな袋。

ヒヤシンスはゆっくりと背を起こし、あぐらをかいて坐った。一本の指を袋に入れて、きつくすぼまっている開け口を広げる。

それから、右手で袋を逆さまにして、左手で中身を受けとめた。ああ、なんてこ――

「ガレス！」甲走った声をあげた。「ガレス！」

「やったわ」ヒヤシンスはかすれがかった声で言い、左手からこぼれ落ちて積み重なった、ひと揃いの宝石を見おろした。「見つけたわ」

それからついに、大きな声を張りあげた。

「やったわ!!」

ネックレスを首に掛け、指輪とブレスレットをつかんだ。

「とうとう見つけた、見つけたの」歌うように繰り返して飛び跳ね、小躍りして、ほとんど叫んでいた。「見つけたのよ!」

「ヒヤシンス!」四つの階段を一段飛ばしで駆け上がってきたガレスは息を切らしていた。

ヒヤシンスは夫を見て、自分の目が輝いているのをはっきりと感じた。「見つけたわ!」

どうかしてしまったかのように笑いがとまらない。「見つけたのよ!」

束の間、ガレスは身じろぎもせず目を見開いた。しだいに顔がほころんできて、いまにも倒れこんでしまいそうに見えた。

「見つけたの」ヒヤシンスは繰り返した。「見つけたのよ」

するとガレスは妻の手を取り、指輪をつまんで、指にはめさせた。「やりとげたな」身をかがめ、妻の指関節に口づけた。「やりとげたんだ」

その頃、一階下の部屋では……。

「ガレス!」

イザベラは読んでいた本から目を上げ、天井を眺めた。この寝室は元の子供部屋のすぐ下の階にあり、しかもあの化粧室と同じ側に位置している。

「見つけたわ！」

イザベラは本に目を戻した。

そして、微笑んだ。

『夢の乙女に永遠の誓いを』その後の物語

『夢の乙女に永遠の誓いを』*On the Way to the Wedding*

今回の〝その後の物語集〟では、読者の方々が気にかかっていた疑問にできるかぎりお応えできるよう努めました。本作の出版後に最も多く寄せられたご質問は、グレゴリーとルーシーは子供たち全員にどのような名を付けたのかというものでした。じつのところ、九人の子供たちの名にまつわる物語をどのように書けばいいのか見当もつかないので（それもひとつの物語のなかでとなればなおさら）、本篇の最後、すなわちルーシーが最後の出産をしたところからまた物語を始めることにしました。誰しも——あのブリジャートン家ですら——必ず苦難に直面しなければならないわけで、わたしにとっても、たやすいことではなかったのですが……。

一八四〇年六月二十一日
バークシャー、ウィンクフィールド近く
カットバンク荘園《マナー》

最愛のガレスへ
元気でお過ごしのことと思います。クレア邸を発《た》ってこのバークシャーに来て早二週間になるとは信じがたい気持ちです。ルーシーはお腹がとても大きくなっています。いまだ産気づかないのがふしぎなくらいです。わたしがもしジョージやイザベラを身ごもっていたときにこんなにお腹が大きくなっていたら、間違いなく愚痴《ぐち》をこぼしつづけていたことでしょう。(念のため、そこまで大きくならなくても、わたしが愚痴をこぼしていたことについては、指摘してくださらなくても承知しています)。
ルーシーはこれまで産んだ子供たちのときとはあきらかに感じが違うと言うのです。わたしもその言葉を信じざるをえません。ベンを出産する前のルーシーに会ったときには、なんとジグを踊っていたのですから。じつはそのとき、わたしはとてもうらやましく思ったのですが、そのような感情を認めるのは見苦しく、母親として情けないことだとわかっていますし、ご存じのとおり、わたしはつねに品位を保ち、時どきは母親としての務めもはたしているつもりです。

子供のことと言えば、イザベラはすばらしい時間を過ごしています。この夏をいとこたちとともに過ごせて満足しているようです。いとこたちにイタリア語の罵《のの》り言葉を教えているのです。それとなくたしなめもしましたが、わたしがひそかに喜んでいることに気づいているのでしょう。上流社会では婦人が英語で口にすることは許されていないのですから、みなほかの国の罵り言葉を学べばいいのです。

いつ帰宅できるかまだわかりません。このぶんでは、ルーシーの出産は七月まで延びてしまうかもしれません。当然ながら出産後もしばらく付き添うと約束しています。なんならジョージをこちらに来させてはどうかしら？　これほど大勢いれば、あとひとり子供が加わったところで、誰も気づかないかもしれません。

あなたの誠実な妻
ヒヤシンス

追伸
まだ封を閉じなくてよかった。先ほどルーシーが双子を出産しました。双子よ！　このうえさらにふたりも増えて、いったいどうするつもりなのかしら？　驚嘆しています。

「こんなことはもう二度と無理だわ」

ルーシー・ブリジャートンはこれまでにも同じ言葉を正確には七回口にしていたが、今回ばかりは本心だった。ほんの三十分前に九人めの子を産んだからというだけではない。出産についてはいわば熟練者で、最小限の苦しみで赤子はとりあげられた。ただし今回は……双子だった！　どうして誰も双子を身ごもっているかもしれないと言ってくれなかったのだろう？　この数カ月、なんとも言えない心地悪さを感じていたのも当然だ。お腹のなかにふたりの赤ん坊がいて、いまにして思えばボクシングでもしていたに違いないのだから。

「女の子の双子だ」夫の声がした。グレゴリーがにっこり笑ってこちらを見やった。「しかしこれで形勢が変わるな。坊主たちはがっかりするだろう」

「男の子たちは財産も投票権も手にできて、ズボンも穿《は》けるのよ」グレゴリーの妹で、出産を控えたルーシーを手助けにやって来たヒヤシンスが言った。「そのくらい耐えてもらわないと」

ルーシーは思わずくすりと笑った。さすがヒヤシンスは物事の核心を突く。

「婦人参政権運動に参加しているのを、ご主人は知ってるのか？」グレゴリーが訊《き》いた。

「どんなことであれ、夫はわたしを支持してくれるわ」ヒヤシンスは腕に抱いた小さなおくるみの赤ん坊を見つめたまま、穏やかな声で言った。「いつでも」

「ご主人は聖人だな」グレゴリーはもうひとりの赤ん坊を抱いてやさしくあやしながら、さらりと言った。「あるいは単に頭がいかれてるかだ。いずれにしろ、おまえを娶《めと》ってくれたのはほんとうにありがたいことだが」

「いったいどうやって我慢してるの？」ヒヤシンスが身をかがめて問いかけたが、ルーシーは体にとても妙な感じを覚えはじめていた。答えようと口をあけたが、グレゴリーに先を越された。「ぼくはつねに妻を幸せにしようと努力している」夫が続けた。「やさしさと光に包まれ、何もかもが完璧で順調だ」

ヒヤシンスがいまにも嘔吐《おうと》しかねないほど顔をしかめた。

「どうせおまえは嫉妬《しっと》しているんだろう」グレゴリーが言い放った。

「何に？」ヒヤシンスが強い調子で訊いた。

グレゴリーは答えるまでもないことだと言わんばかりに手を振って撥《は》ねのけた。ルーシーはふたりのやりとりに目を閉じて微笑《ほほえ》んだ。グレゴリーとヒヤシンスはどちらももう四十に手が届こうというのに、いつも軽口を叩きあっている。とはいえ、しじゅう歯に衣着せぬやりとりをしつつも――だからこそなのかもしれないが――互いの絆《きずな》は固い。とりわけヒヤシンスは手に負えないほどの兄想《あにおも》いで、グレゴリーと結婚したルーシーと打ち解けるまでには二年を要した。

ヒヤシンスがそこまで頑なだったのも無理はなかった。なにしろルーシーはもう少しでべつの男性と結婚するところだったのだから。いや、じつは結婚してしまったのだが、さいわいにも、某子爵と某伯爵（ともに英国国教会に多額の寄付をしている）の尽力により、本来は法的に不可能であるはずの婚姻の取り消しが認められた。

すべてはもう過ぎ去ったことだ。いまではヒヤシンシスもまたグレゴリーの姉たちと同様、ルーシーの義理の姉妹となった。結婚してこの大家族の一員となってから、すばらしい日々が続いている。だからなおさら、グレゴリーとのあいだにこれほどたくさんの子に恵まれたことを心から幸せに感じられるのだろう。

「九人」ルーシーは穏やかな声でつぶやいて目を開き、布にくるまれた、まだ名も髪もない小さな双子を見やった。「九人も生まれるなんて誰に想像できたかしら？」

「母ならきっと、分別ある者なら八人でやめておくと言うだろうな」グレゴリーがルーシーに笑いかけた。「抱くかい？」

今回もまたルーシーは、子を授かった母親ならではの無上の喜びに満たされた。「ええ、ぜひ」

産婆《さんば》に支えられて背を起こし、腕を差しだして、誕生したばかりの片方の娘を受けとった。

「きれいなピンク色をしてるわね」小さなおくるみを胸にしっかりと抱き寄せて、ささやきかけた。小さな女の子は泣き叫ぶ妖精のように元気な声をあげている。見事な泣きっぷりだとルーシーは見定めた。

「ピンクはいいぞ」グレゴリーが声高らかに告げた。「ぼくの幸運の色なんだ」

「こちらの子は力が強いわ」ヒヤシンスが横向きになって、赤ん坊に小指を握られているのを見せた。

「どちらもとても元気なお子さんですわ」産婆が言う。「ご存じのように、双子ではあたりまえのことではありませんから」

グレゴリーは身をかがめてルーシーの額に口づけた。「ぼくはこのうえなく幸運な男だな」そうささやきかけた。

ルーシーは弱々しく微笑んだ。自分も同じくらい幸運で、いまが奇跡にすら思えるけれど、ただもうあまりに疲れていて、こう返すのがやっとだった。「これで終わりよね。どうかもう終わりだと言って」

グレゴリーは慈しむように笑いかけた。「これで終わりだ」断言した。「少なくとも、ぼくはそのつもりだ」

ルーシーはほっとしたようにうなずいた。心地よい夫婦の晩の営みをやめたいわけではないけれど、絶え間なく続いた出産を打ち切るには何かしら手を打たなければいけない。

「名はどうしよう？」グレゴリーがヒヤシンスの腕に抱かれた赤ん坊にうっとりと目を細めて問いかけた。

ルーシーは産婆にうなずき、赤ん坊をあずけて、身を横たわらせた。腕に力が入らず、ベッドの上でさえ赤ん坊を安全に抱いていられる自信が持てなかった。「エロイーズにしたいのではなかったの？」低い声で答えて、目を閉じた。これまで生まれた子供たちには互いのきょうだいたちの名を付けてきた。キャサリン、リチャード、ハーマイオニー、ダフネ、アンソニー、ベネディクト、コリン。次に生まれた女の子はおのずとエロイーズということになる。

「そうなんだが」グレゴリーの声から笑みが聞きとれた。「双子とは考えていなかった」

その言葉に、ヒヤシンスが唖然《あぜん》として顔を振り向けた。「もうひとりは、フランチェスカになるのよね」不満げに言う。

「ああ」グレゴリーがおそらくは薄笑いを浮かべて答えた。「順番からいけばな」

口をぽっかりあけたヒヤシンスの耳から湯気が立っていたとしても、ルーシーは驚きはしなかっただろう。「信じられないわ」ヒヤシンスはじろりとグレゴリーを睨《にら》みつけた。「わたしから名をとった子供だけいないなんて」

「奇遇な幸運だ」グレゴリーが言う。「フランチェスカ姉さんの名も使うことになるとは思わなかった」

「ケイトだって使われたのに！」

「ケイトは、ぼくたちの仲を取り持ってくれたようなものだからな」グレゴリーは念を押すように言った。「かたやおまえは教会でルーシーを責め立てた」

ルーシーは気力があれば鼻先で笑い飛ばしていただろう。けれども、ヒヤシンスは笑ってすませはしなかった。「ほかの男性と結婚しようとしたからだわ」

「妹よ、おまえはまったく執念深い」グレゴリーはルーシーのほうを向いた。「どうしてこうしつこいんだろうな？」ふたたび双子の片方を抱き上げたが、どちらのほうなのかはルーシーにはわからなかった。夫もおそらくわかってはいないのだろう。「かわいい子だ」目を上げて、妻に笑いかけた。「小さいけどな。これまでの子供たちより小さいかもしれないな」

「双子はおおむね小さいんです」産婆が言葉を差し入れた。

「まあ、あたりまえか」グレゴリーはつぶやいた。

「小さくは感じなかったけど」ルーシーは言った。もう片方の赤ん坊を抱こうと起きあがろうとしたが、腕に力が入らなかった。「とても疲れたわ」

産婆が眉をひそめた。「さほど長いお産ではなかったんですが」

「ふたりだったからな」グレゴリーはさりげなく言った。

「ええ、ですが、奥様はこれまで大勢産んでらっしゃいますから」産婆がてきぱきと答えた。

「お産は産むほど楽になるものなんです」

「なんだか変だわ」ルーシーは言った。

グレゴリーは赤ん坊を女中にあずけ、妻の顔を覗《のぞ》きこんだ。「具合が悪いのか？」

「顔色が悪いわ」ヒヤシンスの声がルーシーの耳に届いた。

けれども聞きなれた声ではなかった。きんと響き、細長いトンネルの向こうで話しているかのように聞こえた。

「ルーシー、ルーシー？」

ルーシーは答えようとした。答えているつもりだった。でも唇は動いていたとしても言葉にはならず、自分の声はまったく聞こえない。

「どうもおかしい」グレゴリーが言った。語気が鋭く、慌てている声だった。

ルーシーは目をあけようとした。夫の顔を見て、大丈夫だと言いたかった。たとえ大丈夫ではなくても。どこかが痛むわけではない。より正確に言うなら、出産のあとにはたいてい感じる体の痛みがある程度だ。どう表現すればいいのかわからない。ともかく何かが変だった。

「ルーシー？」ぼんやりとした意識のなかでグレゴリーの声がかろうじて聞きとれた。

「ルーシー！」グレゴリーが手を取って握り、上下に揺らしている。

ルーシーは夫を安心させたかったが、意識が遠のいていた。やがて先ほどから続いていたあの妙な感じが腹部から手脚に伝わり、爪先《つまさき》にまで達して、体じゅうに広がった。

安静にしていればきっと問題はないだろう。たぶん眠れば……。

「どうなってるんだ？」グレゴリーは語気を強めた。背後では赤ん坊たちが泣き声をあげているが、少なくとも手脚を動かしているし顔に赤みも差しているが、ルーシーのほうは――

「ルーシー？」せかすように呼びかけただけのつもりだったが、自分の耳にも脅えが聞きとれた。「ルーシー？」

妻の顔は青白く、唇に血の気《け》がない。意識がないわけではなさそうだが、反応はない。

「どうしたんだ？」

産婆がすばやくベッドの足もとへ行き、上掛けの内側を覗いた。息を呑《の》み、ルーシーと同じくらい蒼《あお》ざめた顔で目を上げた。

グレゴリーも視線を落とすと、シーツに深紅の染みが付いているのがちらりと見えた。

「タオルをもっとください」産婆が甲走った声で言い、グレゴリーはともかく目に付くところにあったタオルを手渡した。

「これでは足りません」産婆が顔をしかめて言う。数枚のタオルをルーシーの腰の下に差し入れた。「早く、持ってきて！」

「わたしが行くわ」ヒヤシンスが言った。「お兄様はここにいて」

ヒヤシンスが廊下へ駆けだしていき、グレゴリーはなす術《すべ》もなく無力さを感じつつ産婆の隣りに立ちつくした。妻が血を流しているときにただ立っているだけとは、なんと情けない男なんだ？

だが、何もしようがなかった。凄《すさ》まじい迫力でルーシーの下に詰めものを押し込んでいる産婆にタオルを手渡すこと以外、どうすればいいのかわからない。

口を開いて話そうとした……何かを。言葉を口に出したつもりだった。確かではない。喉の奥のほうから、ぞっとする脅えた声がこぼれ出ただけだったのかもしれない。

「タオルはどこです？」産婆が強い調子でせかした。

グレゴリーはうなずき、仕事を与えられていくらかほっとして廊下へ走った。「ヒヤシンス！　ヒヤ――」

ルーシーが叫び声をあげた。

「ああ、なんてことだ」グレゴリーはふらついて、戸枠につかまった。出血を目にしたせいではなかった。それだけならまだ持ちこたえられた。原因はあの叫び声だ。あのような人間の声はこれまで聞いた憶えがない。

「妻に何をしている？」ふるえる声で訊き、壁を押してどうにか姿勢を立てなおした。見るのはつらいし、声を聞くのはもっと耐えがたいが、ルーシーの手を握ってやることならできる。

「お腹を落ち着かせるためなんです」産婆は声を絞りだすように答えて、ルーシーの腹部を強く押さえつけ、それから締めつけた。ルーシーがまた叫び声をあげ、夫の手を放しかけた。

「あまりよい考えとは思えない」グレゴリーは言った。「それでは血を押しだしているだけだ。このままでは妻は――」

「わたしを信じてもらうしかありません」産婆がぴしゃりと言い放った。「前にもこのような症状は見ています。数えきれないくらい何度も」

グレゴリーは問いかけようと唇を開いた――その女性たちは生き延びたのか？　だが声にはならなかった。産婆があまりにいかめしい顔をしているので、返答を聞く勇気が出なかった。

いまやルーシーの叫びは呻《うめ》き声に変わっていたが、なんとなくさらに悪化しているように思えてならなかった。呼吸は浅く速まり、目をきつく閉じて、産婆に押される痛みに耐えている。「お願い、やめさせて」妻が泣き声で訴えた。

グレゴリーは目を血走らせて産婆を見やった。産婆はいまや両手を使い、片手をさらに伸ばして――

「ああ、神よ」グレゴリーはあとずさった。見ていられない。「きみを助けるためにやってくれてるんだ」そうルーシーに答えた。

「タオルを持ってきたわ!」ヒヤシンスが部屋に飛びこんできた。つと立ちどまり、ルーシーを見つめる。「まあ、なんてこと」声がふるえた。「グレゴリーお兄様?」

「黙っててくれ」妹の言葉は聞きたくなかった。いまは話したくないし、妹の質問に答えたくもない。どうせ答えられない。そもそも、自分の兄が状況を理解できていないことくらい見ればわかるはずではないのか?

それを声に出して認めさせるのは、なによりつらい責め苦にほかならない。

「痛いわ」ルーシーが哀《あわ》れっぽい声で言う。「痛いのよ」

「わかってる。わかってるとも。ぼくが代わってやれるなら、そうしたい。ほんとうにそうしたい」グレゴリーは少しでも力づけようと妻の手を両手で握った。ルーシーの手の力は弱まっていて、産婆がことさら強く押したときにだけ力が入る。

そのうちルーシーの手から完全に力が抜けた。

グレゴリーは息をとめた。恐るおそる産婆を見る。産婆はなおもベッドの足もとに立ち、いかめしく決然とした表情で手を動かしていた。それから突如動きをとめ、目を細く狭めて一歩さがった。何も言おうとしない。

ヒヤシンスは積み重ねたタオルをかかえたまま身を固くした。「ど……どう……」けれども考えを言葉にする力はなく、その声はささやきにすらならなかった。

産婆が片腕を伸ばし、ルーシーの傍《かたわ》らの血に濡れたシーツに手をついた。「たぶん……これで終わりかと」

グレゴリーはぶきみなほど動かない妻をじっと見おろした。それから、ふたたび産婆に目を移した。胸もとが上下していて、ルーシーの手当てに取り組んでいたあいだに溜まった息をいっきに荒く吐きだしているのが見てとれた。

「どういう意味だろう」どうにかこうにか言葉を口にした。「終わりというのは」

「出血がということです」

グレゴリーはゆっくりとルーシーに顔を振り向けた。出血が終わった。それはどういうことなんだ？　出血は必ずとまるものではないのか……いつかは。

産婆はなぜそこに立ってるんだ？　何かすることがあるんじゃないのか？　自分も何かすべきではないのか？　そうしなければ、ルーシーは——

苦悶《くもん》をあらわに、産婆に向きなおった。

「死んでませんよ」産婆が早口で言った。「ともかくわたしはそう思います」

「そう思う？」声を大きくして訊き返した。

産婆がよろけながらも進みでた。血にまみれ、疲れた顔をしているが、たとえその場で倒れられようと、グレゴリーはかまっていられなかった。「妻を助けてくれ」命じる口調で言った。

産婆はルーシーの手首を取り、脈を確かめた。即座にうなずいて脈があることを伝えたが、間をおいて言った。「わたしにできることはすべてやりました」

「いや」グレゴリーはこれで終わりだとは信じたくなかった。必ずできることはあるはずだ。

「いや」繰り返した。「違う！」

「グレゴリーお兄様」ヒヤシンスが腕に触れた。

グレゴリーは妹の手を振り払った。「何かしろ」威嚇《いかく》するように産婆に詰め寄った。「何かできるはずだ」

「奥様は相当に出血なさってます」産婆がぐったりと壁にもたれかかって答えた。「あとは待つしかないんです。これからどのようになるかは、わたしにはわかりようがありません。快復される女性もいますし、そうでなければ……」声が途切れた。その先は言いたくなかったのだろう。あるいはグレゴリーの表情に気圧《けお》されたのかもしれない。

グレゴリーは唾《つば》を飲みくだした。ふだんはさほど短気なほうではなく、分別をわきまえた男だ。だがいまは、できることなら暴言を吐いて、怒鳴《どな》ったり壁を叩いたりしたいし、流れでた血をすべて妻の体に戻せる方法をなんとかして見つけたい。

そうした猛烈な衝動をこらえようとして、うまく呼吸ができなかった。

ヒヤシンスが静かに傍らにやって来た。グレゴリーは妹に手を取られ、無意識に指を組み合わせた。何か言ってもらえるのを待った。きっとよくなるわとか、信じればすべてうまくいくものよといったことを。

けれども、何も言ってはくれなかった。そうとも、ヒヤシンスはけっして気休めは言わない。それでも、ここにいてくれる。妹がここにいてくれるのはありがたい。グレゴリーはぎゅっと手を握られ、妹は自分が必要としているかぎり、ここにとどまってくれるだろうと確信した。

産婆をじっと見つめ、言葉を探した。「もし――」そうじゃない。「どうすれば」つかえながら続けた。「妻が目覚めたら、どうすればいい？」

まずはヒヤシンスを見やった産婆に、グレゴリーはどういうわけかいらだった。「だいぶ弱ってますわ」

「だが、大丈夫なんだよな？」産婆の言葉尻に声がかぶさるくらい、すかさず尋ねた。

産婆は陰鬱《いんうつ》な面持ちで見返した。憐《あわ》れみも滲《にじ》んでいる。哀《かな》しみ、それに、あきらめも。

「なんとも言えません」結局そう答えた。

グレゴリーは産婆の顔にあたりさわりのない言葉や曖昧《あいまい》な返答ではないものを必死に探した。「それはどういうことなんだ？」

産婆はまともに目を合わさずに答えた。「感染症にかかる恐れがあります。このようなときにはよくあることなんです」

「どうして？」

産婆が目をしばたたいた。

「どうしてなんだ？」グレゴリーはほとんどわめくように訊いた。ヒヤシンスにきつく手首をつかまれた。

「わかりませんわ」産婆は一歩さがった。「そういうものなんです」グレゴリーは産婆を見ているのが耐えられなくなり、ルーシーのそばに戻った。血にまみれた産婆にはおそらくなんの罪もないし、誰のせいでもないのはわかっているが、もう一秒たりともその姿を見ていたくはない。

「ジャーヴィス先生に戻ってきてもらわなければ」ルーシーのだらりとした手を握って低い声で言った。

「わたしが手配してくるわ」ヒヤシンスが答えた。「それと、シーツも替えてもらいましょう」

グレゴリーは顔を上げなかった。

「わたしもそろそろ失礼します」産婆が言った。

返事はしなかった。床を歩いていく足音が聞こえ、ドアがかちりと閉まっても、グレゴリーはただひたすらルーシーの顔を見ていた。

「ルーシー」かすれ声になりながらも、おどけた調子で続けようとした。「ラ、ラ、ラ、ルーシー」娘のハーマイオニーが四歳のときに作った、たわいない遊び歌だ。「ラ、ラ、ラ、ルーシー」

妻の顔をまじまじと見つめた。いま、微笑まなかっただろうか？　表情が少しだけゆるんだような気がした。

「ラ、ラ、ラ、ルーシー」声がふるえたが必死に続けた。「ラ、ラ、ラ、ルーシー」ばからしく思えてきた。この場にはそぐわない歌だが、ほかに言えることも見つからない。いつもは言葉を失うことなどなかった。それもルーシーといるときにはなおさらに。だがいまは……このようなときに何を話せというんだ?

仕方なく腰をおろした。ただじっと坐《すわ》っていると何時間も過ぎたように思えた。呼吸を続けるだけで精いっぱいだった。嗚咽《おえつ》がこみあげるたび、妻に聞かせたくないので口を覆ってこらえた。ルーシーがいなくなるかもしれないことは絶対に考えないよう努めた。

ルーシーはまさに自分の人生そのものだった。結婚して子供たちが生まれ、家族は増えたが、それでもいまもルーシーがわが人生の中心にいる。太陽だ。重要なことはすべてその太陽を軸にまわっている。

ルーシー。あのとき自分はまさしく手遅れになる寸前で、この女性に心から惹《ひ》かれていることに気づいたのだった。伴侶《はんりょ》としてこれほど完璧に自分に合う女性をもう少しで見逃してしまうところだった。昔からずっと情熱と波乱に満ちた愛を待ち望んでいたので、本物の愛がこのうえなく心地よく、穏やかな安らぎを与えてくれるものだとは考えもしなかった。

ルーシーとなら何時間でも黙って一緒に坐っていられる。反対にカササギみたいにふたりで喋《しゃべ》りつづけることもできる。ばかげたことでも気を遣《つか》わずに言える。ひと晩じゅうでも愛しあえるし、何週間でもただ寄り添うだけの晩を過ごすのもまたいいだろう。

どちらでもかまわない。互いにわかりあっているから、ともにいられればそれでいい。

「きみがいなくては何もできなくなってしまう」グレゴリーは思いを吐露した。ひょっとして、一時間ぶりに喋ったのだろうか？「いや、やらざるをえないことはやるしかないんだろうが、考えるのも恐ろしいし、とうていうまくできやしない。ぼくはよき父親だが、それはきみがすばらしい母親だからにすぎない」

もし、きみが死んだら……。

グレゴリーはその考えを打ち消そうときつく目を閉じた。そのことだけは考えまいとしていたのだが。

考えられない。裏返せば、それだけきみを愛しているということだ。だからけっして――喉をふるわせて深々と息を吸いこんだ。そんなことは絶対に考えてはならない。

少しだけ開いている窓の隙間からわずかに風が流れこみ、外からきゃっきゃっと楽しそうな声が聞こえた。子供たちだ――声からすると息子たちのうちの誰かだ。晴れているので、何か芝地を駆けまわるゲームでもしているのだろう。

ルーシーは子供たちが外を駆けまわる姿を見るのが好きだ。身ごもっていてアヒルのようにしか動けないときでも、子供たちと一緒になって駆けている。

「ルーシー」声がふるえないよう気をつけてささやきかけた。「ぼくを遺《のこ》して逝《い》かないでくれ。頼むから」

「きみが必要だ」声を詰まらせ、坐りなおして妻の手を両手で握った。「子供たちがみな、きみをまだまだ必要としている。きみもそれはわかっているだろう。口には出さないが、わかっているはずだ。ぼくだってきみが必要だ。きみはそれもわかっているだろうが」

だが返事はなかった。妻は動かない。

けれども、息はしている。せめても息をしていることを神に感謝しよう。

「お父様？」

長女の声にはっとしてすばやく顔をそむけ、急いで懸命に気を取りなおそうとした。

「赤ちゃんたちを見てきたわ」キャサリンが部屋に入ってきた。「ヒヤシンス叔母《おば》様からお許しをもらったから」

まだ話せる自信がなく、グレゴリーはうなずいた。

「とてもかわいいわ」キャサリンが言う。「赤ちゃんたちのことよ。ヒヤシンス叔母様ではなくて」

信じられないことだが、つい笑みをこぼしてしまった。「ああ。ヒヤシンス叔母様をかわいいと呼べる者はいないだろう」

「でも、わたしは大好きよ」キャサリンが慌てて言った。

「わかってる」グレゴリーはそう答えると、ようやく娘のほうを向いた。わが娘のキャサリンは相変わらず義理がたい。「お父さんもだ」

キャサリンは数歩歩み寄り、ベッドの足もとで立ちどまった。「どうして、お母様はずっと眠ってるの？」

グレゴリーは唾を飲みこんだ。「なにしろとても疲れてるからな。子を産むには大変な労力が必要なんだ。双子となればなおさらだろう」

娘はこくりとうなずいたが、言葉どおり受けとったのかはわからなかった。眉根を寄せて母を見つめるその顔には——案じる気持ち以上に好奇心が色濃く表れている。「顔色が悪いわ」キャサリンはぽつりと言った。

「そうかな」グレゴリーはそう相槌《あいづち》を打った。

「シーツみたいに真っ白だもの」

グレゴリーもまったく同感だったが、娘を心配させないようさらりと答えた。「いつもよりは少し青白いかな」

キャサリンはしばしじっと父を見つめ、それから隣りの椅子に腰をおろした。背筋を伸ばし、膝の上で両手をきちんと組み合わせた娘を見て、グレゴリーはこの子が生まれた奇跡にあらためて感慨を抱かずにはいられなかった。十二年ほど前、キャサリン・ヘイゼル・ブリジャートンはこの世に誕生し、自分は父親となった。この腕のなかに抱いた瞬間に、父親こそ自分の天職だと感じた。男のきょうだいのなかではいちばん下に生まれ、引き継ぐ爵位はなく、軍人にも聖職者にも向いていない。気晴らしに農場を営む紳士となるのがわが人生の定めだった。

それと、父親だ。

その後に生まれた子供たちもみな赤ん坊のときには同じ瞳の色をしていたが、誕生したばかりのキャサリンを見おろし、その濃いグレーの瞳を見たとき、グレゴリーは悟ったのだ。

自分がここにいる理由、自分の使命を。自分はこの奇跡としか言いようのない小さな命を守り、大人になるまで健《すこ》やかに育てるために存在している。

子供たち全員を心から愛しているが、自分の使命を教えてくれたキャサリンにはつねに特別な絆を感じている。

「みんなも、お母様に会いたがってるわ」キャサリンはうつむき、ぶらぶらさせている自分の右足を見つめた。

「まだ休息が必要なんだ」

「そうよね」

グレゴリーはさらなる言葉を待った。娘はまだ本心を話していない。母親と話したがっている気持ちがあきらかに感じとれた。ほんとうはベッドのそばに坐ってくすくす笑いあい、家庭教師と出かけてきた散策についても事細かに報告したかったに違いない。

ほかのみんな――妹や弟たち――は、おそらくいまの状況にまだうっすらとも気づいてはいないだろう。

かたやキャサリンは昔から驚くほどルーシーにべったりだった。同じ鞘《さや》のなかの豆同士のように。ふたりは容姿が似ているわけではない。キャサリンは一見、名を受け継いだグレゴリーの義姉、現ブリジャートン子爵夫人のほうに驚くほど似ている。血の繋《つな》がりはないのだから妙なことなのだが、ふたりとも同じように濃い色の髪に卵形の顔をしている。瞳の色こそ違うが、目の形もそっくりだ。

けれども、キャサリンの――わが娘のほうだ――内面は、ルーシーとよく似ていた。なんでもきちんとしていなければ気がすまない。必ず一定のやり方を決めたがる。きのうの散策について母親に報告できたとすれば、まずは目にした花々のことから話しはじめただろう。ぜんぶの花を憶《おぼ》えているわけではないにしろ、何種類の色の花があったかはしっかりと数えてきたはずだ。もしあとで家庭教師から、キャサリンにせがまれて〝ピンク色〟の花が〝黄色〟の花の数と同じになるまで一マイルよけいに歩くことになったと聞かされても、驚きはしない。

何事にも公正を保とうとするのが、わが娘のキャサリンだ。

「ミムジーから、赤ちゃんたちにはエロイーズ伯母《おば》様とフランチェスカ伯母様の名を付けると聞いたわ」キャサリンは三十二回、足を前後に揺らしてから言った（グレゴリーは自分でも信じられないことに無意識に数えていた。いつの間にかルーシーに似てきたのかもしれない）。

「いつもどおり」グレゴリーは答えた。「ミムジーの言うとおりだ」ミムジーは子供たちの乳母と子守女中を担っていて、自分に選べる権利があったなら、ぜひ聖人候補に推したい人物だ。

「ミドルネームはどうなるのかわからないと言ってたけど」

グレゴリーは眉をひそめた。「そこまでは考えていなかったな」

キャサリンはとまどい顔でまっすぐ父を見やった。「お母様が眠ってしまう前も？」

「え、ああ」グレゴリーは視線をそらして答えた。顔をそむけたのは本意ではないが、子供の前で涙を見せたくなければそうするしかなかった。

「どちらかひとりは、ヒヤシンスにしたらいいと思うの」キャサリンが意見を述べた。

グレゴリーはうなずいた。「エロイーズ・ヒヤシンスか、フランチェスカ・ヒヤシンスかだな？」

娘が唇を引き結んで考えこみ、やがていともきっぱりと答えた。「フランチェスカ・ヒヤシンスだわ。そちらのほうがすてきな感じがする。だけど……」

グレゴリーはその先を待ち、続ける様子がないのを見て、それとなくせかした。「だけど……？」

「ちょっと、お花っぽいかしら」

「ヒヤシンスという名を付けるのなら、それはやむをえないことではないかな」

「そうね」キャサリンが思案顔で言う。「でも、もしも、華奢《きゃしゃ》でかわいらしい女の子にならなかったらどうするの？」

「ヒヤシンス叔母様みたいにか？」グレゴリーはつぶやいた。そう言わずにはいられない問いかけだった。

「叔母様は相当に強いわ」キャサリンの言葉に皮肉っぽさはみじんも含まれていなかった。

「強いのか、恐ろしいのか」

「あら、強いだけよ。ヒヤシンス叔母様はぜんぜん恐ろしくないもの」

「それは本人には言わないほうがいい」

キャサリンはふしぎそうに目をまたたいた。「叔母様は恐れられたいと思ってるの？」

「しかも強いと思われたがっている」

「変わってるのね」キャサリンはぼそりと言った。それから、とたんに目を輝かせて父を見やった。「赤ちゃんに名が引き継がれることになったら、ヒヤシンス叔母様はきっと喜ぶわ」

グレゴリーは自然と微笑んだ。わが子を安心させるためにこしらえたものではなく、本物の笑みだった。「ああ」静かに言った。「そうだろうな」

「たぶん自分の名は付けてもらえないとあきらめてるでしょうから」キャサリンは続けた。「お父様とお母様は順番を守るはずだもの。次の女の子がエロイーズになるのは、みんな知ってたわ」

「でも、双子だとは誰も思わなかっただろう？」

「それでも」キャサリンが言う。「まだフランチェスカ伯母様がいるわ。ヒヤシンス叔母様の名を付けるには、三つ子でなければ無理なのだから」

三つ子。グレゴリーはカトリック教徒ではないが、胸の前で十字を切りたい衝動を抑えるのはなかなかむずかしかった。

「しかも、全員が女の子でなくてはいけない」キャサリンは言い添えた。「その確率はものすごく低いのではないかしら」

「たしかにそうだ」グレゴリーは低い声で応じた。

キャサリンが笑い、グレゴリーも微笑んだ。そして父娘は手を繋いだ。

「思ったんだけど……」キャサリンが言いよどんだ。

「なんだい？」

「フランチェスカがフランチェスカ・ヒヤシンスになるなら、エロイーズはエロイーズ・ルーシーにしたらどうかしら。お母様は世界でいちばんのお母様だもの」

グレゴリーは喉もとにせりあがってきたものを飲みくだした。「ああ」かすれ声で言う。「そうだとも」

「お母様も賛成してくれると思うの」キャサリンは言った。「そうよね？」

まずはうなずいてから言った。「ほかの人の名を付けたほうがいいと言うかもしれないぞ。それくらい寛大な女性なんだ」

「そうね。だから、お母様が寝ているうちに決めておかないと。反対できないように。それでも、やっぱり反対するわね」

グレゴリーは含み笑いを漏らした。

「きっと、どうして決めてしまったのかと言うわ」キャサリンが言う。「ほんとうは嬉《うれ》しいはずなのに」

グレゴリーはまたもこみあげてきたものを呑みこんだが、ありがたいことに今度は娘への愛情から湧《わ》きだしたものだった。「その予想はきっとあたっている」

キャサリンはにっこり笑った。

グレゴリーは娘の髪をくしゃりと撫《な》でた。もう少し成長したら、このように触れることもできなくなるのだろう。髪形が乱れると叱られてしまうに違いない。でもいまはまだ、好きなだけ髪をくしゃくしゃにしても許される。娘に笑いかけた。「どうしてそんなにお母さんのことがわかるんだ?」

キャサリンは得意そうな笑みを浮かべてみせた。以前にも話した憶えのあるやりとりだった。「わたしはお母様とよく似ているからよ」

「そうだな」グレゴリーはうなずいた。それからふと思いついて、娘の手を放した。「ルーシー、それともルシンダかな?」

「あら、ルーシーよ」キャサリンは父の問いかけの意味を即座に理解して答えた。「ふだんもルシンダではないんだから」

グレゴリーはため息をついて、いまもベッドで眠ったままの妻を見やった。「ああ」静かな声で答えた。「そうだな」娘が小さくて温かな手を父の手に触れさせてきた。

「ラ、ラ、ラ、ルーシー」キャサリンが口ずさみ、グレゴリーは娘の声から微笑みを聞きとった。

「ラ、ラ、ラ、ルーシー」グレゴリーは繰り返した。驚いたことに、自分の声も微笑んでいるように聞こえた。

数時間後、ジャーヴィス医師が村でほかの女性の出産を終え、皺《しわ》くちゃの身なりに疲れた顔つきで戻ってきた。グレゴリーはこの医師をよく知っていた。ピーター・ジャーヴィスは、自分がルーシーとウィンクフィールドに居を定めたときにちょうど医学生から医師となった男で、以来、一家の主治医を務めてもらってきた。歳もほぼ同じで、長年のあいだに何度も夕食をともにした。ジャーヴィス夫人もルーシーのよき友人であり、互いの子供たちも遊び友達だ。

だが、長い友人関係のなかでも、ピーターのこのような表情はこれまで目にしたことがなかった。医師は唇をきつく引き結び、いつもの陽気さはかけらも感じられない面持ちで、ルーシーのもとへ向かった。

ヒヤシンスもルーシーには女性の付き添いが必要だと言い張り、寝室に入ってきた。「あなたたちには出産の大変さがちゃんとわかっているとは思えないから」いくぶん蔑《さげす》みも含んだ口ぶりで言った。

グレゴリーはひと言も返さず、戸口の脇によけて妹を部屋のなかに通した。挑みかかるような妹の態度がなんとなく心強かった。いや、奮い立たされたと言うべきだろうか。気力に満ちあふれたヒヤシンスを見ていると、ルーシーを快復させてしまうのではないかとすら思えてくる。

医師がルーシーの脈をとり、鼓動の音に耳を傾けているあいだ、グレゴリーとヒヤシンスは後ろにさがって立っていた。そのうち、ピーターがいきなりルーシーの肩をがっちりとつかんで揺さぶりはじめたので、グレゴリーは虚を衝かれた。

「何をしてるんだ？」声をあげ、とめようとしてとっさに歩み寄った。

「起こしている」ピーターが気迫のこもった声で答えた。

「しかし休息が必要なのではないのか？」

「もっと意識をはっきりさせたほうがいい」

「でも――」グレゴリーには抗議すべきなのかどうかがわからなかった。といっても、医者にそのように言い返されては、なす術はなかった。

「いいか、ブリジャートン、起きられるのかを確かめなくてはいけない」ピーターはふたたびルーシーを揺さぶり、今度は大きな声で呼びかけた。「ルシンダ・ブリジャートン！ルシンダ！」

「ルシンダではない」グレゴリーは口走り、進みでて呼ばわった。「ルーシー？ルーシー？」

ルーシーはわずかに動いて、寝言らしきものをつぶやいた。

グレゴリーはピーターを鋭く見返し、知りたいことのすべてをまなざしで問いただした。

「問いかけに反応するか確かめるんだ」ピーターが言った。

「わたしにやらせて」ヒヤシンスが有無を言わせぬ口調で申し出た。前かがみになってルーシーの耳もとに何かささやいた。

「何を話しかけたんだ？」グレゴリーは訊いた。

ヒヤシンスは首を振った。「お兄様は知らないほうがいいわ」

「まったく、何を言ってるんだ」グレゴリーはつぶやいて、妹を押しのけた。ルーシーの手を取り、これまで以上に力強く握った。「ルーシー！　厨房《ちゅうぼう》から一階までの裏階段は何段ある？」

目は開かなかったが、妻が声を漏らしたように聞こえた。

「十五段と言ったのか？」問いかけた。

ルーシーはふっと鼻息を吐き、今度ははっきりと声を発した。「十六段」

「ああ、よかった」グレゴリーは妻の手を放し、ベッド脇の椅子にへたり込んだ。「どうだ。答えたぞ。大丈夫だ。これでよくなる」

「グレゴリー……」だがピーターの声に安堵《あんど》は感じられなかった。

「起こせと言ったのはきみだ」

「たしかにそうだ」ピーターはこわばった口調で認めた。「起こせたのは非常によい兆候だ。しかし必ずしも――」

「やめろ」グレゴリーは低い声で遮った。

「だが聞いてく――」

「言わないでくれ！」

ピーターは押し黙った。黙ってただ深刻な表情で見つめ返した。その顔には憐れみと気遣《きづか》い、無念さが表れていて、グレゴリーが期待していたようなものは何ひとつ読みとれなかった。

グレゴリーはうなだれた。自分に求められていたことは果たした。たとえ一瞬であれ、ルーシーを目覚めさせた。その妻はすでに反対側を向いて身を丸め、また眠っている。

「きみに言われたとおりにやった」やんわりと言い、目を上げてピーターを見やった。「きみに言われたとおりにしたんだ」今度は鋭さを帯びた声で繰り返した。

「わかっている」ピーターは静かに答えた。「それで奥さんが答えたのは、言い表せないくらい喜ばしい兆候だ。それでも、絶対に大丈夫だとは言いきれない」

グレゴリーは話そうとしたが、喉がつかえていた。またも耐えがたい感情がこみあげてきて、息をしているのがやっとだった。こうしてただじっと呼吸だけをしていれば、友人の前で涙を見せずにすむかもしれない。

「出血すると、体はおのずと力を取り戻そうとする」ピーターは説明した。「だからまだしばらくは眠りつづけるかもしれない。ただし――」咳払《せきばら》いをする。「二度と目覚められない可能性もある」

「目覚めるに決まってるわ」ヒヤシンスが語気鋭く口を挟んだ。「一度起きたのだから、また起きられるはずだもの」

医師はヒヤシンスを一瞥《いちべつ》し、すぐにグレゴリーに視線を戻した。「すべて順調にいけば、着実に快復していくだろう。しばらく時間はかかるが」と釘《くぎ》を刺した。「どれくらいの出血があったのかがわからない。必要な血液を取り戻すまでに何カ月もかかることも考えられる」

グレゴリーはゆっくりとうなずいた。

「体が弱っているはずだ。少なくとも一カ月はベッドでの療養が必要になるだろう」

「本人はいやがるだろうな」

ピーターは空咳をした。ぎこちなく。「もし何か変化があったら、知らせてほしい」

グレゴリーは黙ってうなずいた。

「待って」ヒヤシンスが戸口とのあいだに立ちはだかった。「まだ伺いたいことがあるのよ」

「申しわけないが」医師は静かに言った。「これ以上、答えられることはないので」

これにはヒヤシンスですら反論できなかった。


やけにのどかに晴れわたった朝がきて、グレゴリーはルーシーが寝ている部屋のベッド脇の椅子で目覚めた。妻は眠ったままだが、落ち着きがなく、姿勢を変えるたび相変わらず寝言らしきものをつぶやいている。そのうち、思いがけず妻が目をあけた。

「ルーシー？」グレゴリーはとっさに妻の手をつかみ、すぐにはっとわれに返って握る力をゆるめた。

「喉が渇《かわ》いたわ」ルーシーが弱々しい声で言った。

グレゴリーはうなずき、急いでグラス一杯の水を取りにいった。「ぼくがどれだけきみを——ぼくはとても——」それ以上言葉を継げなかった。声が粉々に砕け、出てくるのはむせび泣きばかりだ。気を鎮めようと妻に背を向け、動けなくなった。手がふるえ、水が袖にこぼれた。

ルーシーが自分の名を呼ぼうとしている。しっかりしなくてはいけない。妻は死んでもふしぎではない状態だったのだ。その妻が自分を必要としているときに、取り乱してどうするんだ。

深呼吸をした。もう一度。「さあ」振り返って、努めて明るい声で言った。グラスに水を入れて持ってきたのだが、すぐに失敗だったと気づいた。妻はグラスも握れないほど弱っていて、まして起きあがることなどできるはずもない。

グレゴリーはグラスをいったんそばの小卓に置き、妻の背中に腕をまわして、そっと抱き起こそうとした。「いま枕を重ねるからな」そうささやいて、叩いてふくらませた枕を妻が寄りかかれるよう並べ替えた。グラスを唇に近づけて、ほんのわずかに傾ける。ルーシーは小さくひと口含んで力尽き、肩で息をして背を戻した。

グレゴリーは黙って妻を眺めた。口に入ったのは数滴ぶんがせいぜいだ。「もう少し飲んだほうがいい」

ルーシーはどうにかわかる程度にうなずいて、答えた。「ちょっと待って」

「スプーンを使ったほうが飲みやすいかな?」

ルーシーは目を閉じて、ふたたび弱々しくうなずいた。

グレゴリーは部屋のなかを見まわした。夜のうちに誰かがお茶を運んできてくれたようだが、まだ片づけられていない。起こさないようにとの配慮からなのだろう。いまは清潔さより迅速《じんそく》さのほうが先決だと判断し、砂糖入れからスプーンを抜きとった。それからふと考えをめぐらせた——ルーシーに砂糖のかけらを舐《な》めさせてはどうかと思いつき、砂糖入れごと持っていくことにした。

「さあ」声をかけて、スプーン一杯の水を妻の口に含ませた。「砂糖も舐めてみるか?」

うなずいたルーシーの舌に小さなかけらをのせた。

「何があったの?」ルーシーが尋ねた。

グレゴリーは啞然《あぜん》として見つめ返した。「わからないのか?」

ルーシーが何度か瞬《また》きをした。「出血したの?」

「大量に」声がつかえた。きちんと説明できそうにない。どれほどの出血だったのかは言葉にしたくない。妻に教えたくないし、できることならいっそ忘れてしまいたい。

ルーシーが眉根を寄せ、頭をわずかに傾けた。ややおいて、グレゴリーは妻がベッドの足もとを見ようとしているのだと気づいた。

「シーツを替えたんだ」思わず微笑んでいた。状況をきちんと確認しようとするとは、いかにもルーシーらしい。

ルーシーは小さくうなずいた。それから、言った。「疲れたわ」

「ジャーヴィス先生によれば、体力を取り戻すのに数カ月はかかるらしい。しばらくはベッドでおとなしくしているしかないな」

ルーシーは不満そうな声を漏らしたが、その声さえ、か弱く聞こえた。「ベッドにじっとしているのは苦手だわ」

グレゴリーは微笑んだ。ルーシーは活発な女性で、いつでも動きまわっている。何かを直したりこしらえたり、周りの人たちを幸せにするのが好きなのだ。そんな女性にとって、動けないのは死ぬほどつらいことだろう。

おっと喩《たと》えが悪かった。しかし事実だ。

グレゴリーはいかめしい顔をして妻に身を寄せた。「縛りつけてでも、ベッドでじっとしていてもらうぞ」

「あなたはそんな人ではないわ」ルーシーはほんのわずかに顎を動かした。無頓着《むとんちゃく》なそぶりを見せようとしたのかもしれないが、顎を上げるのにも気力がいるらしい。ルーシーはふたたび目を閉じて、柔らかな吐息をついた。

「まただな」グレゴリーはぽつりと言った。

ルーシーがたしかに笑いに聞こえる愉快そうな声を漏らした。「また？」

グレゴリーは身をかがめ、妻の唇にほんの軽く口づけた。「ぎりぎりで救われた」

「いつもあなたはぎりぎりのところで助けてくれる」

「いや」グレゴリーは唾を飲みこんだ。「きみがだ」

ふたりの目が合い、深く強く視線が絡みあった。グレゴリーは何かに胸を締めつけられ、一瞬またむせび泣きそうになった。ところが、とうとうくずおれかけたとき、ルーシーが小さく肩をすくめて言った。「どのみち、いまは動けそうにないわね」

グレゴリーはいくらか落ち着きを取り戻し、茶器の盆に残っているビスケットをつまもうと立ちあがった。「せめて一週間はおとなしくしていてくれよ」ルーシーのことなので、言い渡された期間よりはるかに前にベッドから離れようとするのは間違いない。

「赤ちゃんたちはどこ？」

グレゴリーは動きをとめ、振り返った。「知らない」ゆっくりと答えた。あろうことか、赤ん坊たちのことはすっかり忘れていた。「育児部屋《ナースリー》ではないかな。ふたりともとても元気だ。血色もいいし、泣き声も大きいし、どうみても完璧だ」

ルーシーは力なく微笑み、またも疲れた声を漏らした。「会えるかしら？」

「もちろんだ。すぐに誰かに連れてこさせよう」

「でも、ほかの子たちは呼ばないで」ルーシーは瞳を翳《かげ》らせた。「こんな姿は見せたくないのよ」

「ぼくには美しく見えるけどな」グレゴリーは歩いていき、ベッドの端に腰かけた。「これほど美しいものを見たことがあっただろうかと思うくらいさ」

「やめて」ルーシーはもともと褒《ほ》められるのが得意ではない。けれども唇をふるわせ、泣き笑いのような表情を浮かべている。

「きのう、キャサリンがこの部屋に来たんだ」グレゴリーは伝えた。

ルーシーがぱっと目を開いた。

「いや、気にすることは何もない」慌てて言った。「きみは寝ているだけだと言っておいた。

ほんとうのことだからな。あの子は心配していない」

「確かなの？」

グレゴリーはうなずいた。「ラ、ラ、ラ、ルーシー、と歌ってた」

ルーシーは微笑んだ。「すばらしい子だわ」

「きみにそっくりだ」

「だからすばらしい子だというわけでは——」

「だからだとも」グレゴリーはにっこりして遮《さえぎ》った。「それから、伝えるのを忘れるところだった。あの子が赤ん坊たちの名を付けた」

「すでにあなたが付けていたはずでしょう」

「ああ。さあ、もう少し水を飲むといい」グレゴリーは妻に水を含ませて、しばし間を取った。気をそらさせるのがコツだと気づいた。ほんの少し水を含ませ、また少しおいて含ませて、とうとうグラス一杯ぶんを飲ませてしまった。「キャサリンがもうひとつの名を考えたんだ。フランチェスカ・ヒヤシンスと、エロイーズ・ルーシーだ」

「エロイーズ……？」

「ルーシー」妻に代わって言い終えた。「エロイーズ・ルーシー。すてきな名だろう？」

意外にも、ルーシーは異を唱えなかった。かすかにわかる程度の動きだったが、うなずいて、涙で目を潤ませた。

「キャサリンによれば、きみは世界でいちばんの母親だからだそうだ」やさしい声で言い添えた。

とたんにルーシーは泣きだして、大粒の涙がこぼれ落ちた。

「いますぐ赤ん坊たちを連れてこようか？」グレゴリーは尋ねた。

ルーシーはうなずいた。「お願い。それと……」口ごもり、喉をふるわせた。「それと、やっぱり、ほかの子たちも連れてきて」

「いいのかい？」

ルーシーはふたたびうなずいた。「あなたがちょっと抱き起こしてくれれば、軽く抱きしめてキスするくらいはできるわ」

必死にこらえていた涙が、グレゴリーの目からもこぼれ落ちた。「きみがなるべく早くよくなるために、ぼくには何ができるんだろう」ドアへ歩いていき、取っ手をつかんで振り返った。「きみを愛している、ラ、ラ、ラ、ルーシー」

「わたしもあなたを愛してるわ」


夫は子供たちにお行儀よくするよう言い聞かせたのに違いなかった。なにしろ、ぞろぞろと部屋に入ってきた子供たちは（年齢順に並んだ頭はかわいらしい小さな階段のようで、なんとも微笑ましかった）ひと言も喋らずに壁ぎわに整列し、体の前できちんと手を組み合わせている。

ルーシーにはそれが自分の子供たちとはとても思えなかった。これほどおとなしく立っている姿は見たことがない。

「そんなに離れていたら寂しいわ」そう声をかけると、子供たちがいっせいにベッドのほうへ動きだそうとしたが、グレゴリーがすぐさま飛びだして「静かに！」と叱りつけた。

とはいえ考えてみれば、父親の口頭での注意に混乱を防ぎとめる効果がさほどあるはずもなく、マットレスに向かって駆けだした子供たちのうち少なくとも三人はグレゴリーの腕で押しとめられていた。

「ミムジーが赤ちゃんたちを見せてくれないんだ」四歳のベンが文句をこぼした。

「おまえが一カ月も体を洗ってないからだろ」ちょうどまる二年先に生まれた兄、アンソニーが弟に言った。

「そんなことが、あるわけないだろう」グレゴリーは声に出して嘆いた。

「この子はいつもこそこそしてるんだもの」ダフネが父に説明した。けれども這《は》いつくばって母に近づこうとしている最中で、その声はだいぶくぐもっていた。

「どれだけこそこそしていれば、こんなに臭《くさ》くなれるのかしら？」ハーマイオニーが問いかけた。

「毎日、花の上に寝転がるんだ」ベンがいたずらっぽく言い返した。

ルーシーは息を吐き、息子の言ったことをいちいちまともに取りあわないほうがよさそうだと思い定めた。「それで、どのお花の上に寝転んだの？」

「ええと、薔薇《ばら》の木じゃないよ」ベンは母に質問されるとは思ってもいなかったという口ぶりで答えた。

ダフネがベンのそばに近づいて、さりげなく匂いを嗅《か》いだ。「芍薬《しゃくやく》ね」と報告した。

「匂いを嗅いでもわからないでしょう」ハーマイオニーがとりすまして言った。ハーマイオニーとダフネは一年半しか歳が離れておらず、ひそひそ話をしているか、言いあいをしているかのどちらかで、まるで……。

そう、まさしくブリジャートン家のきょうだいたちのようだ。

「わたしはものすごく鼻がいいんだから」ダフネが言い、見まわして、誰かが賛同してくれるのを待った。

「芍薬の香りはわかりやすいわよね」キャサリンが応じた。この長女はリチャードと一緒にベッドの足もとにある椅子に腰をおろしている。ふたりとも枕もとに群がるのは恥ずかしいと感じる年齢になったのだろうとルーシーは思いつつ眺めた。どの子もみなすくすくと成長している。いちばん下のコリンですらもう赤ちゃんには見えない。

「お母しゃま？」コリンが寂しげに呼んだ。

「さあ、こちらにいらっしゃい」ルーシーはやさしく声をかけて、手を伸ばした。コリンはまだずんぐりとした体型で頬もふっくらしていて、ひょこひょこ歩いている。この子で最後になるのだろうと本心から思っていた。ところがさらに双子が生まれ、いまは布にくるまれて揺りかごに入っているが、そのふたりもいつかは成長して巣立っていく。

エロイーズ・ルーシーと、フランチェスカ・ヒヤシンス。ほんとうにふさわしい名だ。

「お母しゃま、大しゅき」コリンが小さな温かい顔を胸もとにすり寄せてきた。

「お母さんも愛してるわよ」ルーシーは声を詰まらせた。「あなたたちみんなを愛してるわ」

「いつベッドから出られるの？」ベンが訊いた。

「まだわからないわ。いまはとても疲れているから。二、三週間後くらいかしら」

「二、三週間？」ベンがきょとんとして訊き返した。

「きっとすぐよ」ルーシーはつぶやくように答えた。それから微笑んだ。「もうだいぶよくなってきたような気がするから」

　本心だった。たしかにいまも、思いだせるかぎりこんなにも疲れを感じたことはないほど腕がだるいし、脚も丸太のように重いけれど、心は軽く、活気に満ちあふれている。

「みんな大好き」ふいに声に出していた。「あなたも」キャサリンに言う。「それに、あなたと、あなたと、あなたと、あなたと、あなたも。育児部屋《ナースリー》にいる双子ちゃんも」

「あのふたりはまだ、どんな子かわからないのに」ハーマイオニーが疑問を投げかけた。

「ふたりを愛しているのはわかってるわ」ルーシーはグレゴリーのほうを見やった。夫は子供たちの誰の目にも入らないドアのそばに控えていた。その顔を涙が伝った。「それにもちろん、あなたを愛してる」穏やかな声で言った。

　グレゴリーはうなずいて、手の甲で顔をぬぐった。「お母さんには休息が必要なんだ」その声のつかえに子供たちは気づいただろうかとルーシーは思った。

けれど子供たちはたとえ気づいていたとしても何も言わなかった。少しだけ文句をこぼしつつも、入ってきたときと同じくらいお行儀よく、ぞろぞろと部屋を出ていった。最後にグレゴリーも廊下に出て、ドアを閉じる前に顔を覗かせた。「ぼくはすぐに戻る」

ルーシーはうなずきを返して、ベッドに背を戻した。「みんな大好き」思わず微笑んでしまう響きが気に入って、みたび繰り返した。「みんな大好き」

ほんとうにそうだ。心から。

一八四〇年六月二十三日
バークシャー、ウィンクフィールド近く
カットバンク荘園《マナー》

親愛なるガレスへ
バークシャーにもうしばらく滞在します。双子の出産はまさしく一大事でしたので、ルーシーは少なくともあと一カ月はベッドで療養しなくてはいけません。兄はわたしがいなくてもどうにかやれると言うのですが、これは笑ってしまうほどの強がりです。ルーシーからはもう少しいてほしいと頼まれました——当然ながら兄がいないときにです。わたしたち女性は男性の傷つきやすさをつねに考慮しなくてはいけませんから（あなたはもちろん、今回の判断に同意してくれるでしょう。病室では女性のほうがはるか

に役に立つことはご存じのはずですもの)。

わたしがこちらに滞在していたのはほんとうに幸いでした。わたしがいなければ、ルーシーは出産のあとぶじに生き延びられていたかわかりません。大量の出血をして、一時はあのまま目を覚まさないのではないかと危ぶまれていたのです。わたしは自分の役目だと考えて、ひそかに奮起させる言葉を投げかけました。正確な言いまわしまでは憶えていませんが、けがを負わせるというような脅し文句だったと思います。さらに、真実味を与えるために、こう付け加えました。「わたしが必ず実行するのはわかってるわよね」

もちろん、ルーシーがわたしの発言の根本的な矛盾《むじゅん》に気づける状態ではないとわかっていたから言えたことです――あのまま目を覚まさなかったなら、けがを負わせてもまるで仕方のないことですから。

あなたはきっといま笑ったでしょう。でも、ルーシーは目覚めたとき、用心深い目つきでわたしを見たのです。そして、とても心のこもった声でこうささやきました。「ありがとう」

そういうわけで、わたしはまだしばらくこちらにいます。ほんとうに心からあなたに会いたいわ。こういうときに、ほんとうに大切なものに気づかされるものなのですね。先日ルーシーは、みんなを愛していると言いました。あなたもご存じのとおり、わたしにはそこまでの忍耐強さはありませんが、あなたのことは間違いなく愛しています。それにルーシーのことも。イザベラとジョージも。グレゴリーお兄様も。ほかにも、とてもたくさんの人々を。

わたしはなんて幸せな女性なのでしょう。

あなたを愛する妻

ヒヤシンス

花盛りのヴァイオレット

花盛りのヴァイオレット

ロマンス小説は本来、すっきりとした結末で締めくくられるものです。ヒーローとヒロインが愛を確かめあい、ふたりの幸せはいつまでも続くことが約束されています。けれども、これでは著者はほんとうの意味での続篇を書くことはできません。既作のヒーローとヒロインをふたたび登場させるならば、また新たな結末に至る前に、既作の幸せな結末をいったんくつがえさざるをえないからです。

そのため、ロマンス小説の続篇は、脇役だった登場人物たちを主人公に、必要に応じて既作の主人公たちが顔を出す派生作品《スピン・オフ》としてシリーズ化されます。著者には、何冊もの本を通してひとりの登場人物の成長を描く機会はめったに与えられません。

だからこそ、ヴァイオレット・ブリジャートンはまれな存在となりました。『恋のたくらみは公爵と』*The Duke and I*ではじめて登場したときには、ごくありふれた、摂政時代の典型的な母親でした。けれども全八冊を経て、それだけではとうてい表現できない女性となっていきました。ブリジャートン家シリーズの一冊ごとに、新たな一面があきらかにされ、『夢の乙女に永遠の誓いを』*On the Way to the Wedding*を書き終えたときには、わたしにとってこのシリーズでとりわけお気に入りの登場人物となっていました。読者のみなさまから再三、ヴァイオレットが幸せになる物語を書いてほしいとのご要望をいただきましたが、書けませんでした。どうしても書けなかったのは——ヴァイオレットにふさわしい新たな男性を描けるとは思えないからにほかなりません。でも、わたしもヴァイオレットについてはもっと知りたかったので、今回の物語は書くことを心から楽しんで生まれた作品です。どうか、お楽しみいただけますように。

一七七四年
イングランド、サリー

「ヴァイオレット・エリザベス！　いったいあなたは何をしているの？」

家庭教師の憤慨した声を聞いて、ヴァイオレット・レジャーは動きをとめ、どうすべきかを考えた。しらを切りとおせる見込みはほとんどなさそうだ。なにしろ実際に事に手を染めているところを見られてしまったのだから。

いいえ、むしろ、紫に手を染めたと言うべきかもしれない。まさにいま、うっとりするほど芳《かぐわ》しい黒苺《ブラックベリー》のパイを手にしているところで、パイ皿の縁《ふち》からまだ温かい具が垂れてきている。

「ヴァイオレット……」ミス・ファーンバーストが叱る口調で呼んだ。

お腹がすいていると言えばいいだろうか。教え子が甘いものに目がないことは、ミス・ファーンバーストもよく知っている。食べたいあまり、パイを丸ごと盗みだそうとすることも考えられないわけではないはずで……。

でも、どこへ？　ヴァイオレットはすばやく考えをめぐらせた。ブラックベリーパイを丸ごと持ってどこへ逃げるのだろう？　自分の部屋には戻れない。あそこでは証拠を隠しきれない。ミス・ファーンバーストも教え子がそこまでまぬけな少女だとは思っていないだろう。やはり食べるためにパイを盗んだとすれば、家の外へ持っていく。まさしくいまほんとうに向かおうとしていた場所へ。ただし、パイを食べるためではなかったのだけれど。

その真実はまだ隠しとおせるかもしれない。

「パイはいかが、ミス・ファーンバースト？」ヴァイオレットは愛らしく問いかけた。八歳と六カ月になってもせいぜい六歳にしか見えないのはじゅうぶん承知で、にっこり笑い、まつげをはためかせた。ふだんはたいがい自分の見かけの幼さを不満に思っている――幼く見られるのが好きな子なんていない。でも、このようにせっぱ詰まったときには、子供っぽさもかまわず利用しなくては。

「ピクニックをしようと思って」ヴァイオレットは言いつくろった。

「誰と？」ミス・ファーンバーストが疑わしそうに尋ねた。

「あら、お人形たちとよ。メッテとソニアとフランチェスカとフィオナマリーと……」ヴァイオレットはその場で思いついたものも含め、お人形たちの名をすらすらと答えた。なにしろ途方もない数の人形を持っている。おじやおばは山ほどいるのに同じ年頃の子供は自分ひとりだけなので、ひっきりなしに贈り物を与えられていた。誰かしらいつもサリーを訪れているし――ロンドンに近いので、つい立ち寄らずにはいられないのだろう――人形は流行《ドゥ・ジュール》の贈り物らしい。

ヴァイオレットはにんまり笑った。いまフランス語を使って考えられたことをミス・

ファーンバーストが知ったら、褒《ほ》めてくれるだろう。伝えるわけにはいかないのがとても残念だ。

「ミス・ヴァイオレット」ミス・ファーンバーストがきつい声で言った。「パイをすぐに厨《ちゅう》房《ぼう》に戻さなくてはいけません」

「ぜんぶ？」

「もちろん、ぜんぶ戻さなくてはいけないわ」家庭教師は憤然とした声で答えた。「あなたは切り分ける道具を持っていないでしょう。あとはかぶりつくより仕方がないのだから」

たしかにそうだ。でも、今回のパイを使う計画に切り分ける道具はいらなかった。とはいえすでに自分の掘った穴に落ちてしまったのも同じなので、これ以上悪くはなりようがないと考えて、ヴァイオレットは言い返した。「丸ごとは食べられないわ。だからあとでスプーンを取りにいくつもりだったのよ」

「カラスに食べられてしまうかもしれないのに、庭に置き去りにして？」

「あ、そこまでは考えてなかったわ」

「何について、そこまで考えてなかったんだ？」あきらかに父のものとわかる、深みがあってよくとおる声が聞こえた。ミスター・レジャーが歩いてきた。「ヴァイオレット、客間でパイを持って、いったい何をしているんだ？」

「いまちょうど、それを確かめようとしていたところですわ」ミス・ファーンバーストがこわばった口ぶりで言った。

かぎり。

「それは……」ヴァイオレットは口ごもり、芝地へ出られる両開きのガラスの格子扉をもの欲しそうに見ないよう我慢した。父にはけっして嘘《うそ》をつけない。なんでも見通されてしまうからだ。どうしてなのかはわからない。自分の目になんでも表れてしまっているのでもないかぎり。

「お人形たちと庭でピクニックをするつもりだったとおっしゃるんです」ミス・ファーンバーストが報告した。

「なるほど」父は訊《き》き返《かえ》しはしなかった。問いかけるまでもなく、娘の考えそうなことはじゅうぶん承知しているからだ。

ヴァイオレットはうなずいた。ほんの小さなうなずきだったが。いや、顎《あご》をちょっと動かしただけとも言えるかもしれない。

「おまえはいつもおもちゃに本物の食べ物を用意してるからな」父は言った。

ヴァイオレットは答えなかった。

「ヴァイオレット」父が厳格な声で続けた。「そのパイをどうするつもりだったのだ？」

「ええと……」左に二メートルほどの床の一点から目を離せそうになかった。

「ヴァイオレット？」

「ちょっと罠《わな》を作ろうとしただけ」ぼそぼそと答えた。

「ちょっと何を作ろうとしただと？」

「罠よ。あのブリジャートン家の男の子に」

「あの――」父がくっくっと笑った。ほんとうは笑うつもりではなかったらしく、すぐに手で口を押さえて咳《せき》をして、いかめしい顔つきに戻った。

「いやな子なんだもの」父に叱られる前に言った。

「いや、それほど悪い子ではないだろう」

「ずうずうしい子なのよ、お父様。お父様も知ってるでしょう。このアッパー・スメドリーに住んでるわけでもないのよ。滞在しているだけなのに。もっとお行儀よくできるはずでしょう――あの子のお父様は子爵様なのに――」

「ヴァイオレット……」

「あの子は紳士ではないんだもの」ヴァイオレットは不満げに鼻息を吐いた。

「まだ九歳だろう」

「十歳よ」ヴァイオレットはとりすまして正した。「十歳なら、お客様としての正しい振るまい方も知っていてあたりまえだと、わたしは思うわ」

「あの子はうちのお客様ではない」父が指摘した。「ミラートン家を訪れているのだからな」

「そうかもしれないけど」ヴァイオレットは腕組みができたらどんなにいいだろうと思った。でも、この腹立たしいパイを持っていなくてはいけない。

父は続きを待っている。ヴァイオレットは言葉を継げなかった。

「パイをミス・ファーンバーストに渡しなさい」父が命じた。

「りっぱなお客様なら、ご近所の人たちに失礼な振るまいはしないはずだわ」ヴァイオレットは反抗的に言い返した。

「パイを、ヴァイオレット」

ヴァイオレットは、率直に言って受けとりたがっているとはまるで思えないミス・ファーンバーストにパイを手渡した。「厨房に返しておきましょうか？」家庭教師は尋ねた。

「そうしてくれたまえ」父が答えた。

ヴァイオレットは家庭教師が戸口の向こうへ姿を消してから、不満げな表情で父を見やった。「お父様、あの子はわたしの髪に小麦粉《フラワー》をかけたのよ」

「花《フラワー》？」父が訊き返した。「女の子たちにとっては嬉しいことではないのか？」

「小麦粉よ、お父様！　小麦粉！　ケーキを焼くのに使うものなのよ！　ミス・ファーンバーストに二十分も髪を洗ってもらってやっと取れたんだから。それと、笑わないで！」

「笑っていない！」

「笑ってるわ」咎《とが》める口ぶりで言った。「笑いたいんでしょう。お父様の顔を見ればわかるもの」

「私はただ、あの子がどうやってやったのかと考えていただけだ」

「知らないわ」ヴァイオレットは奥歯を嚙《か》みしめて言った。それがなによりの屈辱だった。細かく挽《ひ》いた小麦粉をかけられたのに、どうやってかけられたのかがいまだにわからない。庭を歩いていて、なぜかいきなりつまずいて……。

ぱふっ、と舞いあがった小麦粉に包まれてしまった。

「いずれにしろ」父が淡々と言う。「今週末には帰るはずだ。つまり、おまえがあの子に耐えなくてはならない日も、もうそれほど長くない。ちなみに」と言葉を継いだ。「今週はミラートン家を訪ねる予定はあっただろうか？」

「きのうも訪ねる予定はなかったのに」ヴァイオレットは答えた。「あの子に小麦粉をかけられたのよ」

「どうしてあの子の仕業だとわかるんだ？」

「もちろん、わかるわよ」ヴァイオレットはむっとした声で答えた。口から粉を吐きだし、咳きこんで、舞う粉煙を払いのけていたとき、ブリジャートン家の男の子の愉快そうな笑い声が聞こえた。あれほど白く煙っていなかったなら、あのいかにも悪がきらしい笑い顔も見えたはずだ。

「月曜日にジョージー・ミラートンと茶を飲みに来たときには、とてもよい子に見えたがな」

「お父様が部屋にいなかったときには違ったわ」

「なるほど。とはいえ……」父は言葉を切り、口をすぼめて考えこんだ。「残念ながら、そのうち学ばなければならない人生の教訓だからな。男の子とは始末の悪いものなのだ」

ヴァイオレットは目をぱちくりさせた。「だけど……だけど……」

ミスター・レジャーは肩をすくめた。「お母さんもきっと賛同してくれるだろう」

「でも、お父様も男の子だったのでしょう」

「だからむろん、私も始末が悪かった。お母さんに訊いてみなさい」

ヴァイオレットは唖然《あぜん》として父を見つめた。両親が幼なじみなのは事実だけれど、父が母に失礼な振るまいをしていたとは信じられない。いまの父は母にとてもやさしくて、思いやりがある。いつも母の手にキスをして、微笑《ほほえ》んで見つめている。

「あの子はおまえを好きなんだろう」ミスター・レジャーは言った。「ブリジャートン家の男の子のことだ」とわざわざ説明を加えた。

ヴァイオレットはぎょっとして息を呑《の》んだ。「違うわ」

「そうかもしれん」父はあっさり認めた。「ただのいたずらっ子なのかもしれない。だが、おそらくおまえをかわいいと思ってるんだろう。男の子はかわいいと思う女の子にそういうことをするものだ。それに、お父さんもおまえは格別にかわいいと思うからな」

「わたしのお父様だからよ」ヴァイオレットはそう答えて父をちらりと見やった。父親が娘をかわいいと思わずにはいられないことは誰でも知っている。

「これだけは言っておこう」ミスター・レジャーは身をかがめて娘の頬にそっと触れた。「もしそのブリジャートン家の男の子――その子はなんという名だったかな？」

「エドモンドよ」

「そうか、エドモンドだったな。ではそのエドモンド・ブリジャートンがまたおまえにいたずらをしたら、私がおまえの名誉を守るために彼を呼びだすとしよう」

「決闘するの？」ヴァイオレットは怖いもの見たさの期待に体じゅうをぞくぞくさせて、ささやくように訊いた。

「徹底的に」父は請けあった。「といっても、きっちり言い聞かせるだけのことだが。九歳の男の子を絞首台に送るのは気がひけるからな」

「十歳よ」ヴァイオレットは正した。

「十歳か。おまえはそのブリジャートン家の男の子のことをずいぶんとよく知ってるんだな」

ヴァイオレットは、エドモンド・ブリジャートンについてはそれくらいのことを知っていてもあたりまえだと弁解しようとして口を開きかけた。なにしろ月曜日に二時間も同じ客間のなかに坐《すわ》らされていたのだから。でも、父が自分をからかっているのはわかっていた。これ以上何か言えば、またからかわれるに決まっている。

「もう自分の部屋に戻っていい？」ヴァイオレットはなにくわぬ顔で尋ねた。

父はうなずきで応じた。「だが、今夜の食後のパイはなしだ」

ヴァイオレットはぽっかり口をあけた。「でも――」

「いいか、文句は言えないはずだぞ。おまえはこの午後にパイを丸ごと台無しにするところだったんだ。いたずらをしくじったからといって、今度は食べようなどと考えているとすれば、虫がよすぎる」

ヴァイオレットは反抗的に唇をぎゅっと引き結んだ。ぎくしゃくとうなずき、階段へずんずん歩きだした。「エドモンド・ブリジャートンは嫌い」つぶやいた。

「何か言ったか？」父が大きな声で問いかけた。

「エドモンド・ブリジャートンなんて嫌い！」声を張りあげた。「誰に知られてもかまわないんだから！」

父の笑い声は、ヴァイオレットをますます不機嫌にさせるばかりだった。

男の子たちはたしかに始末が悪い。でも、エドモンド・ブリジャートンは特にそうだ。

九年後
ロンドン

「ねえ、ヴァイオレット」ミス・メアリー・フィロビーがたいして自信はなさそうな声で言った。「やっぱり、わたしたちが飛びぬけた美女ではないのは幸いなのよ。いろいろなことがややこしくならなくてすむもの」

美女ならどうややこしくなるというのか、ヴァイオレットは尋ねたかった。というのも、こうして坐っている自分から見れば（壁ぎわで壁の花として、壁の花ではない女性たちを眺めている）格別に美しいのはさほど悪いことには思えない。

でも、あえて尋ねなかった。尋ねる必要もなかった。メアリーはひと息つくとまたすぐにせっかちに話しかけてきた。

「見て。あの女性よ！」

ヴァイオレットはすでにその女性を見ていた。

「八人の男性たちに囲まれてるわ」メアリーが畏怖《いふ》と嫌悪の入りまじった声で言った。

「九人よ」ヴァイオレットは低い声で答えた。

メアリーは胸の前で腕を組んだ。「兄はわざと数えなかったのよ」

ふたりは揃ってレディ・ベゴニア・ディクソンをじっと見つめ、ため息をついた。薔薇《ばら》の蕾《つぼみ》のような唇に空色の瞳を持ち、首筋もこのうえなく美しく、ロンドンに来て早数日で社交界の男性の半数以上を虜《とりこ》にしてしまった女性だ。髪もきっと輝いているのだろうと、ヴァイオレットは鬱屈《うっくつ》した心持ちで考えた。かつらはありがたい装飾品だ。なにしろ淡いブロンドの髪の女性にも、金色に輝く豊かな巻き毛の女性たちにひけをとらない、すばらしい平等をもたらしてくれる。

ヴァイオレットは自分の淡いブロンドの髪に引け目を感じているわけではなかった。じゅうぶん気に入っている。しかも輝きもある。巻き毛でも、濃い金色でもないだけで。

「もうどれくらいここに坐っているのかしら」メアリーがぽつりと漏らした。

「四十五分」ヴァイオレットは逆算して答えた。

「そんなに長く？」

ヴァイオレットは陰気にうなずいた。「残念ながら」

「男性が足りないのよ」メアリーが言った。その声にはもうとげはなく、いくぶん沈んでいるようにも聞こえた。とはいえ、事実だ。男性が足りない。大勢の男性たちが植民地へ戦いに行き、戻って来られなかった人々も大勢いる。そのうえレディ・ベゴニア・ディクソンのような女性が現われた（ひとりで九人もの男性を引き寄せているのだと、ヴァイオレットは憂鬱《ゆううつ》に思い返した）といった悪条件が加われば、男性の数が大幅に足りなくなるのも当然だ。

「今夜は一度しかダンスをしてないわ」メアリーが言う。やや間をおいて、問いかけた。

「あなたは？」

「二度」ヴァイオレットは答えた。「でも、一度はあなたのお兄様とだもの」

「ああ。残念ながら、それは数に入らないわね」

「あら、そんなことはないでしょう」ヴァイオレットは切り返した。トーマス・フィロビーは脚も歯もある人間の男性で、自分からすれば数に入る。

「わたしの兄を好きなわけではないでしょう」

不作法にも嘘にもならない言いまわしは思いつかないので、ヴァイオレットは茶目っ気を込めて小首をかしげ、返答を濁《にご》した。

「あなたにも男性のきょうだいがいればいいのに」メアリーが言う。

「そうしたら、あなたにダンスを申し込むから？」

メアリーはうなずいた。

「ごめんなさい」ヴァイオレットは「あなたのせいではないわ」という友人の言葉を期待してしばし待ったが、メアリーはようやくレディ・ベゴニア・ディクソンから視線を移し、今度はレモネードのテーブルのそばにいる誰かに目を凝《こ》らした。

「あれは誰？」メアリーが訊いた。

ヴァイオレットは頭を傾けた。「アシュボーン公爵様ではないかしら」

「いいえ、そうではなくて」メアリーがもどかしげに言う。「その隣りにいる人よ」

ヴァイオレットは首を振った。「知らないわ」当の男性がはっきりと見えたわけではないものの、知っている人物とは思えなかった。飛びぬけてというほどではないけれど長身で、見るからにくつろいでいて、いかにも男らしい物腰で立っている。そばで見るまでもなく、美男子であるのはわかった。たとえ洗練された身なりではなく、ミケランジェロが描いた男性ほど彫りは深くなかったとしても、美男子なのは間違いない。

あきらかに自信に満ちあふれているし、そのような男性は必ず美男子だと決まっている。

「はじめて見る人だわ」メアリーが値踏みするように言った。

「見てて」ヴァイオレットは乾いた声で答えた。「あの人もきっとすぐにレディ・ベゴニアを見つけるわ」

ところがくだんの紳士にはどうやらレディ・ベゴニアに目を留めるそぶりはなかった。レモネードのそばにとどまって、六杯も飲んでから、軽食のテーブルへのんびりと歩いていき、驚くほどの量の料理を食べている。ヴァイオレットはどうして自分がその紳士の動きを目で追っているのかわからなかった。たしかに相手ははじめて見る人物で、ほかにすることもないのだけれど。

それに、この男性は若い。しかも、美男子だ。

でもやはり、退屈だからというのがいちばん大きな理由だ。メアリーは、またいとこの子にあたる男性にダンスを申し込まれてその場を離れたので、ヴァイオレットは壁の花の椅子にひとり取り残され、はじめて見る紳士が食べているカナッペの数を数えるくらいしかすることがなかった。

お母様はどこに行ったの？　そろそろ帰る時間ではないのかしら。空気はよどんでいて、暑いし、三度めのダンスを申し込まれる見込みもなさそうだし——

「やあ！」声がした。「きみを知っている」

ヴァイオレットは目をしばたたいて見上げた。あの男性だ！　飢《う》えているかのようにむしゃむしゃと、十二個ものカナッペをたいらげた紳士。

誰なのかは見当もつかない。

「ミス・ヴァイオレット・レジャーだろう」男性が言った。

姉はいないので、本来はレジャー嬢と呼ばれるべきなのだけれど、正さなかった。わざわざ下の名まで言うということは、少し前に会ったことがあるか、もしくはずっと昔に会っていたかのどちらかなのだろう。

「ごめんなさい」ヴァイオレットは知ったかぶりが得意ではないので、口ごもった。「わたし……」

「エドモンド・ブリジャートンだ」男性が親しみのある笑みを浮かべて言った。「もう何年も前にきみと会っている。ジョージ・ミラートンの家に滞在していた」広間のなかを見まわす。「ところで、彼には会ったかい？　ここに来ているはずなんだが」

「あの、ええ」ヴァイオレットはミスター・ブリジャートンの屈託のない親しみやすさにいくらか気圧《けお》されぎみに、答えた。ロンドンの人々はがいしてこれほど気さくではない。気さくなのが嫌いなわけではないけれど、あまり慣れていなかった。

「ここで落ちあうことになっていたんだが」ミスター・ブリジャートンは気もそぞろにつぶやき、なおもきょろきょろ見まわしている。

ヴァイオレットは咳払いをした。「こちらにいらしてるわ。先ほどダンスをご一緒したのよ」

ミスター・ブリジャートンはしばし考えて、唐突に隣りの椅子にどっかりと腰をおろした。

「きみとはたぶん、十歳のときに会って以来だよな」

ヴァイオレットはいまだ記憶を呼び起こそうとしていた。

男性がいたずらっぽく微笑んで横目でちらりと見やった。「ぼくがきみに小麦粉爆弾を浴びせたんだ」

ヴァイオレットは息を呑んだ。「あのときの？」

ミスター・ブリジャートンがふたたびいたずらっぽく笑った。「やっと思いだしてくれたか」

「あなたの名を忘れていたわ」

「がっかりだ」

ヴァイオレットは苦笑して、落ち着きなく坐りなおした。「わたしはものすごく頭にきて……」

ブリジャートンが声を立てて笑いだした。「あのときのきみの顔を見せてやりたかった」

「何ひとつ見えなかったんだから。小麦粉が目に入ってしまって」

「仕返しされなかったのは意外だった」

「やろうとしたわ」ヴァイオレットはきっぱりと言った。「父に見つかってしまったの」

ミスター・ブリジャートンはその手の悔しさはよくわかるといったふうにうなずいた。

「さぞ大仕掛けの計画だったんだろうな」

「パイを使うつもりだったのよ」

ブリジャートンが満足げにうなずいた。

「すばらしい計画だったんだから」ヴァイオレットは言い添えた。

ブリジャートンは片方の眉を吊《つ》り上《あ》げた。「苺《いちご》のパイか？」

「黒苺よ」思い起こすだけで得意げな声になった。

「ますますそそられる」ミスター・ブリジャートンは椅子に背をあずけてくつろいだ。この男性にはどのような場にも難なくなじんでしまいそうな格別の鷹揚《おうよう》さとしなやかさがある。一見するとほかの紳士たちと何も変わらないのだけれど……。

どこかが違う。

どう表現すればいいのかヴァイオレットにはわからなかったが、ミスター・ブリジャートンにはほっとさせてくれる何かがあった。幸せな気分にさせてくれる。自由になれる。

この男性自身がそうだからだ。ほんの一分そばにいただけで、いままで出会った誰より幸せで自由な人であるのが感じとれた。

「その武器を役立てる機会には恵まれなかったのかい？」ミスター・ブリジャートンが訊いた。

ヴァイオレットはとまどい顔で見返した。

「パイさ」ブリジャートンが念を押すように言った。

「あ、ええ。父にどんな罰を受けさせられるかわからなかったから。それに、肝心の仕掛ける相手がいなくなってしまったし」

「何か口実をこしらえて、ジョージーに使うこともできただろう」ミスター・ブリジャートンが言う。

「腹立たしいことをされなければ、罠を仕掛けるようなことはしないわ」ヴァイオレットはできるだけいたずらっぽく笑みを浮かべて言った。「それに、小麦粉をわたしにかけたのは、ジョージー・ミラートンではないでしょう」

「公正な判断力を持ったお嬢さんだな」ブリジャートンが言う。「非常に好ましい性質だ」

ヴァイオレットは信じられないほど頰が熱くなった。太陽はほとんど沈みかけていて、窓から射しこむ光はさほど強くないことにひそかに感謝した。ゆらめく灯火《ともしび》に照らされているだけの部屋では、顔がどれほど赤らんでいるかはわからないだろう。

「腹立たしいきょうだいはいないのかい?」ミスター・ブリジャートンが尋ねた。「せっかくパイを使う名案を思いついたのに、無駄にするとは残念じゃないか」

「わたしの記憶が正しければ」ヴァイオレットは答えた。「無駄にはならなかったわ。その晩に、わたしを除くみんなで食後のデザートに食べたんだから。それと、いずれにしてもわたしにきょうだいはいないわ」

「そうなのか?」ブリジャートンは眉根を寄せた。「きみについて、そんなことも憶《おぼ》えていなかったとは妙だな」

「そんなによく憶えてるの?」ヴァイオレットはいぶかしげに尋ねた。「だってわたしは……」

「憶えてないのかい?」ブリジャートンが代わって言い終えた。含み笑いをする。「心配いらない。無礼だなどとは思わない。ぼくは人の顔を忘れないたちなんだ。ありがたくも、やっかいな才能さ」

ヴァイオレットは先ほどからずっと――いまも――目の前にいる男性の名をどうして憶えていなかったのだろうと考えていた。「なぜやっかいなの?」

ミスター・ブリジャートンは誘いかけるふうに頭を傾け、身を乗りだした。「かわいいお嬢さんに名を憶えてもらえていないとわかるたび、いちいち落胆しなければならない」

「まあ!」ヴァイオレットは顔を赤らめた。「心からお詫《わ》びするわ。でも、あれはもうだいぶ昔のことだし――」

「いいんだ」ブリジャートンは笑った。「冗談さ」

「そう、そうよね」ヴァイオレットは奥歯を嚙みしめた。もちろん、からかわれているだけだ。どうしてそんなことにも気づけなかったのだろう。だけど……。

いま、かわいいと言われなかった？

「きょうだいはいないと言ったね」ミスター・ブリジャートンがなめらかに話を戻した。そしてヴァイオレットはこのときはじめて、自分が男性の関心を完全に引きつけているのを感じた。ブリジャートンはいつの間にかジョージー・ミラートンをさりげなく探すのもやめ、ほかの人々にはちらりとも目をくれなくなっていた。ヴァイオレットはまっすぐ目を見つめられ、怖くなるほど惹《ひ》きこまれた。

唾《つば》を飲みこみ、なめらかな返答と呼ぶには二秒ほど遅く、問われていたことを思い起こした。「きょうだいはいないわ」遅れを取り戻そうと早口になった。「わたしは手のかかる子だったのよ」

ブリジャートンはヴァイオレットをうっとりさせるほど大きく目を見開いた。「そうなのかい？」

「いいえ、正確に言うと、手のかかる赤ん坊だったの。生まれるときに」ああ、もう、どうしてこれほど話すのが下手になってしまったの？「母はお医者様から、もう子は望めないと言われたそうよ」ヴァイオレットは口ごもって唾を飲みこみ、どうにかふたたび頭を働かせようと努めた。「それで、あなたは？」

「それで、ぼくは？」ブリジャートンがおどけたふうに訊き返した。

「ごきょうだいはいらっしゃるの？」

「三人。女性がふたりと男がひとり」

ヴァイオレットはしじゅう寂しさを感じていた自分の子供時代に三人もきょうだいがいたらと空想し、たちまち愉快な気分になった。「仲はいいの？」問いかけた。

ミスター・ブリジャートンはしばし考えてから答えた。「そうだな。あらためて考えたことはなかったが。ヒューゴーはぼくとは正反対の性格なんだが、それでもいちばんの友人でもある」

「姉妹は？　妹さん、それともお姉様？」

「姉と妹だ。ビリーはぼくの七つ年上だ。姉はようやく結婚したから、いまはさほど会っていないが、ジョージアナはたいして歳が変わらない。きみと同じじゃないかな」

「それなら、ロンドンにはいらしてないの？」

「来年、社交界に登場《デビユー》する予定だ。両親が、姉の一件から立ち直るにはまだ時間が必要だと言うので」

ヴァイオレットは思わず眉を上げたが、礼儀はわきまえるべきだと思い――

「遠慮なく訊いてくれ」ミスター・ブリジャートンが言った。

「何があったの？」ヴァイオレットは即座に訊いた。

ブリジャートンはいわくありげに目をきらめかせて身を寄せた。「ぼくもすべて詳しく知っているわけではないんだが、火が燃え立ったことは聞いている」

ヴァイオレットは息を吸いこんだ——驚きと感嘆から。

「それに、骨も折れたと」ブリジャートンが続けた。

「まあ、お気の毒に」

「姉が骨を折ったわけじゃない」

ヴァイオレットは笑いをこらえた。「あの、違うのよ。わたしはけっして——」

「笑っていいんだ」と、ミスター・ブリジャートン。

ヴァイオレットは笑った。いきなり愛らしい声を立てて笑いだし、人々の視線を集めているのに気づいても、かまわなかった。

それからふたりはしばらくじっと坐ったまま、朝焼けのごとく心安らかに感じられる沈黙に身をゆだねた。ヴァイオレットは紳士淑女たちのダンスを眺めていた。どういうわけか、もしいまミスター・ブリジャートンのほうを向いてしまったら、二度と顔をそむけられなくなりそうな気がした。

音楽が終わりに近づき、ふと気がつくと、爪先《つまさき》で拍子をとっていた。ブリジャートンの爪先も同じように動いていて——

「ところで、レジャー嬢、ダンスをしたいと思わないかい？」

ヴァイオレットは顔を振り向け、ミスター・ブリジャートンの顔を見た。思ったとおり、もう目をそらせそうになかった。その顔も、目の前に投げだされた手脚も、何年も前の記憶のなかにある黒苺のパイのようにすばらしく魅力的だった。

ヴァイオレットは差しだされた手を取り、希望をつかんだように感じた。「それ以上にしたいことはないわ」

半年後
サセックスの某所

「どこへ行くの？」

ヴァイオレット・ブリジャートンはちょうど八時間前にそのように名が変わり、これまでのところ、新たな姓に心から満足していた。

「いや、驚かせたいんだ」エドモンドは馬車の向かいの座席からやんちゃな少年のように微笑みかけた。

いいえ、正確には馬車の向かい側の座席からではない。ヴァイオレットは夫の膝のほうに引っぱりあげられかけていた。

そして……とうとう膝の上に坐らされてしまった。

「愛してる」慌てた悲鳴をあげた妻にエドモンドは笑いながら言った。

「わたしがあなたを愛しているほどではないわ」

夫はさも呆《あき》れたふうな目を向けた。「きみは思い込みで話すんだよな」

ヴァイオレットは微笑んだ。このやりとりはこれがはじめてではなかった。

「まあいいさ」エドモンドが譲歩して言った。「きみのほうがぼくを愛しているかもしれないが、これからぼくはもっと上手にきみを愛す」一拍おいた。「どういうことなのか訊かないのかい？」

ヴァイオレットはこれまですでにエドモンドにしてもらった愛情表現をあれこれ思い返した。婚姻の誓いの前に契りを結んでしまったわけではないものの、完全に純潔を守ったとも言えない。

尋ねずにおくのが賢明だと判断した。「どこへ行くのかだけ教えて」代わりにそう言った。

エドモンドは笑って、片方の腕を妻の背にまわした。「新婚旅行だ」ヴァイオレットはそうささやかれ、温かい息に肌をくすぐられた。

「だから、それはどこなの？」

「そのうちわかるさ、わが最愛のブリジャートン夫人。もうすぐわかる」

ヴァイオレットはもとの座席に戻ろうとした――そうするのが淑女の慎みだと自分に言い聞かせた――が、夫はそんなものはおかまいなしに妻をきつく抱き寄せた。「どこに行くつもりだ？」不満げな声で訊いた。

「それはこちらのせりふだわ。もう知らない！」

エドモンドがいかにも楽しげに、このうえなく温かい大きな笑い声を立てた。この人は心から幸せを感じていて、自分を幸せにしてくれる。母からは、エドモンドは若すぎるので、すでに爵位を継いでいてもっと成熟した、より花婿《はなむこ》に望ましい相手を見つけるべきだと諭《さと》された。けれども、ヴァイオレットはあの日舞踏場でエドモンドの手を握り、その目にたちまち魅せられて光に包まれた瞬間から、エドモンド・ブリジャートン以外の男性との人生など想像できなくなっていた。

エドモンドは安心して身をゆだねられる生涯の伴侶《はんりょ》だ。いまはともに若く、これからともに歳を重ねていく。手を取りあい、田舎に移り住んで、たくさんたくさん子供を授かる。

自分の子供時代のような寂しい家族ではない。子供は山ほど欲しい。賑《にぎ》やかなくらいに。騒々しく笑い声の絶えない家で暮らし、エドモンドといろいろな気持ちを分かちあい、新鮮な空気を吸い、苺のタルトを食べて――

だけどたまにはロンドンへも行く。都会をまるで知らない田舎者というわけではないので、やはりマダム・ラモンテーヌに仕立ててもらったドレスを身につけたいし、もちろん一年に一度はオペラを観に行けなければ耐えられない。でも、ほかのどんなことより――友人とのお喋《しゃべ》りが好きなのでパーティにもちょくちょく出席したいけれど――母親になりたい。

どうしても。

とはいえ、エドモンドと出会うまでは、自分がこれほど子を望んでいたとは考えもしなかった。ともに子をもうけたいと思える運命の男性を見つけるまでは赤ちゃんを望んではいけないのだと、無意識に感情を押し隠していたのかもしれない。

「もう着くぞ」エドモンドが窓の外を覗きこんで言った。

「着くっていったいどこに……？」

すでに徐々に速度を落としていた馬車がほどなく停《と》まり、エドモンドが得意そうに笑いかけた。「ここだ」そう答えた。

扉がすばやく開かれ、エドモンドがひょいと降りて、続いて降りる妻を助けようと手を差しだした。ヴァイオレットは慎重に馬車を降りて——結婚した日の晩に転んで顔を泥で汚すことだけは避けたかった——顔を上げた。

「〈野兎《ヘアー》と《・アンド・》犬《ハウンズ》〉亭？」ヴァイオレットはぽかんとした顔で尋ねた。

「そのとおり」エドモンドはしたりげに答えた。イングランドじゅうに似たような宿屋がいくらでもあることなどまるで知らないかのように。

ヴァイオレットは瞬《まばた》きをした。何度も。「宿屋？」

「そうとも」エドモンドが身を寄せて、耳もとにひそひそ声でささやいた。「どうしてぼくがここを選んだのか知りたいだろう」

「えっ……ええ」この宿屋に何か問題があるわけではなかった。外から見るかぎり、きちんと手入れが行き届いているように見える。それに、夫が自分を連れてきたからには、清潔で居心地のよいところなのに違いない。

「これにはちょっとしたわけがある」エドモンドは妻の手を自分の口もとに近づけた。「家に帰ると、きみを使用人たち全員に紹介しなければならない。もちろん、たった六人だが、それでも……じゅうぶんに時間をとって配慮を示さなくては気を悪くさせてしまうだろう」

「当然だわ」ヴァイオレットは、まもなく自分もひとつの屋敷の女主人になるという事実にまだ少し気後れしつつ答えた。エドモンドはほんの一カ月前に父からささやかな領主屋敷を与えられていた。

「いうまでもなく」エドモンドが続けた。「あすにしろ、明後日にしろ、ぼくたちが朝食をとりにおりていかなければ……」きわめて重要な問題に直面しているかのようにしばし考えこみ、ようやくまた言葉を継いだ。「あるいはその翌日も……」

「朝食はとらないの？」

エドモンドは妻の目を見つめた。「ああ、とらない」

ヴァイオレットは真っ赤になった。足の先まで。

「少なくとも一週間は」

ヴァイオレットは体の深いところからとぐろがほどけるようにたちまち湧きあがってきた切望にはそしらぬふりで、唾を飲みこんだ。

「そういうわけで」エドモンドはにっこり笑って続けた。「もし一週間か、そうだな、たぶん二週間は――」

「二週間？」ヴァイオレットは甲高い声をあげた。

エドモンドがあっけらかんと肩をすくめた。「たぶん」

「なんてこと」

「使用人たちがいたら、きみはとても気まずい思いをするはずだ」

「あなたは違うのかしら」

「男はそういったことに恥じらいはない」夫はさらりと答えた。

「でも、この宿屋にいれば……」ヴァイオレットは言いよどんだ。

「一カ月だろうと好きなだけ部屋のなかにいられるし、あとは二度と来なければいい！」

「一カ月？」ヴァイオレットは訊き返した。もはや自分の顔が赤らんでいるのか蒼《あお》ざめているのかわからなかった。

「きみが望むならそれでもかまわない」夫はいたずらっぽく答えた。

「エドモンド！」

「ああ、そうだよな。復活祭《イースター》までにふたりで顔を出さなければならない場もいくつかありそうだ」

「エドモンド……」

「それを言うなら、ミスター・ブリジャートンだ」

「そんなに堅苦しく呼ばなければいけないの？」

「ぼくがきみをブリジャートン夫人と呼ぶときには」

そのたったひと言でどうしようもないくらい幸せを感じさせてくれる夫に、驚かされるばかりだった。

「入らないか？」エドモンドは妻の手を持ち上げて促した。「空腹だろう？」

「あの、いいえ」ヴァイオレットは少しだけお腹がすいていたけれど、そう答えた。

「神よ、感謝します」

「エドモンド！」さっさと歩きだした夫に引っぱられて跳ねるように進むはめとなり、ヴァイオレットは笑い声をあげた。

「きみの夫は」エドモンドはあきらかに妻を自分のほうにつんのめらせようとして（間違いない）、いきなり足をとめた。「非常にせっかちな男なんだ」

「そうなの？」ヴァイオレットはつぶやくように尋ねた。自分の女性としての魅力に自信が湧《わ》いてきた。

返事はないまま宿屋の主人の机の前に着き、エドモンドが予約を確かめた。

「きみを抱き上げて階上《うえ》まで運んでもいいかな？」宿泊の手続きを終えるなりエドモンドが言った。「きみは羽根のように軽いし、もちろんぼくの逞《たくま》しさならじゅうぶんに――」

「エドモンド！」

「どうも気がせいてしまうんだ」

夫の目は――ああ、いとおしい瞳――あらゆることへの期待に満ちていて、ヴァイオレットはそのどれをも知りたくてたまらない気持ちだった。

「わたしも」静かな声で答えて、さりげなく手を握った。「同じよ」

「もうだめだ」エドモンドはかすれがかった声で言い、妻を抱き上げた。「我慢できない」

「もう少しの辛抱だわ」ヴァイオレットは笑いながら階上へ運ばれていった。

「ぼくには長すぎる」エドモンドはドアを蹴り開いて部屋に入り、ベッドに妻をおろしてから、ドアを閉めて鍵を掛けた。

そうしてこれまでには見せたことのない猫並みに敏捷《びんしょう》な動きで、のしかかってきた。「愛してる」エドモンドは互いの唇を触れあわせ、スカートの内側に手を差し入れた。

「わたしのほうがもっとあなたを愛してるわ」ヴァイオレットは夫にされていることのせいで息をはずませながら答えた――これはきっと法にふれる行為に違いない。

「だけど、ぼくは……」エドモンドはささやいて、脚のほうまで唇でたどり、さらに――ああ、どうしましょう！――ふたたび上のほうに戻ってきた。「もっと上手にきみを愛す」

身につけていたものが吹き飛ばされるように剝《は》ぎとられても、ヴァイオレットは隠さなければとは思わなかった。この男性の下に横たわり、見つめられ、じっくりと――この身のすべてを――眺められていても、ふしぎと恥じらいも不安も感じなかった。

「ああ、どうしたらいいんだ、ヴァイオレット」エドモンドは呻《うめ》くように言い、妻の脚のあいだにぎこちなく腰を据えた。「じつを言うと、たいして経験がないんだ」

「わたしもよ」ヴァイオレットは息を切らせつつ答えた。

「ぼくは一度も――」

ヴァイオレットはその言葉に反応した。「一度も？」

エドモンドがうなずいた。「きみを待っていたんだと思う」

息がつかえ、それからヴァイオレットはだんだんと顔をほころばせた。「一度も経験がないにしては、ずいぶん上手だわ」

束の間、夫の目に涙が光ったように見えたが、次の瞬間にはいかにもいたずらっぽいきらめきに取って代わられていた。「歳とともにますます上達する予定だ」そう妻に言った。

「わたしもよ」ヴァイオレットも茶目っ気たっぷりに応じた。

エドモンドが笑い、ヴァイオレットも笑い、ふたりは結ばれた。

その後ふたりが歳とともに上達したのは事実だが、〈野兎と犬〉亭で、最上等の羽毛のベッドではじめてともにしたひと時は……。

骨までとろけてしまいそうなくらい、すばらしかった。

二十年後
ケント、オーブリー屋敷

ヴァイオレットはエロイーズの悲鳴を耳にしたとたん、何かとんでもなく恐ろしいことが起こったのだと察した。

子供たちが叫び声をあげるのはけっしてめずらしいことではない。日頃からしじゅう、たいがいはきょうだい同士で叫びあっている。けれども今回は叫び声ではなく、悲鳴だった。それも怒りや不満や見当違いの不公平感から発せられたものではない。

恐怖の悲鳴だ。

ヴァイオレットは八人めの子を宿して八カ月めとはとても思えない敏捷さで、屋敷のなかを駆けていった。階段を駆けおり、大広間を突っ切る。玄関を飛びだし、玄関先の屋根付きの踏み段をくだり……。

　その間も、エロイーズは泣き叫びつづけていた。

「どうしたの?」ヴァイオレットは息を切らしつつ、七歳の娘のそばにたどり着いて、顔を覗《のぞ》きこんだ。エロイーズは西側の芝地の端にある、迷路のように張りめぐらされた生垣の入口のそばに立ち、声をあげつづけていた。

「エロイーズ」ヴァイオレットは両手で娘の顔を包んで、懇願するように問いかけた。「エロイーズ、お願い、何があったのか話してちょうだい」

　悲鳴はしだいに啜《すす》り泣《な》きに変わり、エロイーズは両手で耳を押さえて、かぶりを振った。

「エロイーズ、お願いだから――」声がふつりと途切れた。お腹のなかの赤ん坊がずしりと沈み、そこまで駆けてくるあいだにすでに感じていた痛みがいちだんと鋭く身を貫いた。鼓動を落ち着かせようと深く息を吸いこみ、両手でお腹の下を押さえて、赤ん坊を外から支えようとした。

「お父様が!」エロイーズが泣き叫んだ。泣きながらどうにか言葉にできるのはそれだけのようだった。

　ヴァイオレットは冷たいこぶしで胸を突かれたような恐怖を覚えた。「どういうこと?」

「お父様が」エロイーズはしゃくりあげた。「お父さまああっ――」

　ヴァイオレットは娘の顔を平手で打った。子供の顔を叩いたのはそのとき一度きりだ。

エロイーズは大きく息を吸いこんで、目を見開いた。言葉は発しなかったが、生垣の迷路の入口のほうを向いた。そして、ヴァイオレットは目にした。

足を。

「エドモンド?」か細い声で呼びかけて、今度はさらに声を張りあげて呼んだ。

ヴァイオレットは生垣の迷路の入口から突きだしているブーツを目指して駆けだした。そのブーツを履いている脚と、当然ながら横たわっているはずの体があるところへ。

ぴくりとも動きがない。

「エドモンド、ねえ、エドモンド、ねえ、エドモンド」何度も何度も、啜り泣きと悲鳴の入りまじった声で呼びつづけた。

けれど傍《かたわ》らに着いてすぐにヴァイオレットは悟った。夫は息絶えていた。仰向《あおむ》けに横たわり、目は開いたままだが、気配は何ひとつ残ってはいなかった。もういない。夫は三十九歳で、この世からいなくなってしまった。

「何があったの?」ヴァイオレットはささやきかけて、夫にすがりつき、腕を、手首を、頬を次々につかんだ。頭ではもう夫を取り戻せないことはわかっていて、心も認めているのに、どういうわけか手だけは事実を受け入れられていなかった。夫に触れるのをやめられず……突いたり、押したり、引っぱったりして、そのあいだもずっと泣きじゃくっていた。

「お母様?」

エロイーズが背後に来ていた。

「お母様?」

ヴァイオレットは振り返らなかった。振り返れなかった。自分がもうただひとりの親になってしまったことを知りながら、いま子供の顔を見ることなどとてもできない。

「蜂《はち》なのよ、お母様。お父様は蜂に刺されたの」

ヴァイオレットは凍《こお》りついた。蜂? 蜂に何ができるというのだろう? 生きていれば、誰でも蜂に刺されることはある。腫《は》れて、赤くなって、ちくちくする。

だからといって命を失いはしない。

「お父様は、たいしたことはないって言ったの」エロイーズは声をふるわせて続けた。「ちくりともしなかったって」

ヴァイオレットは夫を見つめ、信じられずに首を左右に振った。ちくりともしなかったなどということがありうるのだろうか? 命を奪われたのに。問いかけようと、ともかく声を発しようと唇を動かしたが、言葉にならなかった。「どう、どう、どう――」そのうち自分が何を尋ねようとしているのかすらわからなくなった。いつ起こったの? そのほかにはなんて言ってたの? どこにいたの?

でも、そんなことが重要だろうか? いまさら知ってどうなるの?

「お父様は、息ができなくなったの」エロイーズが言う。娘が身をすり寄せてきて、それから黙って小さな手を母の手に触れさせた。

ヴァイオレットは娘の手を握った。

「こういう声を出してたの――」エロイーズは父を真似ようとして、ぞっとする声を漏らした。「――苦しそうだったわ。それで……それでね、お母様。ああ、お母様!」ヴァイオレットの体の脇に抱きつき、かつてはくびれていたところに顔を埋めた。いまは大きく丸みを帯び、父に会うことのできなかった子を宿しているところに。

「坐らないと」ヴァイオレットは頼りない声で言った。「坐ら――」

そこで気を失い、エロイーズが母を受けとめた。

気がつくと、ヴァイオレットは使用人たちに囲まれていた。みな呆然《ぼうぜん》と哀《かな》しみに暮れた顔をしている。目を合わせようとしない者もいた。

「ベッドにお連れしますわ」家政婦がてきぱきと告げ、じっと見やった。「荷車をお持ちしましょうか?」

ヴァイオレットは首を振り、従僕の手を借りて上体を起こした。「いいえ、歩けるわ」

「でもやはり――」

「歩けると言ってるでしょう」ぴしゃりと遮《さえぎ》った。同時に気持ちがふつりと切れ、わけのわからない感情があふれだしてきた。とっさに大きく息を吸いこんだ。

「つかまってください」執事が静かに申し出た。ヴァイオレットの背に腕をまわし、慎重に立ちあがらせた。

「でも――まだエドモンドが……」ヴァイオレットは振り返ろうとしたが、できなかった。

あれは夫ではなかったのだと自分に言い聞かせた。夫ではない。

夫があのようになるはずがない。

唾を飲みこんだ。「エロイーズ？」

「先に乳母に連れ帰らせました」家政婦が答えて、執事の反対側から女主人に寄り添った。

ヴァイオレットはうなずいた。

「奥様、どうかベッドでお休みください。赤ちゃんによくありませんから」

ヴァイオレットはお腹に手をあてた。赤ん坊がやたらに蹴っている。考えてみれば仕方のないことだった。この子は蹴ったり、叩いたり、転がったり、しゃっくりしたり、つねに動いている。いままでの子たちとはまるで違う。それもいまとなっては、よいことなのかもしれない。この子は強くならなければいけないのだから。

ヴァイオレットはむせび泣きをこらえた。自分もこの子と一緒に強くならなければ。

「何かおっしゃいましたか？」家政婦が尋ね、屋敷のほうへ向きを変えさせた。

ヴァイオレットは首を振った。「横になりたいわ」つぶやくように言った。

家政婦がうなずき、従僕にせきたてるふうに視線を投げかけた。

「産婆《さんば》を呼びに行かせて」

産婆はまだ必要なかった。母親が受けた衝撃の大きさと、出産予定日までさほど時がないのを考えれば信じがたいことだったが、赤ん坊が出てくる気配はなかった。ヴァイオレットはそれから三週間もベッドの上で必要だから食事をして、強くならなければと自分に言い聞かせつづけた。エドモンドは逝《い》ってしまったけれど、自分を必要としている子供たちが七人いて、さらにお腹にはこの頑固者の八人めも入っている。

そうしてついに、迅速かつなめらかに出産は終わり、産婆が「女の子です」と告げて、布にくるまれた小さくてやけに静かな赤ん坊をヴァイオレットの腕に抱かせた。

女の子。ヴァイオレットはすぐには信じられなかった。男の子だろうと思い込んでいた。先の七人の子にアルファベット順に名を付けてきた慣例を破ることになろうと、エドモンドと名づけるつもりだった。エドモンドそっくりの子をエドモンドと呼ぶことになると思っていた。そうでなければ、このような定めにどうしても納得がいかなかったからだ。

ところが、生まれてきたのはピンク色の肌をした小さな女の子で、産声をあげたきり黙りこんでいる。

「おはよう」ほかに言えることも思いつかないので、そう声をかけた。見おろすと、その顔は自分には似ていても——赤ん坊のほうがもっと小さくて、少し丸みを帯びてはいるが——エドモンドとはあきらかに違った。

そしてまだ見えているはずもないのに、母の目をじっと見つめ返した。生まれてすぐの赤ん坊にそんなことができるわけがない。今回で八人めなのだから、ヴァイオレットはじゅうぶん承知していた。

それでもこの子は……母親に見おろされていることに気づいていないようにはどうしても

思えなかった。そのうち、瞬《まばた》きをした。二度。まるで「こんにちは。すべきことはちゃんと知ってるのよ」とでも言わんばかりに、ぎょっとするほど力強く目をまたたいた。

ヴァイオレットはたちまちこらえきれないほどのいとおしさにとらわれ、息がつかえた。すると赤ん坊がいままでのどの子とも違う泣き声をあげた。あまりにけたたましい泣き声に、産婆が体を跳ね上げた。産婆があやしてもわんわん泣きつづけ、女中たちも部屋に駆けこんできたが、ヴァイオレットはただ笑うしかなかった。

「完璧な子だわ」声高らかに告げて、泣き叫ぶ小さな妖精を胸に抱き寄せた。「これ以上には望めないくらい完璧な女の子よ」

「名はなんとお付けになるのですか？」赤ん坊が懸命にお乳を探りはじめると、産婆が尋ねた。

「ヒヤシンス」ヴァイオレットはそう決めた。エドモンドのお気に入りの花で、なかでも春を迎えるたび咲きほころびだす小さな青紫色の品種が好きだった。これまでは新たな季節の訪れを知らせてくれる花だったけれど、このヒヤシンス——娘のヒヤシンス——は、新たな人生を自分に与えてくれるだろう。

しかも頭文字はHなのだから、アンソニー、ベネディクト、コリン、ダフネ、エロイーズ、フランチェスカ、グレゴリーと続いたアルファベット順の慣例も守られる……そうだとすれば、まさしく完璧な名としか言いようがない。

ドアをノックする音がして、乳母のピケンズが顔を覗《のぞ》かせた。「お嬢さんがたが奥様に会いたがっておられるのですが」産婆に問いかけた。「よろしいかしら」

こちらを見た産婆に、ヴァイオレットはうなずきを返した。乳母が三人の子供たちを部屋のなかに入れ、いかめしい声で言い含めた。「先ほどお話ししたことは憶えてますね。お母様を疲れさせてはいけませんよ」

ダフネがベッドのそばに歩いてきて、エロイーズとフランチェスカもあとに続いた。三人ともエドモンドと同じ濃い栗色の髪をしているので——子供たちは全員そうだ——ヒヤシンスも同じ色の髪になるのだろうかとヴァイオレットは思いめぐらせた。いまはまだ桃色の産毛がうっすら生えているだけだ。

「女の子？」エロイーズが真っ先に口を開いた。

ヴァイオレットは微笑んで、赤ん坊が見えるよう体をずらした。「そうよ」

「ああ、よかった」エロイーズが大げさにため息を吐いた。「もうひとり味方が必要だったんだもの」

その脇で、フランチェスカがうなずいた。エドモンドはこのふたりをいつも〝年子の双子〟と呼んでいた。ちょうどまる一年違いの同じ誕生日に生まれたからだ。六歳のフランチェスカはたいがいエロイーズの後ろにくっついている。エロイーズのほうが声も大きく、逞しい。でも時どき、フランチェスカはまったく独自の行動を起こし、みんなを驚かせることがある。

けれども今回はそうではなかった。ぬいぐるみを抱いてエロイーズのそばに立ち、姉の言葉にいちいちうなずいている。

　ヴァイオレットは三人のなかでいちばん年長のダフネを見やった。もうすぐ十一歳になるので、もう赤ん坊を抱かせても大丈夫だろう。「抱いて顔を見たい？」ヴァイオレットは尋ねた。

　ダフネは首を振った。とまどっているときの癖ですばやく瞬きをして、ややおいて、だし抜けにぴんと背を伸ばした。「お母様、笑ってるのね」

　ヴァイオレットはすでに乳房から顔を離して寝入ってしまっているヒヤシンスを見おろした。「ええ」そう答えた声にも笑みが聞きとれた。微笑んでいるときの自分の声すら忘れていた。

「お父様が死んでから笑わなくなってしまったでしょう」ダフネが言う。

「そうだった？」ヴァイオレットは長女を見やった。そんなことがありうるのだろうか？ほんとうに三週間も笑っていなかったの？　けれどいまも無理をしたつもりはなかった。おそらくは幸せだったときの微笑みを唇が記憶していて、少しだけほっとしたことで自然とほころんだのかもしれない。

「笑わなかったわ」ダフネが念を押すように答えた。

　子供たちにも笑いかけられなかったのだとすれば、ひとりでいるときにもけっして笑いはしなかっただろう。この三週間はぱっくりと口をあけた哀しみに呑みこまれてしまっていた。気持ちばかりか体も重く、疲れきって、打ちのめされていた。

そのような状態で笑えるはずもない。

「なんて名を付けたの？」フランチェスカが訊いた。

「ヒヤシンスよ」ヴァイオレットは子供たちに赤ん坊の顔がもっとよく見えるよう体をずらした。「どうかしら？」

フランチェスカが頭を傾けて眺めた。「ヒヤシンスの花には似てないわ」きっぱりと言った。

「あら、似てるわよ」エロイーズが歯切れよく言う。「きれいなピンク色をしてるでしょ」

フランチェスカは姉の意見を認めて、肩をすくめた。

「お父様を知らない子なのね」ダフネが静かにつぶやいた。

「ええ」ヴァイオレットは答えた。「ええ、そうね」

いったん沈黙が落ちて、やがてフランチェスカが——三人のなかでいちばん幼い娘が——言った。「わたしたちが、お父様のことを話してあげればいいんだわ」

ヴァイオレットは嗚咽《おえつ》を漏らした。あの日から子供たちの前では一度も泣いていなかった。ひとりでいるときにしか涙は流さなかったが、いまはとめられなかった。「お母さんも——お母さんも、とてもすばらしい考えだと思うわよ、フラニー」

フランチェスカは嬉しそうに微笑み、ベッドの上に這《は》いあがってきて、母の右側にすり寄って身を落ち着けた。エロイーズも同じようにそばに寄り、さらにダフネも続き、三人は——ブリジャートン家の三人娘は——家族に新たに加わった赤ん坊を覗きこんだ。

「お父様はね、とっても背が高かったのよ」フランチェスカが話しはじめた。

「そんなに高くはないわ」エロイーズが言う。「ベネディクトお兄様のほうが高いもの」

フランチェスカは姉の言葉にはかまわずまた話しだした。「お父様は背が高かったの。それで、いつもいつもにこにこしてた」

「お父様はわたしたちを肩車してくれたのよ」ダフネが声をふるわせながら続けた。「大きくなるまでだけど」

「それと、お父様は大きな声で笑うのよ」エロイーズが言う。「笑うのが好きなの。ほんとうにすてきな笑い声で、わたしたちのお父様は……」

十三年後
ロンドン

ヴァイオレットは八人の子供たち全員に幸せな人生を送らせることを生涯の使命だと胸に誓っているので、そのために必要な仕事ならどれほどあろうと、おおむね労力を惜しまなかった。娘たちについて、パーティ、招待状、仕立て屋、帽子店といったことに気を配るのはむろんのこと、息子たちにも少なくとも同じくらいの助言は欠かせない。ただし上流社会では男性のほうが格段に自由な行動を認められているので、息子たちの暮らしぶりに仔細《しさい》に目を光らせている必要はない。

もちろん、できるだけ目を光らせるようにはしている。やはり母親なのだから。けれども、この一八一五年の春を迎え、母親の役割はもうさほど求められていないのではないかと感じはじめていた。

世の中を広い視野で眺めれば、自分が不満をこぼせる立場にないのはじゅうぶん心得ている。この半年のうちに、ナポレオンがエルバ島を脱出し、東インド諸島では大規模な火山の噴火があり、ニューオーリンズの戦いで母国の兵士たちが何百人も命を落とした――しかもアメリカとはすでに講和条約に調印したあとなのだから、誤った戦いだった。それでも自分の子供たちは八人とも、いまも元気にこの国の地を歩いている。

とはいうものの。

とはいうものの、気がかりは必ずあるものではないだろうか？

この春は娘をふたりも〝結婚市場〟で見守らなければならない、はじめての（そして最後になってほしいとヴァイオレットは願っていた）社交シーズンとなった。

エロイーズはすでに一八一四年に社交界に登場し、誰の目からも見ても成功と呼べる評判を得た。三カ月で三人の男性から求婚され、ヴァイオレットも誇らしかった。とはいえ、そのうちのふたりはエロイーズに勧められる男性ではなかった――歳をとりすぎていたからだ。どれほど高位の爵位を持つ紳士たちであろうと、娘が三十になる前に息絶えかねない相手に嫁がせたくはない。

たしかに若い夫でもそうならないとはかぎらない。病気、事故、たまたま蜂に刺されただけでも……若くして命を奪われる要因はいくらでも考えられる。でもたとえそうだとしても、やはり老人のほうが若者より早く亡くなる可能性は大きい。

それに仮にそうとは言いきれないとしても……まともな良識を持った若い娘が、六十過ぎの男性と結婚したいとどうして思うだろう？

でも、エロイーズに求婚した男性のうち、年齢が不適切だったのはふたりだけだ。三人めはまだ三十手前で、高位ではないが爵位もあり、じゅうぶん満足できる資産もある男性だった。タラゴン卿に問題点は何ひとつなく、すばらしい夫になるのは間違いない。

花嫁がエロイーズではないだけのことで。

というわけで、いまもこうしてこの場に立っていた。エロイーズにとっては二年めの、そしてフランチェスカははじめての社交シーズンを迎え、ヴァイオレットは疲れはてていた。ダフネに妹たちの付添役をたまに代わってもらうこともできない。この長女は二年前にヘイスティングス公爵と結婚し、翌年の一八一四年のシーズンには早くも身ごもり、今年もまた子を宿しているからだ。

孫の誕生は嬉しいし、もうすぐまたふたり増えることも（アンソニーの妻も身ごもっている）心から楽しみにしているが、それでもやはり、女性には助けが必要なときがある。たとえば、まさしく大惨事となってしまった今夜のように。

いや、たしかに、大惨事と呼ぶのは少しばかり大げさかもしれないが、仮面舞踏会を開くのが名案だなどと思いついたのは、いったい誰だったのだろう？　自分ではなかったことだけは確かだ。ましてやエリザベス女王の仮装をすることに同意した憶えはない。たとえ同意したのだとしても、王冠についてはべつだ。なにしろ少なくとも二キロはあるものをかぶり、首の向きを変えるたび振り落としはしないかとびくびくしながら、エロイーズとフランチェスカの両方に目を光らせていなければならない。

いつ首を痛めてもふしぎはない。

それでもなにぶん仮装舞踏会では、若い紳士たちが（一部の若い淑女たちも）仮装していれば不作法をしても免れると考えているので、母親はいつも以上に注意力を働かせるのに越したことはない。ええと、エロイーズはいまアテナ（知恵と芸術と戦術のギリシア神話の女神）の衣装を窮屈そうに直しながら、ペネロペ・フェザリントンとお喋りしている。ペネロペが身につけているのは気の毒にもレプラコーン（アイルランド民話に登場する老靴屋の小妖精）の衣装だ。

フランチェスカはどこかしら？　まったくもう、あの子なら木のない野原でも姿をくらませかねない。それはそうと、ベネディクトはどこにいったのだろう？　ペネロペとダンスをすると約束させたのに、ぱったり姿が見えなくなってしまった。

いったいどこに――

「おっと！」

「まあ、ごめんあそばせ」ヴァイオレットがぶつかってしまった紳士から離れ、その衣装を見ると……。

ごくふつうの紳士の姿だった。鼻の上までの仮面を付けているだけだ。

とはいえ、見憶えはない。声にも、仮面より下の顔の部分にも。濃い色の髪に、中背で、身ごなしは洗練されている。

「こんばんは、女王陛下」

ヴァイオレットは目をしばたたき、はたと思い起こした――王冠を。それにしても二キロもある巨大なかぶりものを忘れそうになるとは、どうかしている。

「こんばんは」そう答えた。

「どなたかをお探しですか？」

もう一度、その声に憶えがないか考えてみたが、今度も何も思いだせなかった。「ええ、じつは何人か」低い声で続けた。「ひとりも見つかりませんの」

「それはお気の毒に」男性はヴァイオレットの手を取って、前かがみに口づけた。「私は人を探すのは一度にひとりずつと決めていますよ」

〝あなたに八人の子はいないでしょう〟とヴァイオレットは言い返しかけたが、どうにか思いとどまった。自分にこの紳士の正体がわからないとすれば、相手もこちらが誰なのか知らないのかもしれない。

それにひょっとしたら、目の前の男性にも八人の子がいる可能性もないわけではない。このロンドンで幸せな結婚に恵まれたのは自分だけではないのだから。しかも、こめかみに白いものが混じっているところを見ると、それくらい大勢の子の父親だとしてもふしぎではない年齢なのだろう。

「一介の紳士から女王陛下へのダンスの申し込みに、応えてはいただけないでしょうか？」男性が問いかけた。

ヴァイオレットはとっさに断わろうとした。おおやけの場ではほとんど踊ったことがない。ダンスを嫌悪しているのでも、見苦しいことだと考えているのでもない。エドモンドはもう十年以上も前にこの世からいなくなってしまった。いまだその哀しみは癒えないが、嘆きつづけてきたわけではなかった。亡き夫は哀しみに暮れる妻の姿を望んではいないだろう。だから明るい色のドレスを身につけ、社交界の催しに忙しく足を運んでいるけれど、それでもやはりダンスはめったに踊らない。踊りたいとは思わなかった。

ところがそのとき目の前の紳士に笑いかけられ、その笑みがエドモンドにどことなく似ているような気がした――いつまでも少年であるかのように、いかにも得意げにゆがめた唇。夫の笑顔に、ヴァイオレットは必ず胸ときめいていた。この紳士の笑顔にはときめきこそしなかったものの、胸のうちの何かを動かされた。ちょっぴりいたずら好きで、少しばかり無邪気な部分を。

まだ娘だったときのような心を。

「喜んでお受けしますわ」ヴァイオレットは答えて、紳士の手に手をあずけた。

「お母様がダンスをしてるの？」エロイーズはフランチェスカにひそひそ声で訊いた。

「それより問題は」フランチェスカが言葉を返した。「誰と踊ってるかだわ」

エロイーズは関心を隠そうともせず首を伸ばした。「わからないわね」

「ペネロペに訊いてみたら？」フランチェスカは提案した。「いつも誰のことでも知っているみたいだから」

エロイーズが今度は広間の反対側のほうへ首を伸ばし、友人を探した。「ペネロペはどこにいるのかしら」

「ベネディクト兄さんはどこだ？」コリンが妹たちのそばにのんびりと歩いてきた。

「知らないわ」エロイーズは答えた。「ペネロペがどこにいるか知らない？」

コリンは肩をすくめた。「最後に見たときには鉢植えの後ろに隠れていた。レプラコーンの衣装を目立たなくできるとでも思ったんだろう」

「コリンお兄様！」エロイーズは兄の腕をぴしりと叩いた。「ペネロペにダンスを申し込んで」

「もう踊ったとも！」コリンは目をしばたたいた。「母上が踊ってるのか？」

「だから、ペネロペを探してるのよ」フランチェスカが答えた。

コリンはぼんやり唇を開いて妹を見やった。

「そう言えばわかるでしょう」フランチェスカは手をひらりと振って続けた。「お母様とダンスをしている方がどなたか、わからない？」

コリンは首を振った。「仮面舞踏会などうんざりだ。ちなみに、いったい誰がこんなものを思いついたんだ？」

「ヒヤシンスよ」エロイーズがむっとした顔つきで答えた。

「ヒヤシンス？」コリンがおうむ返しに訊き返した。

フランチェスカが眉根を寄せた。「あの子はまるで人形使いね」陰気な声で言う。

「あいつが大人になったら、われわれはみな神に救いを求めなければ」コリンがつぶやいた。

口に出すまでもなく、全員が胸のうちで祈りの言葉を唱《とな》えているのが見てとれた。

「母上とダンスをしているのは誰なんだ？」コリンが訊いた。

「わからないわ」エロイーズが答えた。「それでペネロペを探してたのよ。そういったことはほとんどいつも知ってるから」

「そうなのか？」

エロイーズは顔をしかめた。「なんにも知らないのね？」

「いや、知っていることは山ほどある」コリンがにっこり笑って言う。「おまえたちがぼくに知っていてほしいことはたいがい知らないだけで」

「ここにいましょう」エロイーズが宣言した。「このダンスが終わるまで。お母様に訊かなければいけないから」

「何を訊くんだ？」

三人はいっせいに声の主に目を向けた。長兄のアンソニーが近づいてきた。

「お母様がダンスをしているの」フランチェスカの言葉は兄の問いかけの答えにはなっていなかった。

「誰と？」アンソニーが訊いた。

「わからないんです」コリンが答えた。

「それで、おまえたちは母上を問いただそうとしているわけか」

「エロイーズはそのつもりだそうで」コリンが言った。

「お兄様も反対しなかったじゃない」エロイーズが言い返した。

アンソニーは眉をひそめた。「問いただされるべきは、あの紳士のほうだろう」

「そうはいっても」コリンが誰にともなく問いかけた。「ご婦人も五十二歳ともなれば、ダンスの相手を選ぶ目は十二分に養われているのでは？」

「いや」アンソニーの語気鋭い否定の声が、フランチェスカの声に重なった。「わたしたちのお母様なのよ」

「正確には、まだ五十一だわ」エロイーズが言った。フランチェスカから不愉快そうに睨まれ、あらためて妹に相槌《あいづち》を打った。「ええ、たしかにそうね」

コリンは呆れた目つきで妹たちをちらりと見やってから、アンソニーに視線を移した。

「ベネディクト兄さんを見ませんでしたか？」

アンソニーは肩をすくめた。「少し前にはダンスをしていた」

「わたしが知らない人と」エロイーズがここぞとばかりに力を込め、声も大きくして言った。兄ふたりと妹ひとりが揃って目を向けた。

「誰もふしぎだと思わないの？」エロイーズは問いただすように訊いた。「お母様とベネディクトお兄様が、どちらも正体不明の謎の人物とダンスをしてるのよ」

「いいや、それほどには」コリンがつぶやいた。それからしばし全員が舞踏場で優雅にステップを踏む母をじっと見つめ、やがてコリンが言葉を継いだ。「これだから母上はいままでダンスをしなかったんだな」

アンソニーが横柄に片方の眉を吊り上げた。

「だってぼくたちはもう七分余りも、こうして何もせずにここに突っ立って、母上の振るまいをただあれこれ憶測してるんですよ」コリンが説明を加えた。

しんと静まり返り、ほどなくエロイーズが言った。「だから？」

「わたしたちのお母様なのよ」フランチェスカが繰り返した。

「母上にも秘密を持つ権利はあるんじゃないか？　いや、いまのに返答はいらない」コリンはみずから話を打ち切った。「ベネディクト兄さんを探してくる」

「それならベネディクトお兄様にも、秘密を持つ権利はあるでしょう？」エロイーズが切り返した。

「いや」コリンが答えた。「でもいずれにしろ、安全は保証されている。ベネディクト兄さんが探されたくないと思っているようなら、ぼくも見つけないからな」コリンは皮肉っぽく軽く頭をさげると、軽食のテーブルのほうへ歩いていった。ビスケットの周辺にベネディクトの姿がないのは一目瞭然《りょうぜん》だったのだが。

「こっちに来るわ」フランチェスカがひそひそ声で伝えた。はたして、ダンスがようやく終わり、ヴァイオレットが舞踏場の外側へ戻ってきた。

「母上」母が子供たちのもとに着くなり、アンソニーが険しい声で呼びかけた。

「アンソニー」ヴァイオレットは笑顔で応じた。「今夜はやっと会えたわね。ケイトの体調はどう？　出席できなかったのはほんとうに残念だわ」

「どなたとダンスをしていたのですか？」アンソニーが強い調子で訊いた。

ヴァイオレットは目をぱちくりさせた。「いったいどうしたの？」

「どなたとダンスをしてたの？」今度はエロイーズが訊いた。

「そう言われても」ヴァイオレットはかすかに笑みを浮かべて答えた。「知らないのよ」

アンソニーは腕組みをした。「そんなことがありえますか？」

「仮面舞踏会なのよ」ヴァイオレットはいくぶん面白がるふうに続けた。「正体を隠して楽しむものでしょう」

「またあの男性と踊るの？」エロイーズが尋ねた。

「さあ、どうかしら」ヴァイオレットは人込みを見わたした。「ベネディクトを見なかった？　ペネロペ・フェザリントンとダンスをすることになっているのに」

「話をそらさないで」と、エロイーズ。

ヴァイオレットは目に咎《とが》めるふうな鋭い光を宿して次女に顔を振り向けた。「なんのこと？」

アンソニーが何度か咳払いをしてから言った。「みんな、ただ母上のことを心配しているだけのことなんです」

「わかってるわ」ヴァイオレットが低い声で答えると、そのかすかに嫌気《いやけ》が感じとれる口ぶりに、子供たちは押し黙った。

「だって、お母様がダンスをなさるのはめずらしいことなんですもの」フランチェスカが説明した。

「めずらしいわね」ヴァイオレットはさらりと言った。「したことがないわけではないけれど」

するとついにフランチェスカが、全員が知りたかったことを口にした。「あの方が好き？」

「ダンスをしただけなのに？　お名前すら知らないのよ」

「でも――」

「笑顔がとてもすてきな方だったわ」ヴァイオレットは遮って言った。「しかもわたしにダンスを申し込んでくださったの」

「それで？」

ヴァイオレットは肩をすくめた。「それだけよ。木彫りの鴨《かも》を蒐集《しゆうしゆう》していることについて、とても詳しく説明してくださったわ。またお目にかかることがあるとは思えないけれど」子供たちにうなずいた。「もう失礼してもいいわね……」

アンソニーとエロイーズとフランチェスカは、歩き去っていく母を見つめた。長い一拍の間をおいて、アンソニーが口を開いた。「仕方ないな」

「仕方ないわよね」フランチェスカが応じた。

エロイーズはふたりから期待を込めた目で見られ、しかめ面で見返して、ようやく大きな声で答えた。「だからつまり、うまくいかなかったということでしょう」

ふたたび長く空虚な沈黙が流れ、今度はエロイーズから問いかけた。「お母様はいつか再婚すると思う？」

「どうだろうな」アンソニーが言う。

エロイーズは咳払いをした。「わたしたちはどう受けとめればいいのかしら？」

フランチェスカは呆れはてた顔で姉を見やった。「どうして自分の疑問を、〝わたしたち〟を主語にして訊くの？」

「違うわ。わたしは本心から、みんながどう感じているのかを知りたいのよ。わたし自身はどうしたらいいかわからないから」

「思うに……」アンソニーが切りだした。けれどそのまま数秒が過ぎて、ようやくゆっくりと言葉を継いだ。「母上の意思にまかせるべきだというのが、みんなの思いなんじゃないか」

その後ろでヴァイオレットが大ぶりの羊歯《しだ》の鉢植えに隠れて微笑んでいたのには、三人とも気づいていなかった。

二十数年後
ケント、オーブリー屋敷

歳をとることの利点はそう多くはないけれど、これは間違いなくそのひとつだと、ヴァイオレットは芝地で飛び跳ねている幼い孫たちを眺めながら、至福の吐息をついた。

七十五歳。自分がこの歳まで生き延びると誰に想像できただろう？　子供たちからは欲しいものはないかと尋ねられた。とても大切な節目だから、誕生パーティを盛大に開こうと言うのだ。

「家族だけの会でいいわ」ヴァイオレットはそう答えた。それだけでもかなり大きな集まりになる。八人の子と、三十三人の孫、それに五人のひ孫がいる。一族の集まりはいつでも盛大なのだから！

「何を考えてるの、お母様？」ダフネが母のそばに来て問いかけ、ケイトとアンソニー夫妻が最近オーブリー屋敷に買い入れたばかりの坐り心地のよい長椅子のひとつに、並んで腰をおろした。

「おおむね、わたしはなんて幸せ者なのかしらといったことよ」

ダフネは苦笑した。「いつもそう言うわよね」

ヴァイオレットは片方の肩をすくめてみせた。「いつもそう思うんだもの」

「ほんとうに？」ダフネの口ぶりは母の言葉を完全に信じているようには聞こえなかった。

「あなたたちがいてさえくれたら」

ダフネが母の視線を追い、同じように子供たちを眺めた。何人の子がそこに出てきているのか、ヴァイオレットにはわからなかった。子供たちがテニスボールひとつに、バドミントンの羽球が四つ、それに丸太を使ったゲームを始めたところで、数えきれなくなってしまった。さらに三人の男の子たちが木の上からおりてきて加わったのは確かなので、さぞ面白い遊びなのだろう。

「これでぜんぶかしら」

ダフネが目をしばたたき、問いかけた。「全員、ここに出てきているかということ？　そんなことはないわ。たしか、メアリーは家のなかにいたはずだから。ジェインと一緒に――」

「違うのよ、孫はもうこれでおしまいかしらと思ったの」ヴァイオレットはダフネのほうを向き、微笑んだ。「いくらわたしの子供たちでも、これ以上増やそうとは思ってないかしら」

「ともかく、わたしのところはないわ！」ダフネは〝いまさらやめてよ！〟とでも言わんばかりの表情で答えた。「ルーシーももう増やせないし。お医者様に約束させられたんだもの。それに……」口ごもった長女の顔を、ヴァイオレットは純粋に面白がって眺めた。必死に考えている子供たちの顔を見るのはほんとうに愉快だ。おとなしく何かをしているときの子供たちを見るのがどれほど楽しいことなのかは、親になってみなければわからない。

寝ているときと、考えているとき。子供たちのそのようなときの姿はいつでも目に浮かぶ。八人のうち七人が四十を過ぎたいまですら。

「お母様の言うとおり」ダフネがようやく結論をくだした。「わたしたちきょうだいの子供たちは、きっとこれでぜんぶだわ」

「予想外のことが起こらなければ」ヴァイオレットは言い添えた。子供たちの誰かが最後にもうひとり子を授かったとしても、もちろんかまわないと思っているからだ。

「たしかに、そうね」ダフネは気恥ずかしそうにため息をついた。「その可能性については、わたし自身が身に沁《し》みて知ってるわ」

ヴァイオレットは笑い声を立てた。「選択の余地はないことだものね」

ダフネは微笑んだ。「そうね」

「木から落ちたわ」ヴァイオレットは芝地を指さした。

「木から？」

「わざとよ」ヴァイオレットは娘を安心させた。

「たぶん間違いないわ。男の子はすぐふざけたがるから」ダフネは芝地を見わたし、すばやく視線を走らせて、末っ子のエドワードを探した。「ここに来てよかったわ。かわいそうに、あの子は遊び相手を求めてるの。上の四人は歳が離れていて、なかなか相手をしてもらえないでしょう」

ヴァイオレットは首を伸ばした。「アンソニーとベンと、何か言いあいを始めたわよ」

「あの子は優勢？」

ヴァイオレットはわずかに目をすがめた。「アンソニーとは味方同士のようね……あら、ちょっと待って、ダフネも来たわ。おちびちゃんのほうのダフネよ」念のためといったふうに言い足した。

「これで公平な戦いになったわね」ダフネは自分と同じ名の姪《めい》が息子の顔をぱちんと叩いたのを見て、いたずらっぽく微笑んだ。

ヴァイオレットも微笑んで、あくびをした。

「お母様、疲れたの？」

「少し」そのようなことは認めたくなかった。子供たちはいつもせっかちに気を揉《も》むからだ。七十五歳の母親が、これまでずっと自分たちを愛しつづけてきたからこそ、いまではうたた寝をしたくなることが、どうやらわからないらしい。

けれどダフネはそれ以上案じる言葉はかけず、母と娘はくつろいだ沈黙のなかで、のんびりと長椅子に背をあずけた。それからまったく唐突に、ダフネが問いかけた。「お母様、ほんとうに幸せ？」

「もちろんよ」ヴァイオレットは驚いた表情で娘を見やった。「どうしてそんなことを訊くの？」

「ただ……つまりその……お母様はひとりだから」

ヴァイオレットは笑った。「ダフネ、ひとりでいられるときはほとんどないのよ」

「わたしが言いたいことはわかるでしょう。お父様が亡くなって四十年近く経《た》つし、お母様は一度も……」

ヴァイオレットは茶目っ気たっぷりに、娘の言葉の続きを待った。けれどダフネが言葉を継げずにいるのを見て気の毒になり、問いかけた。「愛した男性がいたのかと訊きたかったの?」

「違うわ!」ダフネは即座に否定したものの、ヴァイオレットには娘の考えていることが、はっきりと読みとれた。

「それが、いなかったのよ」あっさりと答えた。「念のために言っておくわ」

「それを聞けてよかったわ」ダフネは低い声で認めた。

「愛したいと思ったことがないの」ヴァイオレットは続けた。

「一度も?」

ヴァイオレットは肩をすくめた。「そうしないと決めていたわけではないのよ。あらたまった決意のようなものは何もなかった。だからもし機会に恵まれて、すてきな男性とめぐり会っていたら、もしかしたら――」

「結婚していたかもしれない」ダフネが代わりに言い終えた。

ヴァイオレットはちらりと横目で娘を見やった。「あなたはいつまでたっても、お嬢ちゃんなのね、ダフネ」

娘はぽっかり口をあけた。ああ、なんて愉快なのかしら。

「ええ、そうよ」ヴァイオレットはまたも娘が気の毒になって言葉を継いだ。「すてきな男性とめぐり会っていたら、結婚していたかもしれない。母親の情事に衝撃を受けて、あなたの心臓がとまらないように、そういうことにしておくわ」

「念のために言っておくなら、わたしの結婚式の前夜に夫婦の営みについて、しどろもどろにしか説明してくれなかったのは、お母様よね？」

ヴァイオレットは手を振って一蹴した。「あら、あんなふうに取り乱していたのはとうの昔のことよ。言っておきますけど、ヒヤシンスのときには――」

「知りたくないわ」ダフネはきっぱりと打ち切った。

「ええ、そうね、そのほうがいいかもしれないわ」ヴァイオレットは認めた。「ヒヤシンスの場合にはなんであれ、あたりまえにはすまされないから」

ダフネが黙っているので、ヴァイオレットは手を伸ばして娘の手を取った。「ええ、ダフネ」しごく真剣に続けた。「わたしは幸せよ」

「わたしには想像できないのよ。もしサイモンが――」

「わたしも想像できなかった」ヴァイオレットは遮って言葉を継いだ。「それでも、起こってしまったことなの。つらすぎて、わたしも死んでしまうかもしれないと思ったわ」

ダフネは唾を飲みこんだ。

「でも死ななかった。だから、あなたもきっとそう。実際には、いつかはつらさがやわらいでいく。そして、ほかの誰かと幸せになれるかもしれないと考える」

「フランチェスカのように」ダフネはつぶやいた。

「ええ、そうね」ヴァイオレットはしばし目を閉じて、三女が未亡人となって数年のあいだ、どれほど心配していたかを思い起こした。フランチェスカは家族を遠ざけていたわけではないものの、頼りにしようとするのでもなく、ひとりきりで心閉ざしていた。しかも、自分とは違って、活力を取り戻させてくれる子供たちもいなかった。

「あの子は人が二度幸せになれることを証明したわ」ヴァイオレットは言った。「またべつの男性を愛することで。とはいえ、あなたも知ってるように、フランチェスカがマイケルとつかんだ幸せはジョンとのときと同じものではない。どちらのほうが尊いかということは言えないし、比べられるものでもないわ。でも、違うものなのよ」

前を見据えた。地平線を見つめると必ず達観した心持ちになれる。「わたしはあなたのお父さんとつかんだ幸せと同じものを期待していたわけではなかったけれど、妥協するつもりもなかった。そうしたら、めぐり会わなかった」

ダフネに目を戻し、娘の手を握った。「つまるところ、わたしにはその必要がなかったのよ」

「ああ、お母様」ダフネは涙で目を潤ませた。

「あなたのお父さんがいない人生は必ずしもたやすいものではなかったけれど」ヴァイオレットは続けた。「どんなときも、それくらいすばらしいものだった」

どんなときも。

訳者あとがき

はじめに、あとがきとはその名のとおり、本来は本篇を読み終えたあとに読んでいただくものなのですが、本作にかぎっては〈ブリジャートン〉シリーズを未読の方にはぜひこちらを先に読んで、少しでも興味を抱いてくだされば と願い、すでにご存じの方々にはおそらくもう知りすぎた情報も盛り込ませていただくことをどうかご容赦《ようしゃ》ください。

本作は、本国アメリカで好評を博し、ニューヨーク・タイムズ紙のベストセラーリストにも頻繁《ひんぱん》に顔を出していた人気ヒストリカル・ロマンスシリーズの後日譚《ごじつたん》八篇に、全作を通して要となる役割を果たした女性の秘められた恋物語を加えた、異色の連作短篇集です。

まずはこのシリーズの概要をごく簡単にご説明すると、時は十九世紀初めの英国の摂政《リージェ》時代《ンシー》、社交界で高い人気を誇り、尊敬を集め、そのうえ裕福なブリジャートン子爵家の未亡人ヴァイオレットは、八人の子供たちそれぞれに幸せな結婚をさせることを生涯の使命と思い定めて奮闘しています。その子供たちひとりひとりが自分に最もふさわしい幸せの形を見つけて新たな人生を踏みだしていく物語が、本人とその運命のお相手、さらに時には社交界のゴシップ新聞の名物記者レディ・ホイッスルダウンの目を通して、一冊ごとに綴《つづ》られていきます。

この八人の子供たちは（読み手にとってはなんともわかりやすいことに！）上からアル

ファベット順に名づけられており、長男アンソニー、次男ベネディクト、三男コリン、長女ダフネ、次女エロイーズ、三女フランチェスカ、四男グレゴリー、四女ヒヤシンスとなっています。八人は髪の色から顔つきまで、他人から見ればきょうだいとすぐにわかるほど容姿がよく似ているものの、さすがはロマンス小説の主人公たちとあって、揃いもそろって美男美女。とはいえ、当然ながらそれぞれに個性があり、家族にすら明かせない悩みもかかえ、著者のユーモアとペーソスを絶妙に織りまぜた巧みな筆致で、当人たちにとっては唯一無二の恋物語が描かれています。各作の内容も極力簡潔にご紹介しておきましょう。

第一作『恋のたくらみは公爵と』

ブリジャートン家のしっかり者の長女ダフネがしつこい求婚者に迫られてほとほと困っていたところに現われたのは、長男アンソニーの親友で数年ぶりに母国に戻ってきたヘイスティングス公爵、サイモンだった。まさに運命の出会いかと思いきや、この美男で裕福な若き公爵は、亡き父との確執や、幼少時に言葉につかえてしまう癖があったことなどから、ほかの人々からは想像しにくい深い苦悩をかかえていて……。

第二作『不機嫌な子爵のみる夢は』

父が三十九歳で亡くなって以来、当主の責任を背負ってきたブリジャートン子爵アンソニーは、三十を前についに身を固めようと決意し、美貌も家柄も申しぶんのない令嬢エドウィーナを花嫁にしようと考える。ところが、エドウィーナと交流を深めようとするうち、同じ長子気質で我の強い彼女の姉ケイトとたびたび衝突し、どういうわけかこちらの女性とかえって心の距離が近づいていき……。

第三作『もう一度だけ円舞曲《ワルツ》を』

ペンウッド伯爵の庶子ソフィーは継母と義姉に冷遇され、女中のように働かされていた。けれどもあるとき、同情を寄せてくれていた使用人たちの手助けを受けて、憧れのブリジャートン子爵家の仮面舞踏会に正体を隠してもぐり込み、子爵家の次男ベネディクトと出会うのだが……。ジュリア・クインが誰もが知る童話へのオマージュとして描いた、またひと味違ったシンデレラ・ストーリー。

第四作『恋心だけ秘密にして』

エロイーズ・ブリジャートンの親友ペネロペは、子供の頃から親友の兄コリンを一途に想《おも》いつづけていたが、まるで振り向いてはもらえないまま、長い年月が過ぎた。だが、世界を旅してまわっているコリンが久しぶりに帰国したのと時を同じくして、ペネロペがその十年ひそかに続けてきたある仕事が明るみになる危機に陥り……。

第五作『まだ見ぬあなたに野の花を』

社交界でもすっかり古株の令嬢となってしまったエロイーズは、たとえ一生独身でも親友のペネロペがいてくれれば楽しく生きられると信じていた。ところが、そのペネロペが自分の兄コリンとの結婚を発表。衝撃を受けたエロイーズは、文通相手でまだ会ったこともない紳士フィリップのもとを訪ねようと、舞踏会が開かれていた深夜、家族にも知らせずに旅立つのだが……。

第六作『青い瞳にひそやかに恋を』

フランチェスカはキルマーティン伯爵と結婚し、幸せに暮らしていたが、わずか二年後に夫が突然病死。哀《かな》しみのなか、亡き夫の従兄にあたるマイケルを信頼し、友人として頼りにするが、じつは結婚前からひそかに彼女に想いを寄せていたマイケルは後ろめたさから、善人ぶって彼女のそばにいる自分自身を許せなくなってしまう。互いの気持ちがすれ違い、マイケルは苦しさのあまりインドへ旅立ち、一度は離ればなれとなったふたりだったが、四年後、運命の再会のときが訪れて……。

第七作『突然のキスは秘密のはじまり』

ヒヤシンスは父親亡きあとに生まれたものの、八人きょうだいの末っ子としてたっぷりの愛情を注がれ、怖いもの知らずの女性に成長した。社交界の重鎮の老婦人レディ・ダンベリーにも可愛がられ、この婦人の家に本の読み聞かせに通ううち、孫にあたるガレスと親しくなる。そしてひょんなことをきっかけに、ガレスのイタリア人の祖母が遺《のこ》した日記の翻訳を引き受けることに。だがその日記には、なんとガレスの隠された生い立ちや家宝の秘密が記されていて……。

第八作『夢の乙女に永遠の誓いを』

兄や姉たちのようにドラマティックな恋愛を夢みていたグレゴリーは、ついに天使のごとき美貌《びぼう》の令嬢ハーマイオニーに恋をする。しかしこの令嬢にはほかに想い人がいることが判明。それでもグレゴリーは運命の女性だと信じてどうにか彼女を振り向かせようと努力するが、ハーマイオニーの親友のルーシーに相談に乗ってもらううち、いつしか格別な心地よさを感じていることに気づく。けれどもそのルーシーにも許婚《いいなずけ》がいることがわかり……。

第一作、二作、四作がＲＩＴＡ賞（全米ロマンス作家協会賞）の候補作となり、第八作は最優秀長篇ヒストリカル部門賞に輝いています。

そして今回著者は、本国のみならず二十四の国と地域で出版されるほど親しまれているこのシリーズの各作について、読者からの疑問や要望にできるかぎり応えるべく後日譚を描き、さらに八人の母親ヴァイオレットがこの家族を築くまでの軌跡をぎゅっと凝縮した物語を添えました。著者自身も記しているように、いったんハッピーエンドとなったロマンス小説の続篇を描くむずかしさは容易に察せられますし、異例のことであるのは間違いありません。そのため、ある作品で描かれた舞踏会の舞台裏をべつの作品の後日譚で明かしたり、次世代の娘の目を通して描いたりと、様々に飽きさせない工夫もなされています。それでも、本篇同様、各作のその後の物語には、読者のみなさんの好みが大きく分かれるものもあるでしょう（じつはわたしもそうなので）。でも、最後にはじめて明かされるヴァイオレットの物語を読んでくだされば、この一冊がひとりの女性の生涯そのもの、そしてある家族の大きなひとつの物語となっていることをきっと感じていただけるはずです。

著者は本作のなかでいちばん気に入っている作品を問われて、どの作品にも思い入れがあって比べられないと前置きしたうえで、しいて選ぶなら今回は『青い瞳にひそやかに恋を』の後日譚になるのではないかと答えています。ちなみに、この後日譚のなかで、フランチェスカがケントのオーブリー屋敷で母とともに眺める絵（ヴァイオレットが三十歳の誕生日に夫から贈られたもの）は、ジャン・オノレ・フラゴナール作の *The Love Letter*（恋文）だと思われます。読みながら目にすると、ヴァイオレットとフランチェスカのこの場面のやりとりがなおさら胸に迫ってくるすてきな絵ですので、機会があればぜひご覧になってみてください（メトロポリタン美術館の公式ウェブサイトでもご覧になれます）。

それから、著者の公式ウェブサイト（http://juliaquinn.com/）にお詫《わ》びの言葉がひとつ載っていましたので、お伝えしておきます。第五作の主人公、ブリジャートン家の次女エロイーズの瞳の色が、シリーズを通して青、緑、グレーと変化してしまったとのこと。「説明のつく言いわけができればよかったのだけれど、やはり完全な自分の落ち度だったと認めざるをえない」と謝罪しています。

さて、全八話が一度完結し、その全話の後日譚も読み終えたところで、残る興味は、今度こそこれでほんとうに〈ブリジャートン〉シリーズは完結したのかということでしょう。なにしろ公式ウェブサイトで更新された家系図には、ダフネの子供たち、アメリアやベリンダの伴侶《はんりょ》とその子供たちの名までがすでに記されています。しかも著者はちらりと、じつはブリジャートン家の子孫たちが第二次世界大戦中にどのように過ごしたのかに強い好奇心を抱いているとも明かしており……。本作をきっかけにはじめて〈ブリジャートン〉シリーズを手に取ったり、読み直したりしてくださる方々がおられれば、ひょっとしてまたこの一族の新たな物語が生まれることもあるのでしょうか？

著者ジュリア・クインが当初は三部作のつもりで書きはじめたものが、こうして世界じゅうの読者に愛される八作のシリーズに成長しました。本国アメリカでも異例のロマンス小説の後日譚集を日本でもご紹介できる運びとなったのは、作品の強い魅力はもちろん、読みつづけてくださった読者のみなさまのおかげにほかなりません。本の面白さが生みだしたこのささやかな奇跡に立ち会う機会をいただけたことを、読者のみなさまと本シリーズの刊行にかかわったすべての方々に、訳者より心から感謝申し上げます。

二〇一三年八月　村山美雪

幸せのその後で
～ブリジャートン家後日譚～
2013年8月17日　初版第一刷発行

著 ……………………………ジュリア・クイン
訳 …………………………………村山美雪
カバーデザイン…………………………小関加奈子
編集協力 ……………………アトリエ・ロマンス

発行人……………………………………後藤明信
発行所 ……………………………株式会社竹書房
〒102-0072 東京都千代田区飯田橋2-7-3
電話：03-3264-1576(代表)
03-3234-6383(編集)
http://www.takeshobo.co.jp
振替：00170-2-179210
印刷所 …………………………凸版印刷株式会社

定価はカバーに表示してあります。
乱丁・落丁の場合には当社にてお取り替え致します。
ISBN978-4-8124-9611-4 C0197
Printed in Japan

ラズベリーブックス

甘く、激しく――こんな恋がしてみたい

大好評発売中

「恋のたくらみは公爵と」

ジュリア・クイン 著　村山美雪 訳／定価 910円（税込）

恋の始まりは、少しの偶然と大きな嘘。

独身主義の公爵サイモンと、男性から“いい友人”としか見られない子爵令嬢ダフネ。二人は互いの利害のため“つきあうふり”をすることにした。サイモンは花嫁候補から逃げられるし、しばらくして解消すればダフネには“公爵を振った”という箔がつく。――初めは演技だったはずが、やがてサイモンはこの状況を楽しんでいることに気づく。しかし自分には、ダフネの欲しがる家庭を与えることはできない……。すれ違う恋の結末は？

〈ブリジャートン〉シリーズ、待望の第1作！

「不機嫌な子爵のみる夢は」

ジュリア・クイン 著　村山美雪 訳／定価 920円（税込）

ついに結婚を決意した、放蕩者の子爵。「理想の花嫁候補」を見つけたが、なぜか気になるのはその生意気な姉……。

放蕩者として有名なブリジャートン子爵アンソニーは、長男としての責任から結婚を考えるようになった。花嫁に望む条件は3つ。ある程度、魅力的であること。愚かではないこと。本当に恋に落ちる女性ではないこと。今シーズン一の美女で理想的な候補エドウィーナを見つけ、近づこうとするアンソニー。だが、妹を不幸にすまいと、エドウィーナの姉ケイトが事あるごとに邪魔をする。忌々しく思うアンソニーだったが、いつしかケイトとの諍《いさか》いこそを楽しんでいる自分に気がついた……。

大人気〈ブリジャートン〉シリーズ！

「もう一度だけ円舞曲《ワルツ》を」

ジュリア・クイン 著　村山美雪 訳／定価 910円（税込）

午前零時の舞踏会。手袋を落としたのは……誰？

貴族の庶子ソフィーは普段はメイド扱い。だが、もぐりこんだ仮面舞踏会でブリジャートン子爵家の次男ベネディクトと出会い、ワルツを踊る。ベネディクトは残されたイニシャル入りの手袋だけを手がかりに、消えたソフィーを探すことを決意するが……。

運命に翻弄されるふたりのシンデレラ・ロマンス。

「恋心だけ秘密にして」

ジュリア・クイン 著　村山美雪 訳／定価 950円（税込）

人気者の幼なじみを一途に想うペネロペの恋は……

ブリジャートン家の3男、コリンは社交界一の人気者。妹のように扱われるペネロペはずっと片想いしていたが、数年前、コリンの「ペネロペと結婚することなどありえない」という言葉を聞いてから、想いをひた隠しにしてきた。ところがそんな折、社交界の噂を記事にする謎のゴシップ記者、レディ・ホイッスルダウンの正体が賭けにされ、二人も加熱する正体探しの渦に巻き込まれていく……。11年にわたる、ペネロペの片想いの答えは？　そして、レディ・ホイッスルダウンの正体は……？

大人気〈ブリジャートン〉シリーズ第4弾!

「まだ見ぬあなたに野の花を」

ジュリア・クイン 著　村山美雪 訳／定価 940円（税込）

どうか、あなたが想像どおりの人でありますように……。
令嬢はパーティを抜け出し、大きな賭けに出た。

5月の夜、子爵家の次女、エロイーズはロンドンの舞踏会を抜けだし、馬車を走らせた。会ったこともない文通相手で、野の花をくれたサー・フィリップの元へ。親友の結婚にショックを受けたエロイーズは、彼となら真実の愛を手に入れられるのではないかと無茶な賭けに出たのだった。一方のフィリップは愛ではなく子どもたちのよき母親を求めていた。やがて到着したエロイーズは、手紙とはまったく違うフィリップの無口さに驚き、フィリップもまたエロイーズの愛らしさと快活さに戸惑う。想像を越えた出会いをしたふたりだったが……。

大人気〈ブリジャートン〉シリーズ第5弾!

「偽りの婚約者に口づけを」

エマ・ホリー 著　曽根原美保 訳／定価 900円（税込）

不器用な伯爵の恋した相手は、弟の婚約者……!

夫を見つけにロンドンに来た天涯孤独のフローレンス。“男”とのスキャンダルをもみ消すため弟の花嫁を探していたグレイストウ伯爵。二つの思惑が重なり、婚約が決まったが、伯爵の心は晴れなかった。いつしか彼はフローレンスを想うようになっていたから……。不器用な伯爵の、熱い恋。

エマ・ホリーのヒストリカル、日本初登場!

「じゃじゃ馬令嬢に美しい罪を」

エマ・ホリー 著　曽根原美保 訳／定価 950円（税込）

独身志望なのに一週間で結婚!?
追い詰められた公爵令嬢が決意した、意外な行動とは……

一週間以内に結婚を決意しなければ、愛馬を売り払い、親しい老侍女ジニーをやめさせると言い渡された公爵令嬢メリー。数日後、暴漢から襲われたメリーを救ってくれた著名な画家で放蕩者のクレイヴンからモデルになってくれと申し出を受けたメリーは、ジニーが解雇されたことを知って怒りと絶望のうちに決意する。クレイヴンのヌードモデルになって結婚市場から抜け出そうと……。

エマ・ホリーの、甘くホットなヒストリカル

「わたしの黒い騎士」

リン・カーランド 著　旦紀子 訳／定価 960円(税込)

無垢な乙女と悪名高い騎士の恋は……心揺さぶる感動作!

13世紀イングランド。世間知らずなジリアンが嫁ぐことになったのは、〈黒い竜〉とあだ名される恐ろしい騎士クリストファー。しかも、彼には盲目であるという秘密があった。亡き親友との約束で結婚したクリストファーは最初はジリアンを疎ましく思うが、いつしかその強さに心惹かれていく……。世間知らずで無垢な乙女と、秘密を抱える剣士の恋は、せつなくて感動的。リタ賞作家の心揺さぶるヒストリカル、日本初登場!

リタ賞作家リン・カーランドの感動作、ついに登場!!

「騎士から逃げた花嫁」

リン・カーランド 著　旦紀子 訳／定価 1050円(税込)

結婚から逃げだし、男装して暮らす花嫁。運命のいたずらの末にたどり着いたのは、かつての婚約者の住まいだった……

フランス貴族の娘、エレアノールは世界一凶悪な騎士、バーカムシャーのコリンに嫁がされそうになって逃げ出し、男装して騎士の振りをして名家の娘シビルの世話役をしている。ところがシビルの結婚が決まり、世話役として付き添ったエレアノールがたどり着いたのはなんと、コリンが住むブラックモア城だった……!

リタ賞作家が贈る、ロマンティック・ヒストリカル

「乙女と月と騎士」

リン・カーランド 著　旦紀子 訳／定価 1050円(税込)

幼い頃に交わした約束——それはあなたの騎士になること。姫君と騎士の身分違いの恋の行方は……?

1190年、イングランド。14歳の騎士リースは、9つになるシーグレーヴの姫グウェネリンの騎士になると約束した。その6年後、グウェネリンは月明かりの下、リースに言った。愛している、と。だがリースは一介の騎士。おまけにグウェネリンの許婚《いいなずけ》はリースにとって恩義ある養父の長男だ。しかし彼もまた想いを抑えることはできなかった。リースはヨーロッパで賞金を稼ぎ、領地を得ることを決意するが……。

リン・カーランドの贈る〈ド・ピアジェ〉シリーズの始まりの物語。

「きのうの星屑《ほしくず》に願いを」

リン・カーランド 著　旦紀子 訳／定価 980円(税込)

突然、イギリスの古城を相続したら……?

イギリスの城と莫大な財産を相続することになったジュヌヴィエーヴ。だがそこには夜な夜な「出て行け」と脅す鎧を着た血まみれの幽霊がいた!　その正体は700年前の騎士ケンドリックで、ジュヌヴィエーヴが城を手放せば呪いが解けるという。しかし、明るくめげない彼女と話すうち、ケンドリックは奇妙なことに、この関係を楽しむようになっていた。一方、一度も男性とつきあったことのないジュヌヴィエーヴも、ケンドリックの男らしさと思いがけない優しさに惹かれていく……。触れ合うことすらできない二人の恋の行方は?

リン・カーランドのリタ賞受賞作!!

「赤い薔薇を天使に」

ジャッキー・ダレサンドロ 著　林啓恵 訳／定価 920円(税込)

怪我を負った公爵家の跡取り、スティーブンを救ったのは、天使のような娘だった……。

グレンフィールド侯爵スティーブンは、ある日、森の中で襲われる。目を覚ました時、隣にいたのは天使と見まがうばかりの娘——親を亡くし、幼い弟妹の面倒を一手に見るヘイリーだった。暗殺者の目を欺くため、家庭教師と偽ったスティーブンは、ヘイリーの看護を受けるうち、やがて彼女に惹かれるようになるが……

すれ違う心がせつない、珠玉の恋物語。

「愛のかけらは菫色《すみれいろ》」

ローラ・リー・ガーク 著　旦紀子 訳／定価 870円(税込)

運命の雨の日、公爵が見たのものは……

古物修復師のダフネは、雇い主で、遺跡発掘に情熱を燃やすトレモア公爵にひそやかに恋していた。彼に認められることこそが至上の喜び。ところがある日、公爵が自分のことを「まるで竹節虫《ナナフシ》」と評すのを聞いたダフネは、仕事を辞めることを決意。優秀な技術者を手放したくないだけだった公爵だが、やがてダフネの才気と眼鏡の奥の菫色《すみれいろ》の瞳に気がついて……。

リタ賞&RTブッククラブ特別賞受賞の実力派、日本初登場!!

「愛の調べは翡翠《ひすい》色」

ローラ・リー・ガーク 著　旦紀子 訳／定価 910円(税込)

君といる時にだけ、音楽が聞こえる。
事故で耳に障害を持った作曲家の女神《ミューズ》……

高名な作曲家、ディラン・ムーアは事故の後遺症で常に耳鳴りがするようになり、曲が作れなくなっていた。絶望し、思い出の劇場でピストルを構えたとき、ふいに音楽が聞こえた。ディランが目を上げると、そこにいたのはヴァイオリンを奏でる緑の瞳の美女。名前も告げずに消えた謎の女性といるときにだけ再び作曲できると気づいたディランは彼女を探すことを決意するが……。

リタ賞作家ローラ・リー・ガークの描く追跡と誘惑のロマンス

「愛の眠りは琥珀《こはく》色」

ローラ・リー・ガーク 著　旦紀子 訳／定価 910円(税込)

あなたのベッドには戻りたくない——すれ違いながら続く、9年の恋

9年前、公爵家令嬢ヴァイオラはハモンド子爵ジョンに恋をした。だが結婚から半年後、彼女は夫が式直前まで愛人を持ち、持参金目当てだったことを知る。以来有名な仮面夫婦だったふたりだが、ジョンのいとこで親友の爵位継承者が亡くなったことで事態は一変する。ろくでなしの次候補に跡を継がせないため、ジョンが選んだ手段は、ヴァイオラともう一度ベッドを共にし、跡継ぎを手に入れることだった。「情熱がどんなものかを思いださせる」ジョンの言葉に怯え、反発しつつも激しく惹かれてしまうヴァイオラ。ジョンの真実の心は——?

リタ賞作家のロマンティック・ヒストリカル